JN128766

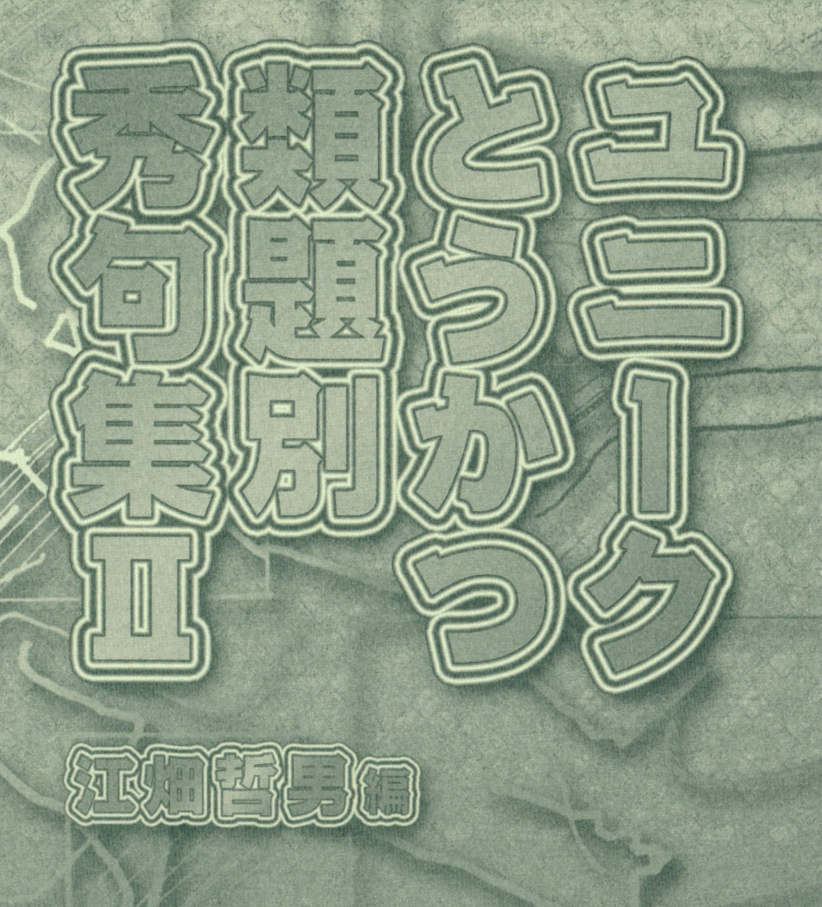

Unique Tohkatsu Senryu collection

ユニークとうかつ類題別秀句集 II

江畑哲男編

新葉館出版

ユニーク とうかつ類題別秀句集II 目次

ユニークとうかつ類題別秀句集II

凡　例

①本類題別秀句集IIは、東葛川柳会の過去一〇年間（二〇〇七年九月～二〇一七年七月）の句会で出題された課題を、アイウエオ順に並べたものである。
②類題は引きやすいように、最初の一文字のフォントを大きくして示した。
③各題の秀句一〇句は、第一次選考委員（あとがきに別記）が選び、その後さらに編者・江畑哲男が全体的なバランス等を考慮して選び直した。
④当会の場合、課題の重複はほとんど見られない。ごく一部に課題の重複があったが、その場合は時系列で近い方の句会入選句をデータとして活用した。
⑤ただし、共選の場合は両者を活かした。二人の選者から一〇句を選び、両方の選者名を記している。
⑥選者名横の算用数字は、句会の開催年月を示している。最初の二桁では西暦年の下二桁を、後の二桁では開催月を意味している。
⑦選者名・作者名（雅号）は、原則として発表時のものを記載している。従って、途中で雅号を変えた場合も、発表時の名前で掲載してある。例を挙げれば、加藤羞策（周策）、駒木一枝（香苑）、志田規保（則保）、小林和子（かりん）、松澤龍一（遊人）ほか。
⑧作品も原則として発表時のままとした。ただし、明らかな誤字や不適切な表記は編者の責任で訂正をさせていただいた。
⑨採録した講演について。東葛川柳会の春・秋の大会時に頂戴した講演を、主として採録している。過去一〇年間の講演には他にも採録したいものが多くあったが、ページ数の関係で割愛せざるを得なかった。
⑩その一方で、千葉県大会時の講演や『ぬかる道』所収の論文も一部収めさせていただいた。

ユニークとうかつ
類題別秀句集Ⅱ

アイドル【あいどる】13.04

成島静枝選

アイドルの家族普通で面白い　中島久光
アイドルは卒業魔女で生きていく　三宅葉子
一人占めしたアイドルは家に居ず　城内繁
アイドルとなった自分は他人のもの　吉田格
ジャニーズ系と言われ続けてまだ独り　岩田康子
アイドルの老いハイビジョン容赦なく　篠田和子
追っかけも薬と主治医太鼓判　加藤品子
ゆるキャラのトップをクマモンが走る　布佐和子
アイドルに諭吉も一人入れておく　長谷川庄二郎
アイドルも決意も貼って受験生　笹島一江

アウト【あうと】13.12

成島静枝選

絵馬の誤字神にアウトを告げられる　宮原常寿
審判の右手無常に空を指す　中澤巖
土壇場で遺産狂わす婚外子　古川茂枝
南極の氷が危機を告げに来る　川瀬幸子
タッチアウト海老の衣が厚すぎる　松本晴美
出世コース外れて人が人に見え　東條勉
事故のたび想定外と頭下げ　江崎紫峰
ツーアウトからですよ恋のかけ引き　日下部敦世
献血や臓器提供できぬ歳　中沢広子
勇気あるカミングアウト霧が晴れ　笹島一江

あ

悪【あく】

15.09

菊地良雄選

チョイワルの気分葉巻にむせている　大竹　洋
悪友が先頭にいる住所録　高塚英雄
悪妻を持てばなれたよ哲学者　梅村　仁
狭い押入れが大麻にうってつけ　丸山芳夫
患者より顔色悪い当直医　上田正義
あの人が絡むと全て黒くなる　山本万作
悪口がみな煮詰まったおでん鍋　窪田和子
素晴らしい一生でした魔女でした　松田重信
小悪魔になってみようか倦怠期　髙山月ヱ
良妻もたまに悪魔が乗り移る　篠田和子

アシスト【あしすと】

16.09

堤丁玄坊選

先輩に花を持たせている祝辞　北山蕗子
盲導犬と少し広げた町の地図　岡さくら
元部下の妻が指示する定年後　城内　繁
背後からダメ大臣へ渡すメモ　六斉堂茂雄
アシスタント虎視眈眈の下剋上　中澤　巖
信頼を紐で受け取る伴走者　酒井千恵子
花形に見えて秘書とは何でも屋　本間千代子
宿題は家族総出の夏行事　角田真智子
ジェスチャーがアシストしてる英会話　岩澤節子
年金に未だ息子が同居する　北島　澪

扱う【あつかう】

13.05

宮内みの里選

割れ物に注意女はデリケート　加藤友三郎
危険物扱うような反抗期　上原　稔
六月の父の日母に敗けている　浅井徳子
故人には寂しかろうな家族葬　野澤　修
兄ちゃんと写真の数の違いすぎ　水井玲子
何も彼も扱う過疎の小商い　笹島一江
取説に通訳が要るカタカナ語　江畑哲男
肩書きにボクを見る目が変わり出し　水井玲子
母を抱く爪をまあるく切ってから　海東昭江
新人を磨くガラスを拭くように　渡辺　梢

アップ【あっぷ】

14.03

永井しんじ選

昇給はしたが左遷の苦い酒　三宅葉子
スナップはアップで撮らぬ花の下　根岸　洋
ズームアップ薔薇の秘密を見てしまう　岩田康子
髪結いのびん付け力士引き立たせ　志田則保
ポイントへ動作アップの手話ニュース　関根庄五郎
キャロライン大使皺のアップも動じない　古田水仙
グレードアップ今日は回らぬ寿司にする　船本庸子
駆け込みをねらいノルマもアップする　増田幸一
スキャンダルネットに漏れて燃え上がる　江崎紫峰
幼子が紙一杯に書いたママ　小林洋子

アドバイス【あどばいす】

08.03

江口信子選

気にしないのが良薬と医者が言い　長谷川庄二郎
子育てにアドバイザーが多すぎる　安川正子
プライドへ触らぬほどにする助言　関根庄五郎
無駄のない親の意見はけむたがる　山田とし子
妻よりも娘の意見身にしみる　野澤修
歯に衣を着せぬ友情だってある　北山蕗子
先ずはウィンクからよ悪女のアドバイス　窪田和子
見ぬ振りが出来ずに助け舟をする　北山蕗子
この道を歩くと決めた師の助言　宮内みの里
六法が女の味方ばかりする　江畑哲男

穴【あな】

09.10

川俣秀夫選

穴場だと言われて行けば落し穴　野口良
オレの児だ天井向いた鼻の穴　宮内みの里
人生の大穴それは夫です　笹島一江
タウン誌で穴場を探す初デート　今村幸守
人やがてオゾンホールに裁かれる　五十嵐修
耳穴を溶かす口説きの名台詞　櫛部公徳
膨らむと腹読めてくる鼻の穴　上西義郎
美人だと穴のあくほど見る夫　中沢広子
混浴の穴場はサルが入ってた　大戸和興
古文書の一字を紙魚に食べられる　篠田東星

アニメ

【あにめ】08.04

中澤　巖選

声優は歳を取らずに弾んでる　吉田　格
アニメーション世界へ誇らしい頭脳　及川竜太郎
前向きにウルトラマンが進化する　新井季代子
今ひとつアニメが召せぬお年寄り　関根庄五郎
ディズニーの帰りと分かるグッズ持ち　水井玲子
こどもからアニメ奪った塾通い　野澤　修
昔のアニメほうれん草をよく食べる　今川乱魚
アニメなら気易く見れるキスシーン　河野海童
アニメ化に活字文化が滅ぼされ　六斉堂茂雄
風化する拉致へ「めぐみ」が訴える　宮内みの里

余る

【あまる】12.06

布佐和子選

米余る農家の朝はパンを焼き　松岡満三
失業者多く足りない介護人　青山あおり
お迎えに行きます升の溢れ酒　折原あつじ
食べ盛り育てた頃が未だ抜けず　月岡サチヨ
夜の分コッソリ朝に飲む薬　根岸　洋
あり余るガレキに絆だまり込み　小川定一
収穫の二人暮らしにゃ余る幸　新井季代子
余りものそこに大事なモノがある　白石昌夫
長寿国日本おばあさんが余る　江畑哲男
先生とフォークダンスを組まされる　丸山芳夫

雨のち晴れ【あめのちはれ】12.10

津田暹選

シングルで育てた子等が自慢です　後藤華泉
手術から生還妻の手を握る　鈴木広路
悔し泣き晴らし王者の貌になる　原　光生
大家族支えた嫁に感謝状　植木紀子
許そうときめた心の雨あがり　窪田和子
下積みにノーベル賞の大快挙　田中まこと
震災に寝ていた絆揺さ振られ　小島一風
失敗も半端ではない時の人　岩田康子
三周忌メリーウィドウ花盛り　真弓明子
就活を抜けたスーツの深呼吸　塚本康子

ありがとう【ありがとう】13.12

二宮茂男選

心では母に感謝の減らず口　川名信政
ケアの母別れ際には手を合わす　小林洋子
勤労を感謝したいが職が無い　佐藤権兵衛
おおきにが京の紅葉に良く似合う　野澤　修
サンキューになると有難味が薄れ　江畑哲男
初期化した脳に感謝の定年後　野澤　修
使われる前から礼を言うトイレ　遊　人
裏表ありそう妻のありがとう　二宮千恵子
戴いた臓器で受ける祝い酒　上田正義
子供達育てた日々は宝物　浅井徳子

あ

アルバイト【あるばいと】15.02

大戸和興選

受け付けのバイトは美人だけ揃え　谷藤美智子
ファミレスのバイトで世間垣間見る　松本晴美
夢があるだから徹夜のアルバイト　堤丁玄坊
チーママに羽化する五時の更衣室　大竹洋
バイトかな本職ですかフナッシー　中川洋子
ノウハウをバイトの主婦に教えられ　谷藤美智子
アルバイト暑い寒いで出社せず　酒井トミオ
ゆるキャラの中で時給が汗をかく　遊人
通行人画面横切るAとB　大竹洋
ブラックの洗礼だった初バイト　布佐和子

あれから一年【あれからいちねん】12.03

江畑哲男選

何も出来ずせめて復興クジを買う　篠田和子
オキナワもガレキもみんな知らぬ顔　中澤巌
国政の寒さと風評の寒さ　北山蕗子
フクシマがカタカナのまま焦れている　岩田康子
僕だけが一歳老いる一周忌　高塚英雄
一億の動悸未だに収まらぬ　植竹団扇
原子炉の墓場ドームを思わせる　二宮千恵子
たらればの主語に原発生き続け　笹島一江
猫の額ですが受け入れますガレキ　安川正子
六三三と四の間に一がある　丸山芳夫

アレルギー【あれるぎー】

09.06

犬塚こうすけ 選

薫風をマスクですごす花粉症　飯野文明
北の字に拒絶反応拉致と核　笹島一江
あの人に会うとクシャミが止まらない　中川洋子
免疫はないまま女性恐怖症　江畑哲男
あのマスク予防かカゼか気にかかる　長谷川庄二郎
カタカナ語聞けば出そうなジンマシン　江畑哲男
男アレルギーだけどヨン様だけは別　窪田和子
通るたび背筋が凍る事故現場　関根庄五郎
アトピーの子にも優しい自然食　佐藤権兵衛
アレルギーなのと女の甘えぐせ　窪田和子

餡【あん】

11.05

願法みつる 選

餡パンで酒酌み交す二刀流　山口尚男
タイ焼きのしっぽの餡を確かめる　中野弥生
練り餡になります君に錬られます　堤丁玄坊
原子炉の中の餡こが気に掛かり　長谷川庄二郎
まんじゅうをヤケ食いしてる休肝日　大竹洋
越後屋の最中の餡は黄金色　野口良
あんみつを囲む男に覇気がない　藤沢今日民
アンパンで繋いだ避難所の命　宮内みの里
アンパンが恋しくなったパスポート　佐藤喜久雄
夫の遺骨詰めてますペンダント　小島一風

言い訳

【いいわけ】

17.04

川崎信彰選

予想した言い訳なので詰まらない　中島久光
言い訳の度に血圧上げている　石井太喜男
垢で死んだ奴はいないと風呂ぎらい　野澤　修
釈明の精度が落ちる倦怠期　岩澤節子
男たちが言い訳し合う東京都　篠田和子
町会長出来ぬ理由のあれやこれ　浅井徳子
聞く耳を持たず炎上するブログ　駒木香苑
ＡＩに言い訳をする囲碁将棋　吉田耕一
飼い猫に罪をかぶせるつまみ食い　関　玉枝
皆のため言わずもがなの貝となる　中沢広子

意地

【いじ】

08.11

加藤品子選

駒よりも口で張り合うヘボ将棋　関根庄五郎
ふるさとを鞄に詰めた意地がある　田辺サヨ子
折れそうな心に意地を補給する　伏尾圭子
お袋の味は誰にも譲れない　小林かりん
意地っ張りばかりが住んでいる長屋　江畑哲男
意地を張る爺はかまってほしいはず　後藤松美
米粒の意地が茶碗にしがみつき　今川乱魚
花嫁の父はせいせいしたと泣き　松澤龍一
一徹な地主が曲げた滑走路　平田耕一
出がらしの色に玉露の意地があり　今川乱魚

異色【いしょく】

13.02

江畑哲男選

買うよりは売る詳報を集めてる　小川定一
低カロリー世界にデビューこんにゃくも　中野弥生
固定電話だけでケータイなど持たぬ　新井季代子
創作料理いささか怖い組合せ　安川正子
平服の訳をくどくど通夜の席　近藤秀方
飛び級で卒業したが職がない　岩田康子
異色だったが晩年は只の人　上原稔
食み出すな前へ倣えと教えられ　中川洋子
玉手箱開けるとイケメンとなった　窪田和子
光る才能凡人に揶揄される　日下部敦世

至れり尽くせり【いたれりつくせり】

17.06

江畑哲男選

関白も昭和も遠くなりにけり　森智恵子
喪主はただ居るだけで良い葬儀場　中島久光
世話女房何も出来ないボクにする　伏尾圭子
風呂あがり呑みたいものが並んでる　はなこ
後妻業あなた好みに徹します　岩田康子
多機能な家電ピーピー言っている　成島静枝
刑務所でやっと健康取り戻し　川崎信彰
定年まででした三食昼寝付き　新井季代子
修飾語足の裏までゆき届く　川瀬幸子
サービスの裏で上がっている悲鳴　角田真智子

苺 【いちご】 10.07

大戸和興選

ばあさまとイチゴ白書の日もあった　加藤友三郎
鉢植えの苺惜しくて切りとれず　島津信夫
大福の苺にあげる助演賞　櫛部公徳
粒々が僕の入れ歯をもてあそぶ　増田幸一
ケーキ切るいちごどうなる子の目つき　六斉堂茂雄
398パス298なら買ういちご　川崎信彰
漢字で書くとほんにムードのない苺　窪田和子
蛇いちご食べても蛇になってない　長谷川庄二郎
一年中苺食べてる長寿国　原　光生
ショートケーキの上で貴族になるイチゴ　川崎信彰

一人称に関することすべて 【いちにんしょう】 11.01

津田暹選

陸軍の癖で連発する自分　大木俊秀
アイマイミー英語苦手にした一歩　小川定一
我輩はネズミ獲らぬが猫である　小山一湖
悪いのはいつも私と言って無事　永井しんじ
昨日より今日の私を好きになる　米島暁子
わが妻にゲゲゲのくすり効いてきた　松田重信
おれの名は直人だ総理大臣だ　永井静佳
ぼくだってコップの中を出たいんだ　永井静佳
私らしく生きて来たかと花に問う　原　悠里
翔んでいるのはコピーしたわたしです　窪田和子

い

祈り――【いのり】

16.08

江畑哲男選

ライバルのグッドラックに寒くなる　加藤友三郎
神様に祈りながらも銃かかえ　水田敬子
灯明があなたの無言聞いている　田辺サヨ子
ヒロシマにまたあの夏が来る 祈る　遊人
ライバルの幸運祈る嘘っぱち　窪田和子
柏行き電車は事故に遭わぬよう　加藤周策
ご先祖へ母を倣った紅葉の手　川名信政
執刀の医師も祈ってメスを持ち　大戸和興
お母さんお願いだから呆けないで　髙山月ヱ
仏壇のチンを鳴らして盗む菓子　茅野すみれ

イマジネーション――【いまじねーしょん】

15.07

竹田光柳選

子が育つ親の夢想を壊しつつ　高塚英雄
ケータイに出ないもしやと胸騒ぎ　城内繁
モシワタシイナクナッタラドウナルカ　島田陽子
口調から器量が見える電話口　伏尾圭子
恐竜の背中で遊ぶかぐや姫　河野桃葉
ロボットの君でいいからハグしたい　山田とし子
スマホから疑似恋愛の切符買う　駒木一枝
ロボットが妊娠をする近未来　松田重信
この法を通せば軍靴響き出す　近藤秀方
ロボットがじきに人間飼いならす　島根写太

イミテーション【いみてーしょん】09.01

齊藤由紀子 選

就任式そっくりさんも稼ぎどき　川崎信彰
いい夫婦演じて家庭内離婚　穴澤良子
きみまろにセレブの仮面剥がされる　成島静枝
サンプルとちがうと揉めるうなぎ丼　六斉堂茂雄
半世紀疑似餌で紡ぐ赤い糸　斉藤克美
紙の雪でも荒れ狂う津軽三味　竹下圭子
義理チョコを本気にさせるラッピング　秋山好子
オレオレとボクは言わない氏育ち　水井玲子
愛だけは偽でなかったダイヤ婚　小倉利江
スーツ着た僕はほんとのボクで無い　斉藤克美

芋【いも】16.03

大戸和興 選

昭和一桁イモにはたんと借りがある　加藤友三郎
芋づるのごとき絆の大所帯　二宮千恵子
焼芋の誘いマスクをすり抜ける　岩澤節子
これで良し肉じゃがだけで嫁にいく　伊藤春恵
新聞に芋だけ包むお弁当　上田正義
大物は逮捕されないいきぬかつぎ　丸山芳夫
芋あらい湯船の中の子沢山　北島澪
贅沢に慣れて忘れた芋の味　佐藤美文
産めよ増やせよ総活躍へ八ッ頭　中澤巌
イモタルトもう芋なんて言わせない　野澤修

い

いよいよ

【いよいよ】12.08

堤丁玄坊選

患者より胸が高鳴る初のオペ　眞田幸村
投票日明日に迫ったダルマの目　加藤友三郎
退職金妻の触手が伸びて来る　石井太喜男
後輩に辞令を貰う退職日　老沼正一
相部屋に言いそびれてる退院日　六斉堂茂雄
ぎしぎしと膝が不満を言いはじめ　二宮千恵子
結婚を迫る彼女の丸い腹　松澤龍一
心臓の音を敵にも聞かれそう　伏尾圭子
昨日まで書けた漢字が出てこない　伏尾圭子
さて出番またも駆け込むお手洗い　大竹洋

いらいら

【いらいら】08.04

川村安宏選

不器用な指に苛立つラッピング　岡さくら
渋滞のまさかにフライトが迫る　加藤権悟
いい時に割り込んでくるコマーシャル　長谷川庄二郎
切れる子のSOSが読み取れず　大戸和興
KYがのんびり話し掛けてくる　東條勉
知恵の輪を作った人が恨めしい　長谷川庄二郎
いいとこで必ず入るコマーシャル　佐藤権兵衛
ひと言といった祝辞がまだ続く　千田尾信義
レジ前に小銭探しの爺と婆　三浦芳子
前置きはいいから結果教えてよ　東條勉

イライラ【いらいら】13.11

中澤巌選

繰り返す除染汚染の根くらべ　佐野しっぽ
ストレスはあなたのせいよ半世紀　月岡サチヨ
被災地を焦らす政治のマイペース　大戸和興
四六時中世話され胡瓜曲がり出す　折原あつじ
嫁も来ず嫁にも行かぬ子が二人　宮内みの里
イライラが押すかも知れぬ核ボタン　宮本次雄
青空がイライラ気分吸い上げる　白石昌夫
言い負けて空の青さが広すぎる　川瀬幸子
抜けぬトゲ奥へ奥へともぐり込む　本間千代子
じれったい人ね好きなの嫌いなの　伏尾圭子

色【いろ】13.03

杉山太郎選

年収で赤信号のプロポーズ　上田正義
無色透明僕はとことん平和主義　加藤友三郎
声色で年当てられる電話口　水井玲子
色をなし教師を責めるモンスター　上原稔
春景色セピアに変える砂嵐　塚本康子
そこまでは校則にないブラの色　増田幸一
もの作りブルーカラーの心意気　江畑哲男
知る顔へ八百屋はそっと色をつけ　関玉枝
本音など見せぬ女の似合う黒　窪田和子
七色じゃ足りないドラマ生きている　古田水仙

イン――――【いん】17.06

高鶴礼子選

インプットされた悲しみ八月忌　三宅葉子
腹の内探られぬよう笑ってる　小島一風
トントントン応答なくば入ります　棚田貞治
fall in love　頼りないけど彼の胸　島根写太
おとなしい私の中に居るサタン　佐藤権兵衛
覚えても脳が保存を拒んでる　篠田和子
三度目の恋やわらかくインコース　松田重信
気がつけば君のハートにフェイドイン　遊人
本当の僕をボクでも分からない　水井玲子
窓を開け内弁慶をほうり出す　田辺サヨ子

ウエスト――――【うえすと】14.11

江畑哲男選

タンスには細いスカート昼寝する　貝田誠作
ウエストは公表しない相撲取り　老沼正一
寸胴の誉れ和服が美しい　岡さくら
抱きしめてチェックされてる腰の肉　後藤華泉
くびれてる腰がサンバで動き出す　稲垣優子
ウエストも胸もお尻も似た数値　近藤秀方
宇宙士のぎっくり腰は聞いてない　野澤修
ポッコリがお好みかしらルノワール　伏尾圭子
ベルトよりまわしが似合いそうな妻　近藤秀方
ウエストが行方不明になりました　月岡サチヨ

植える

【うえる】17.06

伊藤春恵選

植毛をして人生をやり直す　北山蕗子
脳味噌に植えるおしゃれなカタカナ語　岡さくら
まつ毛植え込み目力で勝負する　日下部敦世
モデルみたいにしっくりこないアデランス　上西義郎
列島に絆を植えた大鯰　小泉正夫
煎餅をインプラントでバリバリと　梅村仁
金の生る木が植えてある国有地　江畑哲男
もう一度幸せの木を植えてみる　長谷川庄二郎
夫という不思議なものを植えている　高鶴礼子
スコップも晴れの舞台の植樹祭　本間千代子

迂回

【うかい】16.08

加藤ゆみ子選

引き出しを増やしてくれた回り道　伏尾圭子
延命の管があの世を遠くする　月岡サチヨ
父さんには母さん上手く言っといて　水井玲子
脳内を迂回している記憶力　角田真智子
三度目のカボチャの馬車に乗る娘　布佐和子
人伝に聞くと嬉しい褒め言葉　岩澤節子
言い訳のまだ練れてない回り道　本間千代子
ちっぽけな段差に負けてする迂回　酒井千恵子
文系がドボ女目指して微積から　窪田達
本音までたどり着けない修飾語　島根写太

う

腕

【うで】07.09

伊藤春恵選

献血車若い太腕待っている　笹島一江
わが児抱く腕でつかんだ金メダル　小川定一
ふにゃふにゃの腕だが二本ついている　今川乱魚
大臣の腕を見透かすお役人　伏尾圭子
ロボットのアームが光る町工場　布佐和子
主役より腕は確かな切られ役　村田倫也
親方の釘一本が利いている　北山蕗子
細腕を均等法が太くする　斉藤克美
台風が来ると予報士腕まくり　六斉堂茂雄
遮断機がパトカーまでも通せんぼ　野口良

うどん

【うどん】14.04

船本庸子選

人情もうどんも温い街に生き　北山蕗子
酔い醒めへ胃を喜ばす掛けうどん　石井太喜男
洋風にされ照れ臭や焼うどん　布佐和子
一張羅カレーうどんは止めておく　川瀬幸子
そば通と言って蕎麦屋でうどん食べ　篠田和子
料亭のうどんが泳ぐ柿右衛門　堤丁玄坊
漢字だと読めず書けないうどんの字　中沢広子
腰あるうどん上下左右の歯を泣かす　古田水仙
煮込み過ぎうどんを啜る倦怠期　布佐和子
ミシュランにうどん関心示さない　東條勉

促す

【うながす】

08.11

太田紀伊子選

今すぐとテレビショップはせわしない　近藤秀方

地デジ地デジと分からないうち買わされる　篠田和子

行け行けとジングルベルが鳴り続け　二宮茂男

初恋は胸にしまって嫁きなさい　松岡満三

晩学のドリルになった広辞苑　櫛部公徳

何となく喪中はがきに急かされる　葛西　清

本命のチョコが決断急き立てる　宮本次雄

せかせると女の顔が出来ません　大西豊子

ロボットが代わりましょうと肩叩く　水井玲子

結論を急げと秋の陽が落ちる　伏尾圭子

うやむや

【うやむや】

10.06

永井しんじ選

ぼくのパパはときくと鼻唄うたうママ　坂牧春妙

イエスともノーとも取れるうっふっふ　岩田康子

家計簿に妻の支出が書いてない　折原あつじ

加齢では納得しないお年寄り　藤沢今日民

白黒をつけない方が大人です　伊藤春恵

貸したのか借りたのかもう忘れてる　田辺サヨ子

これ以上聞くと何かが壊れそう　伏尾圭子

うやむやな二人を包むおぼろ月　窪田和子

目くばせで知るうやむやにする話　太田紀伊子

うやむやに持込む医療事故の壁　増田幸一

売り込む【うりこむ】

08.06

山本由宇呆選

売り込みの的年寄りでお金持　大戸和興
CMの車美女だけ乗せて売り　中川洋子
売り込みの時期は過ぎてる娘が一人　高野富子
ランチ客に夜のメニューも添えて出す　安川正子
セールスマン寡黙な人が良く売れる　篠田和子
底上げの履歴を足した甲斐があり　葛西　清
新刊書帯で売り込む名文句　増田幸一
セールスのプロは要らないものを売り　藤沢今日民
何もない島です自然が豊富です　近藤秀方
顔以外売り込む物がありません　田実良子

うるさい【うるさい】

16.04

篠﨑紀子選

補聴器が要らぬ声までかき集め　小島一風
うちの子を主役にしろとモンスター　岩田康子
返事なら一度でいいよ妻よ妻　折原あつじ
ウルサイとすぐ跳ね返す反抗期　江畑哲男
オスプレイ飛べば授業もままならぬ　北島　澪
ふるさとの蛙帰って来いと鳴く　田辺サヨ子
休日は纏りついてくる夫　五月女曉星
直球で来る女の舌を持て余す　北山蕗子
帽子から靴まで派手な柄模様　水井玲子
女子会が店のボリューム押し上げる　大野征子

栄養【えいよう】

13.10

佐藤孔亮選

やや太め好きと優しい嘘を吐く　水野絵扇
病む母の口に合わせる玉子がゆ　松本八重子
栄養が行き渡らない予算案　老沼正一
栄養を加齢がみんな食い尽くす　長谷川庄二郎
目の保養男は別な栄養素　小山しげ幸
車にはガソリン僕に酒が要る　いしがみ鉄
栄養が髪には来ない秋の暮　江畑哲男
バランスはドッグフードに敵わない　二宮千恵子
酒という栄養剤に生かされる　中澤巌
栄養が効くと悪さがしたくなる　加藤品子

エゴ【えご】

08.09

及川竜太郎選

個性派がエゴに見られる七不思議　秋山好子
人に見え私に見えぬ僕のエゴ　折原あつじ
レギュラーの不幸念じて待つ補欠　六斉堂茂雄
親のエゴみんな主役の劇にさせ　本間千代子
大国の理論で回るこの地球　安川正子
赤ちゃんのエゴが目覚める三ヶ月　笹島一江
繁殖中我利我利亡者食偽装　本間千代子
あなたとは違うんですよ家系図が　大西豊子
三歳のエゴが爺婆振り回す　宮本次雄
大国のエゴに地球はすすまみれ　近藤秀方

エッセイ【えっせい】08.06

今川乱魚選

エッセイのネタに困ると妻を書き　山本桂馬
エッセイに書かずにおれぬいい女　窪田和子
タレントのエッセイ自分で書いてない　田実良子
あの人に伝えるために書くエッセイ　島田陽子
埋め草と言われ形容詞が多い　中澤巌
エッセイという名の愚痴を書き連ね　笹島一江
気の向くままに書けというから難しい　有馬靖子
紀行文一人で行ったように書き　長谷川庄二郎
旅日記空気の色も書いておく　二宮啓市
母のエッセイお陰さまでの文字ばかり　櫛部公徳

エピソード【えぴそーど】13.01

中島和子選

マスコミの乗りがゴシップ太らせる　眞田幸村
本筋をそれ聴衆をひきつける　坂牧春妙
苦虫の父にもあった女偏　高塚英雄
タウン誌に街の美談を知らされる　大戸和興
勝った亀その後を語るツイッター　舟橋豊
助かった話に運の裏表　山本由宇呆
脱線の箇所だけ記憶ある講義　川崎信彰
あの頃はキスで塞いだ妻の愚痴　上田正義
毒はもう抜けてる老父の懐古談　小倉利江
通夜の席誰かが開く玉手箱　齊藤由紀子

エリート【えりーと】

13.08

江畑哲男選

女ひとりにエリートコース外される　難波ひさし

エリートが登る孤独なピラミッド　川名信政

本当のエリートが着た作業服　坂牧春妙

お隣りのエリート挨拶ができぬ　水井玲子

エリートになってももてる訳じゃない　杉野ふみ子

エリートの挫折背骨が丸くなる　海東昭江

千足屋を好きになれない露天商　六斉堂茂雄

エリート中のエリート汗もかいている　堤丁玄坊

エリートのパンツのゴムはきつめなり　中澤巌

出来ちゃった婚はしませんセレブ猫　伏尾圭子

王子【おうじ】

08.01

てじま晩秋選

ハンカチーフだけじゃ王子になれないよ　川村安宏

好きだった白馬の騎士を介護する　藤沢今日民

王国が一生続く一人っ子　池谷聰美

王子様気取りでポチが先を行く　菅井京子

バブル期の王子も交じる橋の下　眞田幸村

居酒屋でメタボ王子がもてている　海東昭江

平成の王子へおばさんの悲鳴　齊藤由紀子

ケータイといつもじゃれてる王子様　江畑哲男

臨終のネロに王子の頃の夢　山本由宇呆

しあわせは王子育てる事と知り　小金沢綏子

大げさ【おおげさ】13.06

日下部敦世選

つぶやきがあっと言う間に世界中　青山あおり
分娩室象産むような声がする　月岡サチヨ
包帯を取ればちっちゃなかすり傷　宮本次雄
ディフォルメの土偶男の審美眼　布佐和子
主催者は数万人とデカイ読み　成島静枝
大げさに騙されておく好きだから　松岡満三
たかが父の日大吟醸を下げて来る　中澤巌
火星なら一万坪のマイホーム　中川洋子
一億の寂しがりやが棲むネット　河野桃葉
世界一偉人に見えてくる主治医　長谷川庄二郎

オープン【おーぷん】17.01

齊藤由紀子選

碁敵を今日も待ってる垣根越し　鈴木広路
待たせたねオープンカーに稀勢の里　成島静枝
オープンカー乗せた彼女もセピア色　松本八重子
異教徒を差別はしない遍路道　志田則保
オープンにする程遠ざかる豊洲　川崎信彰
開封のハサミに祈る良い返事　長谷川庄二郎
ファミレスのランチおんなの解放区　海東昭江
トランプの口へチャックが欲しくなる　月岡サチヨ
マイナンバーボクを裸にしてしまう　宮内みの里
トランプの戯画パンドラの箱を開け　小倉利江

拝む 【おがむ】 14.03

内田博柳選

おぶさった児もおじぎするのんのさま　新井季代子
神様も苦笑して聞く志望校　江畑哲男
子や孫に拝まれ軽くなる財布　笹島一江
紅引いて遺影に頼むお留守番　上田正義
給料日ＡＴＭで拝む札　小山一湖
浅草寺悩み一手に疲労ぎみ　杉野ふみ子
坊さんのお経が下手で眠れない　海東昭江
細胞に手を合わせてる割烹着　長谷川庄二郎
拝まずにいじくりまわすなで仏　川崎信彰
二次会を片手拝みでそっと逃げ　笹島一江

置く 【おく】 14.08

松田重信選

退職金念頭に置く妻の乱　老沼正一
キッチンにチンの操作の置手紙　木田比呂朗
定年が身の置き処思案する　宮内みの里
置き物にされるとボケがしのび寄る　山田とし子
失言にちょっと間を置く仲直り　川名信政
肩に置く手が誘ってる暗い路地　上田正義
本籍を東京に置く見栄っ張り　山口幸
公園に置きっぱなしの片思い　山本由宇呆
コップ置く音で機嫌がすぐ分かる　五十嵐修
置き去りの恋も漂う夏の海　伏尾圭子

奥

【おく】15.10

川崎信彰選

冷蔵庫奥から出てくる不審物　高山睦子
奥の院から洩れてくる高笑い　渡辺梢
胸奥のマグマ宥めるコップ酒　荒巻睦
奥の手はやはり涙と決めている　山田とまと
独り者ときどき火照る耳の奥　辻直子
抽出しを開ける少年期があふれ　金子美知子
拒否をする瞳の奥が詫びている　駒木香苑
身の奥の奥へ静かな鬼を飼い　はなこ
奥へどうぞ言ってみたいがワンルーム　安川正子
奥さんと呼べないようなミニをはく　古田水仙

お先に

【おさきに】16.06

江畑哲男選

トマトだって器量好しから売れていく　水井玲子
たっぷりと介護あっさりとサヨナラ　田辺サヨ子
会釈してお先に消えた二人連れ　成島静枝
お先にと亀はじっくり構えてる　堤丁玄坊
お先にどうぞこの世に未練もう少し　安川正子
新人が一番早く退社する　上原稔
臆病で何をするにも譲る癖　吉田恵子
先に帰り酒の肴にされている　佐藤権兵衛
夫など待たずのんびり夕ご飯　北島澪
葬儀から戻り見直すガン保険　吉田格

おじさん 【おじさん】 15.02

江畑哲男選

おじさんの通帳毒婦狙ってる　鈴木広路
おじさんの足・足・足の屋台酒　飯野文明
おじさんじゃないぞジーパンまだ似合う　窪田和子
おじさんに住みついている少年期　伏尾圭子
今朝もまた無駄に早起きする夫　角田真智子
他所の子を叱る親爺のいた昭和　川名信政
おじさんは隣同士が喋らない　山本由宇呆
壇蜜を見るおじさんの顔を見る　本間千代子
図書館のおじさんたちのスケジュール　野口一風
おやじギャグ再発防止策がない　中澤巌

重い 【おもい】 13.11

岩田康子選

命名に百態の夢詰め込まれ　岡さくら
一票の重さ忘れた数頼み　根岸洋
相続へ親の介護も付いて来る　永峰宣子
くじ引きで会長になり不眠症　伊藤春恵
義理を欠く独りに重い熨斗袋　河野桃葉
年の功重い話も軽くする　大竹洋
水中か宇宙が好きな体脂肪　成島静枝
言訳を復唱してる重い足　笹島一江
指切りを誓った指に裏切られ　折原あつじ
重責も笑顔でかわすキャロライン　中沢広子

終わる

【おわる】 16.08

志田則保選

「敗戦」を「終戦」というオブラート　飯野文明

プライドが先に言わせるさようなら　伏尾圭子

愛という接着剤が乾き切る　本間千代子

バントだけ決めて代打の夏終わる　遊人

死に水は酒にしろよと父が言う　江崎紫峰

独身を謳歌家系図途切れそう　水井玲子

子の不祥事へ子育てが終わらない　篠田和子

渋滞を切り抜け終わる口喧嘩　岩澤節子

下手なシャレ言うから緞帳が下りる　加藤ゆみ子

末期の水はやっぱり妻の口移し　上田正義

韻文史の中の俳諧

佐藤勝明
（和洋女子大教授、俳文学会常任委員）

日本の詩歌の歴史

ご紹介いただきました佐藤です。身に余る過分なご紹介、恐縮です。

さて、短い時間ですが楽しく学んでまいりましょう。日本の韻文史を総括して、俳諧・川柳の位置づけをしてまいります。

まずは、日本文学史での位置づけ。奈良時代を上代、平安時代を中古、鎌倉・室町時代などを中世、江戸時代を近世とします。上代・奈良時代、中古・平安時代の日本における公の韻文は漢詩でした。和歌、俳諧、川柳もずっとその影響を受けてまいりました。漢詩は近世の狂詩を生み、滑稽な狂歌と同様に江戸時代に流行しました。歌謡は、歌う歌、リズムをつけて歌う歌でした。催馬楽、神楽等から現代の歌謡曲などにまで及びます。歌は節をつけて四拍で歌われました。やがて、中国から入って来た漢字により、書いて読んで味わうことも出来るようになります。

日本語は外国語と違って抑揚がありません。あ・い・う・え・おの、音の長さが同じで、音楽性がありません。従って、何とか節がなくてもリズムを付けようと考えました。歌わなくても見ただけでリズムが分かるように苦心した結果が、五音と七音の繰り返しでした。それが歌謡から発生した和歌でした。

漢詩に対して和歌（やまとうた）です。五七七の片歌、これは旋頭歌（五七七、五七七）の半分だから片歌と言いました。仏足石歌は特殊ですから別にして、五七五七七の短歌が一般的です。五七、五七を繰り返し、リフレイン効果を狙って最後に七音を添える長歌では、柿本人麻呂が第一人者でした。とにかく、五七、五七、五七、五七、五七で最後に七を付けるのです。とにかく、五七、五七、五七、五七で、なんとかリズムを付けようとしたのです。この長歌の簡略版が短歌です。もっと簡略版が五七七の片歌でした。

ところが長歌は相当の力量がないと作ることが出来ません。片歌では短すぎて言いたいことが言えません。短歌がちょうどよいということになって、万葉集の後半あたりから短歌が主流になってきました。平安時代になると、短歌だけが残り、片歌や長歌が消えていきました。長歌がなくなると、短歌は五七五、七七で切れることになっていきました。五七、五七で歌を作るのを五七調と言いますが、やがて七五が結びつき、七五調に変わります。都々逸は七七七五です。この七と五の組み合わせから俳諧や川柳が生まれてくるのです。短歌は現代まで生き残り、近世には同じ五七五七七の狂歌も生まれます。これは滑稽な内容の短歌です。

この五七五と七七を二人でやったらどうなるか。これが連歌です。Aさんが五七五を作る、Bさんが七七を作る。そこに予想外の面白味が発生する。最初は二人だけでやっていました。これを短連歌と言います。

ところがこの付け合いが面白いので、貴方もお出で、貴方もお出でと、言っているうちに四人、五人、六人と集まり、ぐるぐる回してみんなで作る。五七五、七七、五七五、七七と続ける、これを長連歌と申します。五七五、七七、それに見合う五七五、そして七七と続けていきました。最初は当意即妙の笑いの要素をふんだんにもつものでしたが、だんだん真面目になってまいりました。俗から雅へ、日本の文芸にはそのような傾向があります。万葉集では、痩せてるからウナギを食えなどと人をからかう歌が結構ありました。貧乏は嫌だな、酒は美味い、なんてことが詠まれていました。これがだんだん格調高くなって、古今集では俗なことは捨てて雅なことだけを詠むようになっていきました。

連歌も同じ運命（高等化）を辿りました。雅なもの、これを純正連歌などと呼びならわしています。本来の面白おかしい連歌は俳諧連歌と呼ぶようになりました。俳諧という語は本来、滑稽と同じ意味なのです。面白おかしい、笑いに通じるという言葉なのです。あとで古今集の中で俳諧歌という面白い歌を二例だけ紹介いたします。俳諧連歌というのはわざと面白く作っている連歌のことでした。江戸時代になるとこれを省略して俳諧とよぶようになりました。

ここから登場したのが松尾芭蕉です。芭蕉は当初は滑稽な連歌からスタートしています。明治になってからこれが連句と名付けられて現代に至っています。皆さんの中で連句をやっておられる方もおられるようですね。一時期は廃れていましたが、最近は連句会をネットでもやっているので少し盛んになっています。

江戸時代になると俳諧はジャンルとして連歌から独立し、大流行します。連歌は中世を代表する文芸でしたが、近世に入ると俳諧が連歌を超えてしまうのです。連歌は将軍家や大名家だけのものになっていきます。正月になると将軍家や大名家では連歌の会を必ず催していました。ですから連歌師は将軍や大名に抱えられていました。庶民は連歌でなく俳諧を行っています。

左頁の資料の連句の点線の下に、発句と書かれています。これは連句の第一句です。これが明治になって俳句と名前を変えて現在に至ります。俳句は急に独立して起こったものではなく、五七五、七七、五七五、七七の最初の句（発句）が独立してそれが俳句になったのです。そのルーツを辿れば五七五、七七の短歌の上句の部分だったのです。しかもそれは五七、五七、七の歌であったものが、五七五、七七と変形して連歌となり、その発句が後の俳句になっていったのです。

川柳はどうでしょうか。（資料での連句からの枝降ろし部分参照）前句付というのが連歌の時代からありました。連句は百韻と申しましてこれを巻くのに時間がかかりました（丸一日ほど）。芭蕉の時代は歌仙（三十六句）、これでも半日位かかります。連句には練習が必要です。他人の句にあまり近すぎてもいけない、前の句に見合うような七七をうまく付けなければいけない。先生が出題をして、それに見合うような七七をみんなで付ける練習をするのです。

今年（二〇一五年）は『誹風柳多留』が出て二五〇年になりますが、点者（選者）の柄井川柳が選んだ前句付の中から、一句だけでも十分鑑賞に耐えるもの、一句独立させても鑑賞に堪え得る作品を呉陵軒可有がまと

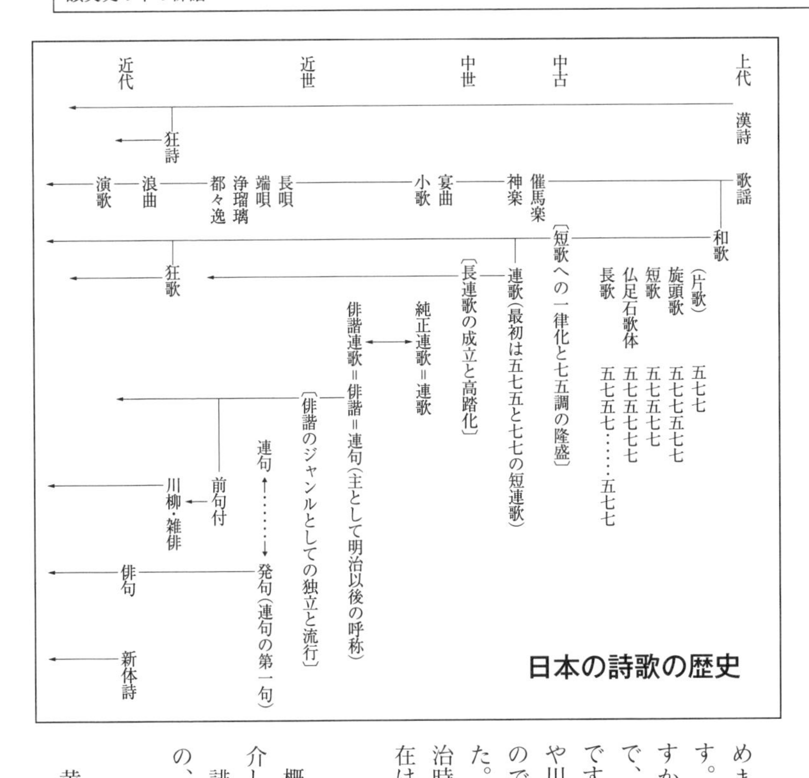

日本の詩歌の歴史

めました。それが『誹風柳多留』であります。ここから川柳の歴史が始まるのです。ですからあくまでも前句付から始まったもので、いきなり川柳が始まったわけではないのです。これでざっと韻文の歴史のなかで俳句や川柳がどこに位置するか、俳諧はどんなものであるかということをお話しいたしました。資料の一番下にある新体詩というのは明治時代に西洋の影響を受けて出たもので、現在は詩またはポエムと呼ばれています。

俳諧の源流章

概略だけでは足りないので少し実例をご紹介します。最初は『古今和歌集』巻十九「雑躰誹諧歌」より二例。これは正統ではないもの、まともではない短歌です。

山吹の花色衣ぬしやたれ問へど答へずくちなしにして

黄色の山吹色の花よ名前を教えておくれ、

答えないのか、そうか口なしだったね、といった意味です。山吹色とくちなし色はよく似ています。なんだ、口なしだと洒落ているのです。

我を思う人を思わぬ報いにや我が思う人の我を思わぬ

私を思ってくれた人をつれなくした、その報いで私が思う人はちっともこっちを向いてくれない、といった意味です。思う・思わないを上手にたくさん使った短歌です。これらが誹諧歌（俳諧歌）で、雅なものではありません。

次に、連歌のルーツと言われる『日本書紀』所収の片歌問答を紹介します。

日本武尊の「**新治筑波を過ぎて幾夜か寝つる**」は、東征を終えて今の浜松のあたりで体調を崩して弱気になった際、新治筑波を過ぎて幾晩になるか、と詠んだもの。この歌は厳密に言えば字数が足りない（四七七）のですが、やはり片歌です。ところがお付きの中に歌の詠める人が居らず、誰も答えられない。そうしたら灯をつける係の老人（乗燭者）が出て来て、「**日日並べて夜には九夜日には十日を**」と詠みました。何日も過ぎましたね。これで九夜目、明日で九泊十日になります、と返したのです。あまり内容のあるものではないのですが、五七七と当意即妙に返したことで、これが後の連歌のルーツとなりました。後の連歌師達は日本武尊こそは我々の祖先である、と言い出したのです。そこから連歌の道を後に筑波の道とも言うようになるのです。

良少将は僧正遍照のことで、若い頃は大変な色男でした。たいへんモテたそうです。

「**人心うしみつ今は頼まじよは**」は、逢う約束をしたので化粧をして待っていた女が、さっぱり現れない良少将に腹を立ててこの句を送った、と大和物語に書いてあります。貴方の心なんか当てにしないわ、と歌で言ったのです。「うしみつ」は「憂し見つ」と「丑三つ」（午前三時頃）の掛詞です。怒っていることと、約束の十二時を遥かに過ぎて丑三つ時だということを掛けているのです。それに対して良少将はごめん、ごめんと謝った句を返しているのです。

「**夢に見ゆやとねぞ過ぎにけり**」は、きみが本気なら夢に現れると思って、一寸寝たら寝過ごしてしまいました、という意味。「寝」と「子」（子の刻、十二時）を掛けています。つまり連歌というのはこういうところからスタートしたのです。社交性のある掛け合いの歌なのです。

ところが、十四世紀の『菟玖波集』（准勅選の連歌選集）所収の付合例を見ると、連歌がすっかり変わっていることに気づきます。なぜ「菟玖波（つくば）」と言うかは、前述の「新治筑波を過ぎて幾夜か寝つる」から取っているのです。

絶えぬけぶりと立ちのぼるかな／春はまだ浅間の嶽の薄霞　為家

煙が立ちのぼるに対して、浅間山の煙を持ってきてつないでいます。春のきれいな情景が見えてきました。

思へばいまぞ限りなりける／雨に散る花の夕の山おろし　救済

雨に散る花、今年も花は見収めか、と見事に詠んでいます。ここには俗な要素は全くありません。

では、俳諧連歌はどうか。『菟玖波集』巻十九「雑体連歌　俳諧」所収の付合例です。

川のほとりに牛は見えけり／水わたる馬の頭や出ぬらん　読み人しらず

川のほとりの牛と水を渡る馬、なんてことのない句と見えますが、牛の字の上をとると午（うま）の字になることを使っているのです。頭を出したら午が牛になってしまう、なるほど「うまい」と言いたくなります。

親に知られぬ子ぞまうくる／我が庭に隣の竹の根をさして　読み人しらず

親に知られぬ子を作った、なんのことだ、と思わせて、なんのことはない、隣の竹の筍が出て来たのだよ、とオチを付けます。気を揉ませておいてふっと力を抜く、ここにうまさが出ています。「笑いは緊張の緩和にある」と、かつて落語家の桂枝雀が言っていましたが、まさにその通りですね。

室町俳諧

さて、それから約一四〇年後、室町期の連歌撰集『新撰菟玖波集』には、俳諧連歌は一句の入集もありません。つまり俳諧と連歌は別の物になってしまったのです。

同じ頃、『竹馬狂吟集』という俳諧だけの連歌集ができています。竹馬（ちくば）はわざと菟玖波をもじっています。しかも竹馬は子供の遊びなのです。笑いを呼びます。

人かとすれば人にてもなし／薄紙に入という字を裏に見て

人かと思えば人でない、それは、入という字を薄紙の裏から見たものだった、というわけです。

握り細めてぐつと入れけり／葉茶壺の口の細きに大ぶくろ

あらぬことを想像させておいて、葉茶壺の細い口に大袋から茶を入れるところだと知り、緊張が解けて笑いが起こるわけです。

次は、五七五の例です。『竹馬狂吟集』の発句の例。

折る人の手にくらひつけ犬ざくら

犬桜は桜の中で見栄えのしない種類です。犬の名がついているのだから、折る人に噛みついてやれという意味です。これは川柳になりませんか。

かへるなよ我が貧乏の神無月

神無月が過ぎても我が家の貧乏神は出雲から帰って来るなよ、と言っています。

次は、『俳諧連歌抄』とも言われる『新撰犬筑波集』の付合例。犬と頭につけるのは、正統ではないということでしょう。後にこれは江戸時代に、新撰という語を付けて出版されます。

霞の衣すそはぬれけり／佐保姫の春立ちながら尿をして

霞のような薄い衣のすそがぬれている、ということで、佐保姫は春の枕詞です。春の女神である佐保姫が立春に立ちながら尿（しと）をしたので、衣が濡れてしまった、と下品な内容になっています。これは大受けしました。『新撰犬筑波集』の代表的な巻頭の付句になっています。これでいいんだ、俺たちの俳諧は下品でもいいんだ、と宣言しているようにも感じられます。「佐保姫の」と格調高く詠み出し、立ち小便となるから受けるのです。

きりたくもありきりたくもなし／盗人をとらへてみれば我が子なり

よく知られた付合です。これは雑（ぞう）の句で、上手な句です。

『犬筑波集』の発句例も見ておきます。

にがにがしいつまで嵐ふきのたう

これは「吹き」と「蕗のとう」を掛け、蕗の薹が苦いということと、風がやまずに不愉快だ、という二つの内容を表しています。

月に柄をさしたらばよき団扇かな

こんなスケール大きな句は気持ちがいいですね。あの大きな月に柄をさして、団扇にするのですから。俳諧とはこういうものなのです。俺たちは正統ではない、でもいいんだ、と主張しているようです。

俳句に季語を用いる歴史的経緯

さて今日はせっかく川柳の会に来たのですから、俳句と川柳の違いについてお話をしましょう。

まず季語について。連歌や連句では、一巻（百句の百韻や三六句の歌仙など）の中で全ての季節を扱う必要があります。ある季から別の季に移る際には、雑（無季）の句を挟むのが普通です。発句（第一句）やこれに添える脇句（第二句）以外は、前句からの連想で新たな場面を作ることになり、実際の季節に拘束されることはありません。それゆえ、発句と脇句には当季を詠んでおくことが肝要とされています。発句だけを単独で詠む際にもこれが踏襲されました。明治時代に発句が俳句と名を変えた以後も、季語を使うことが基本的に守られ、現在に至っています。連歌の最初だけは当季を入れましょう、と言っていたことが、ずっと続いて明治の俳句にも取り入れられ、現在に至っているのです。それに対して、川柳は前句付から独立したもので、季語は入れる必要がありませんでした。

和歌的本意

続いて、和歌と俳諧の違いを述べてみます。

和歌では先例を重視する風潮が高まって過去の作品を重視するようになります。例えば定家たちは古今・後選・拾遺の三代集から取材せよ、と唱えました。三代集で使われている言葉で歌を詠もうと主張するのです。そうすると、ある対象（とくに季節の景物）に対する詠み方に自ずと方向性ができるのです。今日は春雨を例にとってお話しいたします。

それが「本意」と呼ばれて、例えば「春雨」の詠み方が固定化すると、一種の規制にもなっていくのです。

「春雨」に関する『初学和歌式』の記述――•

江戸時代に作られた『初学和歌式』は、「本意」を中心とする和歌入門書で、これには、「春雨は、音も無くふるともわかぬ（分からぬ）よしをいひ、幾日もはれやらでさびしき心、相応也（ふさわしい）。音さはがしく、風あらき心などは不相応なり（ふさわしくない）。花をもよほし、草葉をめぐむよしなどをいひ、よもの木のめももえまさる心をいふ也。」とあります。

要点を整理すると

・降っているかどうかわからないほど静かに降るものとして詠む（A）

・晴れることが少なく寂しい情趣をこめることがよい（B）

・木々の生育をうながす恵みの雨としてとらえるのもよい（C）

※「春に降る雨＝春雨」ではなくなって現実より美学（イメージ）が優先されていく。

・『初学和歌式』の指摘以外には花を散らせる雨としても詠まれている。（D）

では、「春雨」の歌例からどれに当てはまるか考えてみましょう。

「春雨」の歌例（八代集から）――•

春雨の降るは涙か桜ばな散るをおしまぬ人しなければ
大伴黒主（古今集）（D）

ふりぬとていたくなわびそ春雨のただにやむべき物ならなくに
紀貫之（後撰集）（Aに近い）

「ふりぬ」は「経りぬ」を掛けている。

春雨の降りそめしより片岡の裾野の原ぞ浅緑なる
藤原基俊（千載集）（C）

水の面にあや織りみだる春雨や山の緑をなべて染むらむ
伊勢（新古今集）（C）

春雨の降りそめしより青柳の糸の緑ぞ色まさりける
凡河内躬恒（新古今集）（C）

花は散りその色となく眺むればむなしき空に春雨

ぞ降る　式子内親王（新古今集）（B）

「春雨」の歌例（近世の作品から）――

おほかたの木のめも春の雨ふれば松は緑ぞ猶まさりける　西村氏女（萍水和歌集）（C）

霞たつ空にはそれと見えわかで木のめにかかる今朝の春雨　重道（萍水和歌集）（C）

つくづくと昔をかこつ草の庵に淋しさ添ふる春雨の空　正甫（堀江草）（B）

草の庵は降るも音せぬ春雨を軒よりつたふ雫にぞ知る　広模（和歌継塵集）（A）

東屋のまやのあたりに霞めるや降るも音せぬ春雨の空　後水尾院（新明題和歌集）（A）

春の野は降る雨ごとに道芝も昨日に増さる色をやは見ぬ　経光（新明題和歌集）（C）

連歌発句の「春雨」「春の雨」（『連歌発句帳』から）

草も萌え木のめ春雨けさぞ降る　専順（A）

春雨は野山を染むるしぐれかな　宗養（A）

春雨の音は軒端の草葉かな　紹巴（A）

残る日に見れば見えけり春の雨　兼載（A）

竹の葉の露やいでそよう春の雨　宗養（A）

しほれそふ袖に見えけり春の雨　心前（B）

「春雨」の句例（初期俳諧の作品から）――

春雨やかすむ木の目のかけ薬　作者しらず（犬子集）（C）

目は芽に掛けている。

春雨にあらいてけづれ柳がみ　作者しらず（犬子集）（C）

春雨を親とて苔のむす子哉　定好（崑山集）（C）

苔のむすと、息子を掛けている。

花をそだつ母やちちたる春の雨　玄可（ゆめみ草）（AとC）

音せぬは地にぬきあしか春の雨　玖也（ゆめみ草）（A）

雨足に掛けている。

春雨やいかに野槌があくびごえ　松礒（功用群艦）

芭蕉の「春雨」「春の雨」――

笠寺やもらぬ崖も春の雨　（定享4・千鳥掛）

笠寺は名古屋にある寺の名です。ぼろぼろの寺の修復のお祝いに詠んだもので、これで春雨も漏らなくなりましたね、「漏らぬ崖（いわや）」になりました、という意です。（Aに近い）

春雨のこしたにつたふ清水哉　（定享5・笈の小文）

この湧き水はきっと春雨が木の下を伝わって流れて来たものだ、というもの。（CというよりAに近い）芭蕉の句は分類が難しくなっています。

不性さやかき起されし春の雨　（元禄4・猿蓑）

（A）アンニュイな感じ（けだるさ）がよく表現されています。

春雨や蜂の巣つたふ屋ねの漏　（元禄7・すみだはら）

屋根からポツンポツンと雨が漏り、軒の下のハチの巣に伝って流れている、というのです。（A）これまで誰も、こんな春雨とハチの巣の組み合わせの句は詠んでいません。着眼点がユニークです。

春雨や蓬をのばす草の道　（元禄7・草之道）

（C）春雨と蓬の組み合わせも芭蕉が最初です。芭蕉晩年の作です。

春雨や蓑吹かえす川柳　（年次未詳・裸麦）

春雨に蓑を吹きかえすような強風を組み合わせた新しさがあります。

芭蕉の認識（『三冊子』に記録された発言より）♩

「詩歌連俳はともに風雅なり。上三のものは余す所迄、俳はいたらずと云所なし。花に鳴く鴬も、餅に糞する縁の先と、まだ正月もおかしきこの比を見とめ、又、水に住む蛙も、古池にとび込む水の音といひはなして、草にあれたる中より蛙の入る響に、俳諧を聞きつけたり。見るに有。聞くに有。作者感ずるや句と成る所は、則俳諧の誠なり。」

おおよその意味は次の通りです。

詩は漢詩、歌は短歌、連は連歌。それらも俳諧も、すべては言葉による芸術として同列にある、しかも、俳諧の独自性は他の三つが用いない、踏みこまない素材や表現方法を取り上げるところにある、と言うのです。和歌が嫌う連歌が嫌う俗なことまで俳諧は取り上げるのです。なんでもありなのです。対象の中に真実を認めようとすれば感じたことが句になって現れるのです。

実験精神の現れた芭蕉句

古池や蛙飛こむ水のおと　（定享3・蛙合）

鶯や餅に糞する縁の先　（元禄5・鶴来酒）

和歌では鶯に対して、こんな詠み方はしません。

何ごとの見たてにも似ず三かの月　（定享5・あら野）

三日月を剣や弓、釣り針に和歌ではよく例えられますが、芭蕉は何にも見立てられないと言い切っています。

藤の実は俳諧にせん花の跡　（元禄2・藤の実）

藤の花は和歌や連歌によく詠まれているが、藤の実は一つも詠まれてはいない、だったら藤の実は俳諧で詠んでやる、ということです。

稲雀茶の木畠や逃どころ　（元禄4・西の雲）

稲雀は芭蕉が詠んだので、その後季語になったものです。

旅人のこころにも似よ椎の花　（元禄6・続猿蓑）

これも椎の実は詠まれているが椎の花は芭蕉によって詠まれて季語になったものです。

去来抄に、「季題の一つも探り出したらんは後世によき賜」とあります。

徒歩ならば杖つき坂を落馬哉　（定享4・笈の小文）

無季の句。

あさよさを誰まつしまぞ片ごころ　（元禄2・桃舐集）

私は早く松島に行ってみたい、というので、これも無季の句、芭蕉は伝統を守る半面、自由な側面ももち合わせていました。

『去来抄に』、「発句は四季のみならず、恋・旅・名所・離別等、無季の句もありたきもの」とあり、季が無くたっていい句もあるのでは、とも言っているのです。

本日は韻文の歴史から、和歌、連歌、俳諧、川柳の位置づけ、和歌における本意、俳諧の季語はどのようにして成立したか、芭蕉の俳諧における実験精神などお話させていただきました。有難うございました。（大きな拍手）

（平成二七年一〇月三一日）

ユニークとうかつ
類題別秀句集Ⅱ
か〜こ

会計【かいけい】13.09

平田耕一選

正直な数字が並ぶ裏帳簿　高塚英雄
ワリカンの暗算いつも元経理　上原稔
数独にはまり家計簿合ってくる　岩田康子
会計の鬱 8%の消費税　江畑哲男
明日落とす手形へ借りる子の貯金　本間千代子
どんぶりに売りの哲学持つお店　関根庄五郎
伝票の行方商談より揉める　古川聰美
寄付くれる人 会計はよく覚え　江畑哲男
清算のハンコが根掘り葉掘り聞く　大竹洋
金庫番への字の儘で飯を食い　大竹洋

外交【がいこう】09.10

中澤巌選

外交はほめる事からまず始め　栗林むつみ
隣国に回覧板が届かない　植竹団扇
最後には日本外交カネを出し　六斉堂茂雄
とりあえずお世辞のひとつ入れてみる　松田重信
握手する袖に鎧が見え隠れ　村田倫也
外交と放送局は妻の守備　増田幸一
外相も総理も妻が兼務する　高塚英雄
高齢者公園デビューして迷子　米島暁子
外面が良くて人生敵がない　北山蕗子
外交の英語にも出る千葉訛り　今川乱魚

替え玉【かえだま】

13.07

遠藤砂都市選

代読の心籠らぬ祝辞聞く　城内繁
あげるならスタントマンに演技賞　本間千代子
サンプルが食欲そそる合羽橋　吉田恵子
B面の僕が良からぬ街を行く　丸山芳夫
番犬のダミーつとめる定年後　木田比呂朗
いくらでも替え玉いると管理職　酒井千恵子
スタントマン役者魂かも知れぬ　岡さくら
政治家は汚れた服を秘書に着せ　遊人
七変化ソックリさんが役に立ち　吉田恵子
助けてと産んだ覚えのない息子　伏尾圭子

香る【かおる】

15.02

加藤ゆみ子選

マドンナは杖をついてもかぐわしい　貝田誠作
春節の爆買い香り出すマネー　古川聰美
乳飲み子の匂いが母を強くする　永井しんじ
香水のきつい女で気も強い　角田真智子
暮れなずむカレーが匂う裏通り　吉田恵子
怨念は忘れなさいと梅香る　新井季代子
残り香に魔女の仕掛けた誘い水　松田重信
君の手に触れた香りを持ち帰る　谷藤美智子
花粉症梅の香りもマスク越し　岩澤節子
薔薇の香の真ん中にいて落ち着かぬ　海東昭江

鏡【かがみ】

12.01

真弓明子選

ワンサイズ上にしたらと鏡言う　宮原常寿
きれいやねぇ今朝の鏡の誉め殺し　本間千代子
水鏡日本を写す逆さ富士　松浦瑠璃子
家中の鏡が曇る倦怠期　松本晴美
親の背が鏡とならぬ反抗期　志田則保
人前で鏡など見ぬ戦中派　本間千代子
生意気な鏡だサバを読まぬ顔　成島静枝
インターン白寿鏡に医師の道　関　玉枝
写ってる鬼を睨んでいる私　洲戸行々子
添い遂げて合わせ鏡になる夫婦　小倉利江

掛かる【かかる】

14.07

長谷川庄二郎選

いつだって小物がかかるネズミ取り　加藤友三郎
もしかして命に掛かる火消し壷　松田重信
目を掛けた鷹の子いつか鳶になる　増田幸一
夫にはナイショぎょうさん保険掛け　窪田和子
両肩が重い介護へ独りっ子　宮内みの里
吊り革に手がとどかない五十肩　古田水仙
ネオン川疑似餌にかかる鼻の下　大竹　洋
手の掛かる人でと愚痴が嬉しそう　伏尾圭子
打ち水のしぶき掛かったのがご縁　本間千代子
軒先に笑い袋がぶら下がる　松田重信

革命【かくめい】

09.05

江畑哲男選

マルクスがほくそ笑んでる大不況　松澤龍一
革命を起こしてほしい北の国　篠田和子
熟年離婚こんな革命どうですか　武田浩子
ロボットが心の通う介護する　角田創
無血革命主婦が夫にすり替わる　佐藤孔亮
革命の志士も今では痴呆症　本多守
フランスの夜明けを学ぶタカラヅカ　長根尉
インターネット年功序列覆す　水井玲子
家庭内革命へいざ畳替え　新井季代子
革命の美談犠牲を誇張する　石井太喜男

風【かぜ】

14.06

平蔵柊選

人に惚れ風にまで惚れ過疎に住み　松本八重子
風紋に砂丘の歴史語らせる　石井太喜男
ブランコを又三郎が漕いでいる　根岸ムベ
老人が欲しい明日より今日の風　長谷川庄二郎
ひと電車ずらして違う風に会う　笹島一江
荒れていた風が治まる五カラット　窪田達
奔放に過ぎたページをめくる風　松田重信
潮風を受けて私の殻を脱ぐ　北山蕗子
出世頭錦の風が村に吹く　山口幸
おっとっと風がオレの火消しかかる　窪田達

壁【かべ】10.11

布佐和子選

ひとことの刺が胃壁にこびりつく　岡さくら
壁の花花ならいいじゃないですか　坂牧春妙
イクメンが男女の壁を取り払う　篠田和子
解決に最後は銭が物を言い　東條　勉
ぶつかった壁は明日へ続く道　加藤羞策
お隣りは別れるらしい薄い壁　近藤秀方
密談はサッサと壁を通り抜け　伊藤春恵
百分の一秒という金の壁　上西義郎
したたかな壁ですメイドインチャイナ　伏尾圭子
お隣りの不協和音が壁を抜け　本間千代子

ガム【がむ】09.09

関根庄五郎選

コンビニはお釣りのようにガム揃え　岸　愛三
イチローのガムを噛まない二〇〇〇本　川瀬幸子
御喋りの口に張りたいガムテープ　村田倫也
宅配便愛をこぼさぬガムテープ　今村幸守
ガムかんでチャンスうかがう初キッス　原　光生
ポッケにはガムと夢とがあった日日　船本庸子
ガムを噛みメジャー気分の草野球　角田　創
ガム剥がすご苦労を見たビルの床　月岡サチヨ
入れ歯にはガムのやんちゃが疎まれる　石井太喜男
ガム一ついかがですかとアプローチ　角田真智子

が

がらがら

【がらがら】14.08

川崎信彰選

医者通い私ひとりの路線バス　鈴木広路
昭和のくらし母の箪笥を空にする　岡さくら
超満員の海ガラガラのトイレット　上田正義
ローカル線脚を座席にワンカップ　六斉堂茂雄
故郷の引戸元気な母の顔　小林洋子
六感も五体も崩れ出す加齢　長谷川庄二郎
折ってから医者に言われる骨密度　長谷川庄二郎
格子戸が昭和を唄う城下町　本間千代子
雨の夜の不意の来客土石流　山本由宇呆
がらがらぽんもう一等はないらしい　増田幸一

辛口

【からくち】10.09

江口信子選

辛口もあったメガネの乱魚節　佐竹明
毒舌が錆びて寡黙に成り済ます　眞田幸村
辛口に一瞬変わる座のムード　吉田格
辛口の好みが合って婿にされ　古川茂枝
韓流の甘いマスクはキムチ好き　志田則保
跡継ぎへ苦言を呈す創業者　鈴木広路
辛口の書評署名がされてない　大戸和興
受賞作無し辛口の委員評　江畑哲男
辛口のマル秘で埋まるシュレッダー　増田幸一
ちゃんとした店だ菊正宗がある　丸山芳夫

変わる【かわる】07.09

斉藤克美選

いつの間に妻へ実権移動する　浅井徳子
女旅メーク落してから本音　船本庸子
変わったねお互い様よ倦怠期　山口幸
サングラスかけて他人になりすます　有馬靖子
整形後男漁りが派手になる　北山蕗子
お試しで美人に変わるはずがない　増田幸一
人間は変われるものと信じたい　山本由宇呆
四季のある暮しの良さをかみしめる　角田真智子
夏休み明けたら少女Aになり　江畑哲男
この靴を履くと明日が変わりそう　伊師由紀子

漢字に関すること一切【かんじにかんする―】09.09

江畑哲男選

東葛の葛常用の仲間入り　篠田和子
綱取りに備えて探す四字熟語　千田尾信義
漢検を一家団欒競い合う　山口尚男
敗戦を終戦とした字の温度　飯野文明
読めぬ字があっても総理にはなれる　加藤友三郎
流暢な日本語だけど漢字ダメ　青山あおり
偉人の名一字もらった子は外れ　関玉枝
イタリアも漢字で書くと三字です　川村安宏
優先席読めても読めぬ振りをする　長谷川庄二郎
人名の劣化どうにも止まらない　宮本次雄

感謝【かんしゃ】16.11

北山蕗子選

女房はくれないだろう感謝状　上原稔
感謝状より金一封が温かい　船本庸子
九条が呉れた平和に感謝する　大戸和興
終電の戦士労う妻の鍋　岩澤節子
思春期の照れが言わせぬありがとう　東條勉
医者知らず妻のレシピに礼を言い　大竹洋
歓びの受賞の弁はおかげさま　関根庄五郎
糟糠の妻へちっちゃな金メダル　宮本次雄
湯がしゅんしゅんいつもの朝が有り難い　伏尾圭子
感謝していますす丈夫な肝臓に　江畑哲男

勘違い【かんちがい】09.07

佐藤俊亮選

奥様と言われ汗かく二人連れ　佐藤喜久雄
東大はうっかりミスで落ちました　江畑哲男
一生の不覚と妻も言っている　難波久
自分には総理の椅子が相応しい　中川洋子
大臣がオッサンになるクールビズ　折原あつじ
姉妹かと言われて否定しない母　中沢広子
わいせつにばかり解釈した伏せ字　大戸和興
独立で初めて知った自己評価　志田規保
おいでおいで呼んでいるのは犬の方　吉田恵子
名門校の一字違いを入社させ　布佐和子

看板【かんばん】

11.10

犬塚こうすけ 選

看板を下ろしあなたと二人酒　川名信政
安全の看板外す原子力　田尻美代子
うなぎ屋の匂い看板など要らず　中島久光
府から都へ塗り替えたがる知事がいる　植竹団扇
世界遺産看板にする小笠原　大戸和興
津波にも堪えた看板守り抜く　角田真智子
日本語の看板探す秋葉原　白浜真砂子
看板をまた書き替える民主党　佐藤孔亮
看板の無い口コミが客を呼び　加藤品子
落ちそうな看板だから皆が見る　坂牧春妙

管理【かんり】

13.10

江畑哲男 選

アンケート70代はその他なり　名城純子
防犯のカメラ性悪説で撮る　木咲胡桃
愛いつか二人を管理するスマホ　久安五劫
GPS寄り道もせず帰宅する　浅井徳子
酒瓶に今夜の目盛振ってある　上原稔
靖国に敷く中韓のリトマス紙　平田耕一
延命をコンピューターに管理され　阿部闘句朗
自己管理スルーアルコールを泳ぐ　小倉利江
フクシマは統御しているはずである　加藤周策
管理者はたくさんいますひとりっ子　島田陽子

気象全般【きしょうぜんぱん】

11.06

山本由宇呆選

積乱雲に竜巻の牙見え隠れ　古川茂枝

所によりの雨に打たれる運のなさ　水井玲子

ビールケース扱い慣れて秋が来る　吉田恵子

百態の雲読み分ける漁師の目　増田幸一

予報士が競い始める視聴率　大竹　洋

日蝕のリングへそっと指を入れ　布佐和子

晴天にカサ貸したがる金融界　中野弥生

汚染地と知らぬ雀が雨に舞う　加藤羞策

転がる太陽地の果てに見つけ出す　日下部敦世

日焼け止めにガードされてる上天気　新井季代子

奇人変人【きじんへんじん】

08.05

川崎信彰選

変な人だけでは警察動かない　坂牧春妙

近頃の女にもある喉仏　伊藤三十六

妻以外の女性に触れたことがない　村田倫也

変わってるあっちも俺をそう見てる　安川正子

個性的と言えば聞こえが良いものを　角田真智子

流れ星拾いに行って帰らない　吉木　昆

正気ですか男同志の観覧車　斉藤克美

金ばなれよき変人は愛される　今川乱魚

変人と言わりょと天ぷらにソース　窪田和子

変人の仮面を脱いで帰宅する　篠田和子

絆【きずな】

12.02

増田幸一選

赤い糸所詮糸では切れやすい　坂牧春妙
迷惑な絆が黴をまだ齧る　高塚英雄
あなたとは絆じゃなくてくされ縁　古田水仙
繋がりと枷二面性持つ絆　古川聰美
成果主義絆は軽く軽くなり　水井玲子
同じ物食べて夫婦になっていく　伏尾圭子
巧妙にオレオレが衝く血の絆　宮内みの里
最強のきずな母乳をふくませる　窪田和子
お酒との契りお前がいればいい　江畑哲男
往診で患者と絆深め合い　古川茂枝

競う【きそう】

17.03

安藤紀楽選

鼻の差と上司の檄が来るメール　成島静枝
競争を止めたら急に年を取り　伊藤春恵
夕陽背に戦いモード塾カバン　二宮千恵子
人生ゲーム保育園から始まった　野澤　修
黄昏れてどちらも敗者恋敵　中野弥生
競争心馬に刷り込む調教師　川崎信彰
オギャーと生まれ保育所の狭き門　塚本康子
勝ってから気づいた兄の匙加減　岩澤節子
競走馬でした昭和のお父さん　江畑哲男
見たいなあ豊洲市場の朝の競り　川瀬幸子

ぎっしり【ぎっしり】14.05

北山蕗子選

予定表ぎっしり老いる暇がない　中島久光
毒舌を包みきれないオブラート　折原あつじ
鮨詰めの中で孤独な通勤車　笹島一江
渋滞のニュース見ながら呑むビール　六斉堂茂雄
バーゲンにレジがなかなか進まない　水井玲子
予定表全部埋めぬと気が済まぬ　安川正子
里の便はち切れそうな愛届く　二宮千恵子
団塊に老人ホーム狭き門　中川洋子
幸せは小さな箱に詰め合わせ　中川洋子
詰め込みの知識応用編がない　塚本康子

ギフト【ぎふと】16.12

酒井千恵子選

迂回してウチのギフトにめぐり逢い　中野弥生
上の子はサンタの秘密もらさない　丸山芳夫
粗品ゆえ愛をたっぷり盛りました　本間千代子
定年後ネコも飛脚も通り過ぎ　梅村仁
一筆箋添えてわたしを差し上げる　駒木香苑
お裾分け郷の話で盛り上がる　北島澪
才能か美貌かなんて選べない　日下部敦世
海のもの贈れば届く山のもの　宮本次雄
昼酒の後の極楽日向ぼこ　熊谷勇
凩が運ぶうれしい里の味　小泉正夫

器用【きょう】09.03

藤沢今日民選

貧乏が器用に泳ぐ術教え　上西義郎
何科でもござれ離島の聴診器　宮内みの里
鼾かいてますテレビも見ています　船本庸子
ポチの舌国産肉を選り分ける　堀　輝子
左手の器用をやたら直される　川瀬幸子
右の手を器用に使う左利き　角田　創
抜け目なく生きて寂しい顔になる　村田倫也
不器用な嘘へ相槌打ってやる　宮本次雄
落ち方のうまい椿で生きつづけ　大西豊子
要領がいいから地雷踏んでない　北山蕗子

共通【きょうつう】12.09

大戸和興選

初対面共通点を探り合い　中島久光
樹林墓地入りましょうね三姉妹　三宅葉子
アレソレと似てきた夫婦半世紀　浅井徳子
共通の敵を見つけて仲直り　野口　良
癖までがよく似た靴が並んでる　二宮千恵子
おはようの次の話題は空模様　島田陽子
スタートは価値観同じだった筈　月岡サチヨ
ユニクロのダウン隣も同じもの　角田真智子
共通のテストに進路仕分けされ　宮本次雄
人と人笑みは世界の共通語　米本卓夫

教養【きょうよう】

14.08

江畑哲男選

教養のスタートを切るランドセル　長谷川庄二郎

教養があって邪魔する婿さがし　宍戸一吉

教養自負社会の窓が開いてるよ　山下博

教養を売り物にしてまだ独り　加藤友三郎

漱石も家に入れば恐妻家　角田真智子

教養があって使えぬベランメエ　内田信次

教養を捨てたら顔が丸くなり　窪田達

教養を酒一杯が脱ぎ捨てる　川名信政

モザイクを掛ける我が家の教養費　月岡サチヨ

教養って怖い他人の目が光る　伊藤春恵

極（表現自由）【きょく】

12.10

竹本瓢太郎選

九条も人も地球も崖っぷち　上田正義

極上を勧められてもボクは下戸　白石昌夫

ブランドをまとい極上偽装する　小金沢綏子

家計簿に妻の極意を貼り付ける　小倉利江

ほら吹きがまた極端なことを言う　菅井京子

極論を言えばあなたを奪いたい　日下部敦世

両極をしっかり繋ぐ血の絆　舟橋豊

窮極は愛より財にすがり付く　本間千代子

達人がハローワークに溢れてる　名雪心遊

極上の微笑男の骨を抜く　荻原美和子

きょろきょろ

【きょろきょろ】 14.03

川瀬幸子選

奢りだと聞いてメニューに目が游ぐ　小林かりん
目と鼻の先と言われてまた迷い　斎藤弘美
健忘症それも忘れて探し物　根岸洋
足元の百円玉へ目が泳ぎ　月岡サチヨ
矢印に進めどトイレ見つからぬ　伊藤春恵
地下鉄の出口まちがえ異邦人　大戸和興
目が泳ぐ八億円の使い道　佐竹明吟
警官が写真見ながらこちら見る　加藤周策
空席と自分の尻を比較する　長谷川庄二郎
目移りの果て平凡を手に入れる　伏尾圭子

義理

【ぎり】 17.02

杜青春選

ついでしかできぬ田舎の墓参り　亀山幸輝
義弟と言ってごまかす若い彼　遊人
時々は近所の高い店で買う　丸山芳夫
義理だらけの葬儀涙に色がない　篠田和子
年一度妻の実家にご挨拶　上村ひろし
私より年下ですが義理の父　日下部敦世
年一度五十二円で義理果たす　酒井トミオ
文太・健義理人情を連れて逝き　藤田光宏
義理の母には負けました厚化粧　杉野ふみ子
義理がたく揃って子供家に居る　二宮千恵子

切り替える【きりかえる】 09.04

斉藤克美選

夏休み終われば茶髪黒くなり　志田規保
アカデミーとって見直す納棺師　佐竹　明
騙されてからは笑顔の裏も読む　大戸和興
日常をスポッと脱いで趣味の会　伏尾圭子
肩パットはずして母の顔になる　竹尾久子
五時まではロボット 五時からは私　江畑哲男
失恋の涙は次の彼が拭く　松澤龍一
愚痴捨てて自信を貰う縄のれん　上田正義
ケータイが電話ボックス隠居させ　川瀬幸子
恋人は不況に強い人に替え　今川乱魚

空気【くうき】 12.11

長谷川庄二郎選

空っぽといわれ空気にある不満　坂牧春妙
故郷をたっぷりと吸うクラス会　伏尾圭子
空気も水も旨い駅には止まらない　増田幸一
名物は水と空気の過疎の村　上田正義
居るだけで空気和ますノー天気　吉田恵子
深呼吸してさりげなく毒を吐く　松本晴美
エアコンと電気節約せめぎあう　浅井徳子
定年のボクに空気が薄くなり　江畑哲男
厚化粧が去った空気を入れかえる　窪田和子
五十年空気に融けたふたりです　松田重信

クール

【くーる】 10.07

松本晴美選

クールビズに風邪を引かせる冷房車　坂牧春妙
必勝の方程式が情を消し　河合成近
最後がいいなコロンボの醒めた顔　有馬靖子
イチローのクール記録に驕らない　宮内みの里
クール便ならとパジャマで出るハンコ　成島静枝
冷静な人だ御輿は担がない　村田倫也
ひややかな争い女対おんな　海東昭江
寝たきりの財布に鈴が付けてある　上田正義
冷たさに惹かれ冷たさに傷つく　中川洋子
社訓から和の字が消えた成果主義　上田正義

くすぐる

【くすぐる】 14.10

上村脩選

デパートで似合うかしらの鼻濁音　木田比呂朗
ラブコール超を山程つけてくる　永井静佳
虎の子をくすぐる知恵のある詐欺師　大戸和興
くすぐればくすぐり返す若夫婦　丸山こくゆう
お上手に負けて苦情を引っ込める　野口良
カラオケの音痴の声にアンコール　浅井徳子
ワンマンも妻にはヨイショ欠かさない　原光生
モナリザをくすぐるダビンチの台詞　片野晃一
倦怠期またコチョコチョをしましょうか　古田水仙
蜜塗った世辞プライドを持ちあげる　宮内みの里

崩れる【くずれる】

09.06

大戸和興選

豊漁のサンマに漁夫の泣き笑い　加藤権悟
わからないから価値がある崩し文字　伊藤三十六
煮崩れた肉じゃがでした母の味　月岡サチヨ
歴代の家訓を嫁に崩される　犬塚こうすけ
天災が手抜き工事をあぶり出し　千田尾信義
女の輪美女が入って崩れ出す　窪田和子
値崩れを待って弁当買うつもり　川崎信彰
急激に崩れる妻と空模様　長谷川庄二郎
白熊が海に落ちてく温暖化　野口良
グラウンドゼロ犠牲空しく続くテロ　角田創

クッション【くっしょん】

13.02

水井玲子選

いつだって辛い中間管理職　中島久光
母親をクッションにして父に言う　城内繁
スポンジを味方につけたEカップ　岡さくら
失敗談説教よりも効き目あり　中野弥生
大陸の風に分厚いマスク買い　長谷川庄二郎
とりあえず顧問の席へ天下り　近藤秀方
ゆるキャラと並んで町のPR　江畑哲男
ワンクッションおいて断るプロポーズ　浅井徳子
半分をクッション材の荷が届く　本間千代子
新雪が転んだ私抱いてくれ　船本庸子

国【くに】

07.10

尾藤三柳選

全身をすっぽりメイドインチャイナ　岡さくら
国のため今もタバコを吸っている　犬塚こうすけ
パスポート外国人になりに行く　菊地可津
いい国だどこに行っても飲める水　船本庸子
土瓶蒸し異国の香りかも知れぬ　吉田格
古語辞典の中で日本に巡り合う　石川雅子
神ですか地球に線を引いたのは　中川洋子
国訛りボクのでっかいパスポート　田辺サヨ子
星空も邪馬台国も謎でいい　山田雅美
玉子焼きやがて傾く長寿国　佐藤美文

ぐらぐら【ぐらぐら】

13.12

大戸和興選

余命表インプラントへ踏み切れず　高塚英雄
大地震いっそ逃げずに抱き合おう　古田水仙
揺れ動く受験志望と親の脛　塚本康子
ネジひとつ落ちた回転椅子の脚　笹島一江
震度5が試す箪笥と夫婦仲　松本晴美
尊敬が愛になりそう悩む日々　六斉堂茂雄
4回転生唾飲んで観るフィギュア　長谷川庄二郎
盤上で予想もしない手を打たれ　北山蕗子
九条の旗を揺さぶる波しぶき　上田正義
ペンの先心の揺れは隠せない　松本八重子

クラブ 【くらぶ】 15.01

島田駱舟選

思い切り地球叩いているクラブ　中島久光
プライドを会員制にくすぐられ　水井玲子
老人会私も資格持ってます　島田陽子
手始めはカエル解剖生物部　酒井トミオ
素っぴんのクラブのママが目刺し買う　小島一風
腕よりも道具を見せに行くゴルフ　宮本次雄
万年補欠それも青春一ページ　角田真智子
レジェンドとなる部屋の隅の物語　日下部敦世
スペードの陰でクラブが爪を研ぐ　落合正子
くさやにも劣らぬ相撲部の部室　六斉堂茂雄

グラフ 【ぐらふ】 10.04

角田創選

御成婚の朝日グラフが宝物　船本庸子
過程より結果だと言う棒グラフ　伏尾圭子
地獄絵に見える売り上げ棒グラフ　永井しんじ
ややも入れまあまあと読む円グラフ　布佐和子
縦軸の幅で豹変するグラフ　植竹団扇
見たくない席の後ろの棒グラフ　島田陽子
天井を這ってたグラフ床を這い　野口良
円グラフどうせ私はその他です　千田尾信義
支持率をグラフにしたら滑り台　月岡サチヨ
数グラム減っても太く下げる線　古川聰美

グルメ【ぐるめ】

08.04

中沢広子選

グルメにはしない粗食の子に育て　加藤品子
デパ地下の試食で舌を鍛えてる　角田真智子
グルメ対決それよりまさる母の味　大戸和興
安全が美味い料理を駆逐する　長谷川庄二郎
学食を採点してる評論家　長根尉
雀いわく同じ米ならコシヒカリ　川村安宏
オバサンの舌はグルメの生き字引　大西豊子
車座の鍋がグルメと母の笑み　櫛部公徳
旨いもの講釈付けて食べ歩き　中沖明人
一滴へ妥協をしないシェフの舌　阿部巻彌

グローバル【ぐろーばる】

16.01

てじま晩秋選

地球儀に残すトヨタのタイヤ跡　松本晴美
ニッポンのアニメ地球を駆け巡る　岡さくら
日本酒の旨さ世界の味になる　山田とし子
赤坂のバーマイノリティーの日本人　角田創
日本を理解してこそグローバル　梅村仁
悪妻に悩める世界的学者　江畑哲男
グローバルな話はオムツ替えてから　船本庸子
パリのシェフ虜にさせたカツオブシ　小杉美智子
世界遺産人は歴史に愛を盛る　岡さくら
天気予報地球を意識する時間　六斉堂茂雄

け

削る【けずる】

16.06

潮田春雄選

鼻少し削るととてもいい女　窪田和子

名工のかんなクズにも美学ある　古田水仙

ヨイトマケ子育てに母身を削り　成島静枝

削る処ちらっと見せる予算案　内田信次

長生きへ何を削れば良いのやら　山本由宇呆

鉛筆を削ってばかりいる机　上原稔

節約が大事とサラ金のチラシ　野澤修

もう削れないゴールデンプロポーション　日下部敦世

削りすぎ個性なくした吟醸酒　安川正子

ライバルに心の芯を尖らせる　島根写太

玄関【げんかん】

14.04

江崎紫峰選

偏差値が正門からはムリと言う　高塚英雄

新聞の落ちる音して明ける朝　藤田光宏

玄関にキングコングの靴並ぶ　松本八重子

ただ今に愛犬だけが舐めに来る　六斉堂茂雄

来客を選り分けているドアミラー　宮本次雄

ドアチャイム最初に猫が顔を出し　川崎信彰

下駄箱に昭和が残る履きごこち　内田信次

玄関へマスク掛けたい花粉症　加藤周策

玄関で亭主を待たす厚化粧　六斉堂茂雄

反抗期靴もへの字に脱いである　宮内みの里

元気

【げんき】16.01

片野晃一選

本日は花丸どこも痛くない　月岡サチヨ

幾度も三途の川をUターン　北島澪

元気ですゆえに諭吉が要るのです　石川雅子

ありがとう今日も美味しく過ぎました　新國美佐子

私から元気を取ればやせ蛙　佐藤権兵衛

元気です腹でベルトを切りました　菱山ただゆき

生前葬元気なうちにやっちまえ　水井玲子

歩数計が村の隅隅塗り潰す　岡さくら

百才の医者九十才を診る　倉一芳

今日もまた私東へ妻西へ　窪田達

健闘

【けんとう】12.08

植竹団扇選

健闘をしても敗者はメディア外　上原稔

賞賛と落胆まじる銅メダル　木田比呂朗

先輩を手ぶらじゃ帰さない闘志　高塚英雄

一生分の花束抱え退職日　岩田康子

精一杯頑張りました負けました　島田陽子

健闘をしたでは済まぬプロ選手　加藤周策

断捨離の道のり遠くまだ逝けぬ　吉田格

大健闘敗れた者へほめ言葉　藤田光宏

惨敗を善戦と書く地方版　川崎信彰

補欠とは言わぬ補欠の合格者　江畑哲男

こ

濃い ―【こい】 08.03

北山蕗子選

ヨーイからドンまでにある濃い時間　中島久光
紅くっきり女の顔が蘇る　熊谷冨貴子
頬ずりに孫が受難の不精髭　佐藤喜久雄
あごヒゲもだんだん伸びて格が付き　塔ヶ崎咲智子
遺伝子の濃さなのかしら団子鼻　川瀬幸子
語り部も恋のくだりは血がたぎり　大西豊子
濃厚なシーンに親の咳払い　角田真智子
牛乳のうまさを知った搾りたて　田澤一彦
改良の成果苺の濃い甘さ　小山一湖
命名へ力が入る墨の濃さ　穴澤良子

コイン ―【こいん】 11.05

折原あつじ選

釣銭のコインの脇に募金箱　飯野文明
レジ泣かせコイン数える小金持ち　末吉哲郎
神仏とご縁をつなぐ五円玉　宮本次雄
ワンコインランチで浮かすビール代　上田正義
ポケットの小銭もはしゃぐ寺めぐり　川瀬幸子
賽銭の音で値踏みをされている　願法みつる
自販機は缶より釣りを先に取り　六斉堂茂雄
銭洗いカードも洗い笑われる　成島静枝
縁結び神社に散らばる五円玉　高橋千紘
記念貨で日本の歴史垣間見る　中澤巖

構想【こうそう】

13.06

大竹洋選

遷宮を見越す植林スギケヤキ　月岡サチヨ
プランではすでに結婚してたはず　日下部敦世
プレゼンが通り企画が走り出す　川名信政
復興の机上プランに愛を足す　篠田和子
リヤカーで地球縦断エコロジー　有永香希
子育ての起承転結起で狂い　中川洋子
そのうちに長生き税も出来そうな　江畑哲男
千の風にも聞いてみる墓のこと　岩田康子
原発論活断層の上で練る　佐藤喜久雄
農を継ぐＴＰＰも視野に入れ　関玉枝

ゴースト【ごーすと】

14.05

高塚英雄選

幽霊より怖い顔する講釈師　長谷川庄二郎
仏壇の成仏しない宝くじ　大澤隆司
スマホ見詰め人の気配のない車中　水井玲子
雪女だから約束守れない　北山蕗子
ゴーストになっても女姦しい　船本庸子
投手打者二人ずつい る古テレビ　川崎信彰
代返で五人も増える出席者　川崎信彰
仏にも鬼にも化ける人といる　願法みつる
亡霊が孫の総理を差配する　酒井トミオ
幽霊になれば笑われそうな顔　加藤周策

こ

コート

【こーと】 16.11

五月女曉星 選

並木道黄金コートに衣替え　城内　繁
角巻きに明治の母がよみがえる　木田比呂朗
妻は魔女コートの染みに女嗅ぐ　松田重信
体重計脂肪のコート脱げと言う　茅野すみれ
親鳥の羽のコートにひなの声　増田幸一
魅せる脚ロングコートが邪魔をする　川瀬幸子
ポケットに半券二枚古コート　佐野しっぽ
古ぶれたコートが父を父にする　布佐和子
コートには悔し涙の染みもある　伏尾圭子
見舞終えコートの肩が嗚咽する　野澤　修

凍る

【こおる】 09.02

近藤秀方 選

朱肉まで氷色して離婚印　本間千代子
解凍をしたら本音が首を出す　北山路子
無差別の狂気も泳ぐ人の波　上田正義
霜焼けの手が痒そうなセピア色　大竹　洋
血も凍りそうで裁判員はＮＯ　江畑哲男
水道に襟巻きさせる明日の冷え　菊地可津
悪口の耳が後ろに立っていた　川俣秀夫
病院がまだ見つからぬ救急車　布佐和子
古傷に触れてそれから妻は石　六斉堂茂雄
冷凍魚写楽の顔でふてくされ　斉藤克美

誤解【ごかい】

16.11

永井天晴選

最後のひとつ食べたのは僕じゃない　日下部敦世
誤解からいつか華燭の典となり　中島久光
あくまでもモデルが着たら素敵です　角田真智子
いくつかの誤解も入れて棺を閉じ　永井しんじ
口開くまではステキな彼でした　岩田康子
B型と言えばなるほどなど言われ　水井玲子
サヨナラの台詞 誤解の眼へ投げる　江畑哲男
一滴も飲めないはずの妻なのに　佐藤俊亮
誤解が解けたコンニチワって言ってから　島田陽子
透明な涙でしたね縺れ糸　田辺サヨ子

故郷【こきょう】

09.01

佐藤美文選

食っちゃ寝てあゝふるさとは良いところ　江畑哲男
故郷の風呂を覗いた大熊座　山本由宇呆
故郷は親のことやら墓のこと　六斉堂茂雄
生誕地鮭は戻るが戻らぬ子　小林啓治
住んでると故郷の良さわからない　角田創
父母という古木が根っこ張る故郷　加藤富清
ご先祖が村を見守る丘の上　佐伯清美
ふる里はここだと決めた妻の膝　斉藤克美
渋滞の我慢のさきにある故郷　六斉堂茂雄
決着はつけず故郷のクラス会　松本晴美

克明【こくめい】

16.10

佐藤美文選

胃袋が戦後の日々を記憶する　中野弥生
何もかも吐いてぐっすり塀の中　永井しんじ
亡き父の背広は起立したまんま　北島澪
知るよりは知らぬふりして様子見る　松本八重子
遺言の結びに太くありがとう　岩田康子
丹念に書く日記にも嘘がある　長谷川庄二郎
生真面目で緻密で人が遠ざかる　堤丁玄坊
家計簿の備考に妻のドキュメント　大竹洋
新郎と妊婦入場披露宴　上田正義
実直な父を知ってるちびた靴　窪田和子

腰【こし】

09.08

水井玲子選

話の腰折るから人に嫌われる　野澤修
讃岐うどんコシに命を込めている　今村幸守
フラダンス太めの腰が役に立つ　古川聰美
徳島の夏腰が物言う阿波おどり　吉田恵子
当選の前後でちがう腰の位置　車田巴
欠点はハイハイハイの軽い腰　佐藤権兵衛
プレート不穏日本地図の腰辺り　大城戸紀子
ドブ板が腰の低さを測ってる　大竹洋
ゴキブリが逃げ腰になる妻の笑み　六斉堂茂雄
お願いが腰をかがめてやって来る　伏尾圭子

越す【こす】09.11

大戸和興選

引越しの挨拶が無い宇宙人　老沼正一
スクラムを組んで茨の道を越え　北山璐子
乗り越して初めましての駅に立つ　伏尾圭子
百歳のハードル軽く越えた足　中川洋子
適量をすぐ越えたがる悪い酒　宮本次雄
父の年越えてうなづくことばかり　今川乱魚
四十を越した娘が出て行かぬ　難波久
キャリアです子の年収が父を超し　江畑哲男
貧困率だけが平均越えている　佐藤権兵衛
父の背を越した息子に職がない　篠田和子

コツ【こつ】12.01

荻原美和子選

叩いたら付いたテレビが懐かしい　角田真智子
やっぱりね金が諍い治めてる　松田重信
職人の技マニュアルに残せない　松澤龍一
演説のコツに引用ちりばめる　渡辺梢
ひとつまみ砂糖を入れて言う小言　落合正子
恋のコツわかった時はもう八十路　窪田和子
丁寧語使うと夫動き出す　高山睦子
金貯めるコツは蛇口の半開き　中澤巌
要領を覚えた独楽がよく回る　海東昭江
図書館で給油している生き字引　折原あつじ

断る【ことわる】

08.08

遠藤砂都市 選

断ると景品増やす新聞屋　吉田　格
教頭を断る人が多くなり　車田　巴
最高の笑顔断る時使う　成島静枝
断られてからがほんとのプロポーズ　今川乱魚
大切な友へは金を貸さぬ主義　穴澤良子
突然の辞任空気が揺れただけ　竹下圭子
ここ迄のお付き合いですドアチェーン　櫛部公徳
行けません夫が離さないもので　伏尾圭子
叙勲沙汰断る自負とへその位置　増田幸一
義理を断つ勇気へブランコが揺れる　伏尾圭子

ご無沙汰【ごぶさた】

12.06

願法みつる 選

金の無い時だけ母を思い出す　石井太喜男
フクシマを棄てたと無沙汰状届く　飯野文明
まだ生きていたんだと知る訃報記事　六斉堂茂雄
惚れながら無音の振りも恋の綾　本間千代子
懐メロへ昭和の歌手の厚化粧　篠田和子
左遷地になじみ単身帰らない　松本晴美
ご無沙汰は百も承知の年賀状　新井季代子
ご無沙汰が続き他人になる身内　大戸和興
抱かれ方忘れましたと拗ねてみる　織田和子
人間のるつぼ無沙汰に馴れていく　戸田美佐緒

細かい――【こまかい】 14.02

植竹団扇選

細かいのないと言うけど札もない　宮原常寿
ナノテクに命吹き込む町工場　上田正義
金蒔絵仕上げに磨く炭の粉　川名信政
ゴーグルもマスクも隙を衝く花粉　宮内みの里
初任給明細で知る税負担　五月女曉星
細かい字百円分はあるハガキ　窪田和子
しらす干し向きを揃えている男　松本八重子
米粒に般若心経食べられぬ　永見忠士
あの方はいつも細かい金が無い　永井しんじ
細かい字読むと虫歯が痛みだす　日下部敦世

コミュニケーション――【こみゅにけーしょん】 07.10

中澤巌選

喧騒の坩堝で手話がよく通じ　高塚英雄
映像が言語を超えて人掴み　竹田光柳
熟年の会話言葉にない本音　名雪凛々
満面の笑みが万国共通語　池谷聰美
聞き上手いて口下手も話し出し　斎藤弘美
居酒屋で上司のアラを分けて食う　阿部勲
ボケ役もツッコミ役もいて家族　馬場長利
情報を得るためタバコ吸ってます　角田創
口コミに潜り込ませる不発弾　山本由宇呆
根回しを受け真っ直ぐになるおへそ　中原政人

米

【こめ】 10.08

松岡満三選

お百姓さんありがとうもう言わぬ国　川崎信彰
見放した医者を見返す三分粥　山口　幸
妻の手に狙いをつけた無洗米　川崎信彰
ヤミ米を担いで乗った三等車　鈴木広路
夢でした白いご飯に生タマゴ　小山一湖
新米が立って輝く湯気の釜　吉田　格
米俵見たことがない現代っ子　有馬靖子
子の不出来よりは確かな米の出来　江畑哲男
とぎ汁も一役買って煮大根　川瀬幸子
農投げた息子に新米送る親　三浦芳子

コメント

【こめんと】 09.11

松橋帆波選

ブログへのコメントを待つ引き籠り　古川茂枝
ノーコメント腹に一物あるらしい　今村幸守
わが子には触れぬ教育評論家　六斉堂茂雄
名人を育てる客の辛い口　松澤龍一
講評が正直過ぎて座が白け　木田比呂朗
辛口の監督だけど情がある　加藤友三郎
愛してる毎日言えば疲れます　加藤羞策
巨人軍ばかりをほめる元巨人　加藤友三郎
コメントを考えながらするゴール　野口　良
四百字言いたいことは言わせない　今川乱魚

殺し文句【ころしもんく】08.09

相良博鳳選

お若いねその一言で買った無駄　佐藤喜久雄
追伸に君がいないとダメとあり　川瀬幸子
婆ちゃんのハート操るのもハート　及川竜太郎
オレオレの殺し文句が進化する　宮本次雄
逢いたいの一言でもう許してる　田実良子
いい歯だと患者を乗せる口車　月岡サチヨ
学童疎開腹一杯に誘われる　秋山精治
夕飯を頼んだだけで今も居る　山本由宇呆
歌舞伎町社長と言われつい入る　志田規保
最高のドラマを君と演じたい　川瀬幸子

衣【ころも】17.06

窪田達選

ブランドを着てブルジョアに成り済ます　今泉天象
衣替え若い素肌が告げる夏　岡本あすか
九条の裾を捲ると自衛隊　山本由宇呆
妻いつも派手目かしらと派手目着る　上西義郎
補正下着で騙しきれないお肉あり　山田とまと
誰も知らぬ十二単の脱がし方　遊人
定年のけじめ背広を処分する　岩田康子
眞子様の十二単衣が待ち遠し　宮本次雄
制服が横道へ向く足を止め　森智恵子
羽織脱ぐ所作も絵になる高座芸　大竹洋

コントロール【こんとろーる】

11.05

五十嵐修選

玄関を出ればリモコンオンにされ　堤丁玄坊
三杯目からは制御が効きません　佐藤孔亮
荒れ球の剛速球が捨て難い　植竹団扇
リモコンで操縦したい保育園　中川洋子
妻が先三歩さがって日々平和　二宮千恵子
願わくば妻につけたい制御棒　本間千代子
日本中洗脳されたよう自粛　成島静枝
ひまわりの母が笑えば皆わらう　早川若丸
いらだちを抑え感謝の要介護　中沢広子
無縁社会コントロールが破綻する　大戸和興

ネット時代のCM表現と笑い

濱田逸郎
（江戸川大学特任教授）

こんにちは、濱田逸郎でございます。

まずは、千葉県川柳大会の50周年、まことにおめでたくお慶び申し上げます。このような場所で、私のような門外漢が出てきてお話をするのは忸怩たるものがありますが、こうした栄誉ある場所を与えていただいたことに対して、冒頭に心から御礼を申し上げます。

簡単に自己紹介をさせていただきましょう。

１９４９年生まれの、いわゆる団塊世代の末っ子に当たります。大学を出て広告会社に入りまして30数年、56歳の時に会社を辞め、現在は江戸川大学で教鞭をとっております。専門はブランディングや、広報・ＰＲということでございます。実は亡くなりました親父（濱田義一郎）が国文学者で、その専門が川柳・狂歌だったのです。特に狂歌、太田南畝（蜀山人）が専門でしたが、隣接する領域ということで、子供のころ親父が書いた川柳関係の文書なんかもずいぶん目を通しました。門前の小僧といったところ（まぁ、「経を読む」までは至りませんでしたが）、でございますが、どうぞよろしくお願い申し上げます。

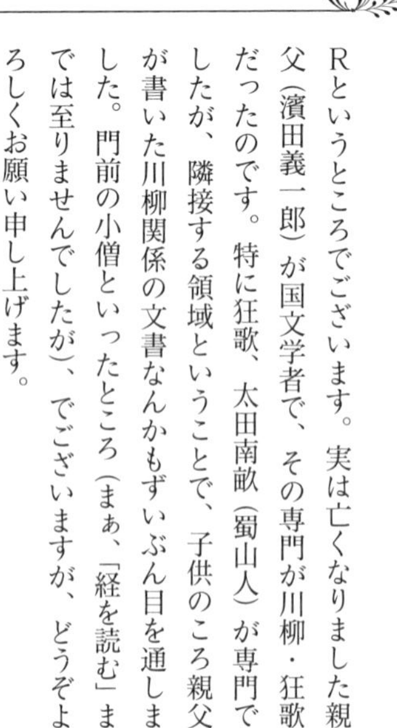

ＴＶＣＭは最強だった

まず、テレビの広告からお話をさせていただきます。言うまでもなく、テレビの広告にとって「笑い」という要素は無視できません。ご挨拶代わりに、古いＣＭを一本ご覧いただきましょう。

これは１９８９年、大分前のものでございます。したがって絵が粗い。品質が劣化して少々見づらい。大阪府が作成したものです。大阪で国際花と緑の博覧会（＝花博）がございました。花博の前に、大阪のあの迷惑駐車（御堂筋を二重三重で駐めちゃうような駐車違反）を何とかしようと、迷惑駐車の撲滅用ＣＭを作りました。それを一本ご覧いただこうと思います。（ＣＭ上映、「おるおるこういうおばちゃん　大阪の迷惑駐車」）

当時、テレビというのは大変威力のあるメディアでした。テレビでＣＭをやるとアッという間に会社が大きくなってしまうのです。たとえば、「アイデアルの傘」。この会社は、浅草のちっぽけな傘屋さんでした。それがテレビのプロレスの関節技を見て、「あの関節を傘に応用できないか」という発想から、押すとパッと開くあのジャンプ傘を作ったのです。この会社がＣＭをやったら、アッという間に日本全国に広がっちゃった。浅草のちっぽけな会社がナショナルブランドになっちゃいました。

TVCMの威力

➢1959年以降TVCMは最強の広告メディアだった。

アイデアル洋傘　1963

パイロット万年筆　1969

サトウの切り餅　1979

「なんであるアイデアル」、これはたったの５秒間、５秒のＣＭです。いまのＣＭは大体15秒です。番組の中で流される長いＣＭが30秒。当時は５秒ＣＭというのがあったのです。

「男は黙ってサッポロビール」、あれも５秒。「インド人もビックリ」、「アサヒスタイニー、アッ」、みんな５秒ＣＭでした。15秒のＣＭの３分の１の経費で、「なんであるアイデアル」とやったら、植木等の力もあったのでしょうが、大儲けしちゃったのです。

69年は、パイロット万年筆。これは皆さんご記憶ですよね、「ハッパフミフミ」、（会場からは「知らんなぁ」という男性の声）。いやいやいや、マタマタマタ（笑）。「知らんなぁ」とは、お若くていらっしゃいます（笑）。当時のパイロットは、倒産の危機に瀕していました。このＣＭを作る前には実は別の

「案」があったのです。ところが、「巨泉さん、これでやってください」と持っていくと、「こんなのダメだよ、これで会社が生き延びられる訳ないだろう?」と出てきたのが「ハッパフミフミ」だったのです。会社はこれで生き返りました。パイロットは、いまも元気に営業を続けております。

「サトウの切り餅」、西川峰子の「モチモチモッチモチー」。これは79年。当時新潟県で50番目のお餅のメーカー、お米関係の商品のメーカーさんでした。その新潟県50位のサトウが、これでもって全国一位になりました。つまり、目につく面白いCMをやりさえすればモノが売れる、という大変幸せな時代だったわけでございます。

その中で色んなCM、例えばコマソンを作ったりいろいろ手法があるわけですけども、やはりお笑いというのは、一定の位置を占めております。初めの頃はお笑いタレントを登場させて、面白おかしく展開していました。三木のり平の「江戸むらさき」なんていうのはいい例なのかも知れません。

こちらの千葉県川柳大会が今年で50年。ということは、第1回が1965年(東京オリンピックの翌年)という計算になりますが、テレビが全国のお茶の間に入ってきた時代が50年ほど前でした。

特に東京オリンピックはカラーテレビの進出が著しかった。先ほどの三木のり平の江戸むらさき、これは白黒でした。それからカラーのCMが増えてきて、その後に意味のない、ナンセンスなCMが増えてきます。桜井センリのキンチョールのCMでは、ルーチョンキなどとふざけました。本来CMで商品名を間違えるのはタブー!あり得ない話です。ところが虫に向けて噴射する際に、シューってやろうとして逆さまに持ってしまった。「あれっ、ルーチョンキ」と言ってしまった。キンチョールを逆にして、「ルーチョンキ」。社長に怒られるんじゃないかと、びくびくしながらやったようです。「お前、社名をひっくり返すなんて何事だ!」と言われかねないですよね。

ところが、社長に受けちゃった。社長以上に、社会に受けてしまったのです。「アッなんだ、何も商品名をそんなに大事に扱うことないんだ」ということで、それ以来キンチョーのCMは、ず〜っとお笑い路線。ウッカリすると、何かザワザワする気になる「亭主元気で留守がいい」なんかもこれですし、「タンスにゴン」なんかも同様です。キンチョーという会社は、お笑い路線、もしくは「ザワザワ・イライラ」路線。なんか気になる、という路線を走っていきます。

TVCMの転機

以上のような経緯でお笑い路線が増えていきますが、大きなキッカケになったのが1982年「ピッカピカの一年生」でした。以降、素人を起用することが流行って参ります。背景として、萩本欽一さん、欽ちゃんブームがありました。欽どこはじめ、いろいろな欽ちゃん番組があって、全部足すと欽ちゃんだけで100％の視聴率を取ってしまうほどでした。その欽ちゃんが各局の番組で、素人いじりするのです。これが一つ。

もう一つ、この頃テレビのCM作成にビデオを使い始めるようになりました。それまでは映画と同じ35ミリのフィルムで撮っていました。35ミリフィルムをやたらに回すと、経費が相当かかります。従って、決まりきったものしか撮れません。でも、ビデオでしたら撮りっぱなしでよいのです。そのビデオが登場したことによって、大変ヒットしたのがこの「ピッカピカの一年生」でした。

（「ピッカピカの一年生」CM数件を投影し、素人を登場させるCM撮りにまつわる舞台裏が語られる。当初、学校関係者からは拒絶反応が強かった。その後受け入られるようになった。CM撮りはたくさんしたが、使用したのはごく一部。素人を登場させるCMでは、ほかにエメロンの「振り向いて下さい」などもあった。詳細割愛。）

CMに笑いがあると、消費者の心理的バリアが低くなります。身構えなくなるのです。親しみを感じます。と同時に、そういう笑いのCMに反応する大きな層が、子供たちであったのです。子供たちは当時、学校でよくCMを話題にしておりました。子供たちが話題にすることで、さらにCMが広がっていったのです。

インターネットの成長とCM——

近年、状況がまた大分変わって参りました。どう変わってきたのかというと、インターネットの成長です。広告費はどこに流れているかを、時系列で整理したグラフがあります。

私は1971年、昭和46年に大学を出て会社に入りました。1970年からのグラフですが、ご覧いただいてお分かりのように、新聞とテレビは高度経済成長の中で広告収入がどんどん上がっていきました。テレビは紙芝居の延長みたいなものですので、経団連級の大企業はやはり新聞広告を非常に大事に考えておりました。それが逆転するのが1975年ごろでございます。その後、バブルの崩壊があり（一時持ち直すものの）新聞広告にお金が集まらなくなってしまいます。現在では見る影もありません。

テレビはどうか。バブルの崩壊がありましたが、それなりに頑張って2兆円ぐらいのところで踏みとどまっております。

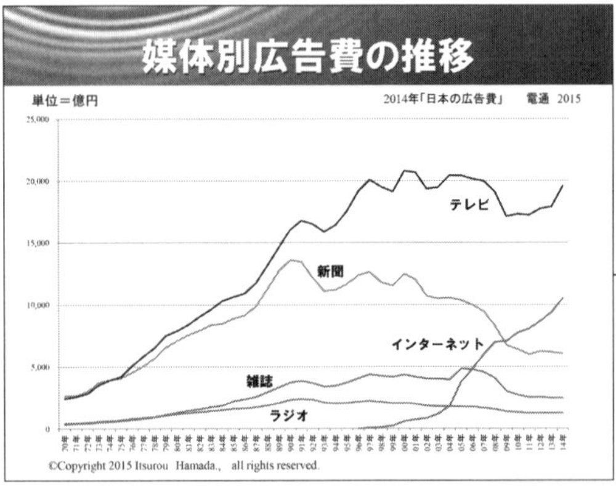
媒体別広告費の推移
単位＝億円
2014年「日本の広告費」　電通　2015
25,000
20,000
15,000
10,000
5,000
0
テレビ
新聞
インターネット
雑誌
ラジオ
©Copyright 2015 Itsurou Hamada., all rights reserved.

ここに来て、2005年ころから、大変な勢いでインターネットにお金が流れ込むようになってまいりました。2004年にはラジオの広告費を抜き、2005年には雑誌を抜いていきます。とうとう2009年には新聞もその軍門に下ります。そういう流れの中で、インターネットは、無視できない、急激な成長を見せてくる訳でございます。

その結果どうなったか？　情報がやたら世の中に溢れるようになってまいりました。

インターネット元年がウインドウズ

95が出た1995年でした。2000年頃までに多くの会社が、自らのウェブサイト（ホームページ）をオープンします。ここで情報がグーンと増えました。さらに、爆発的な数的拡大をするのが2006年以降です。インターネットが登場した1995年から2005年までの10年間で、選択可能情報量（その気になればアクセスできる情報量）が410倍になりました。ネットでグーグル検索すればすぐに答えが出てまいります。その気になればゲットできる情報量が、この辺りから物凄い量に膨らんできたのです。

一方、我々が消費している情報量は、どのくらいでしょうか。そちらも増えていて、13倍です。山手線に乗ると、ドアの上に動画が出ます。昔アレは、額面広告と言って印刷したものだったのですが、今は動画になりました。印刷の情報量と動画の情報量とでは大きな差があります。そのようなこともあって、消費情報量も増えました。

2006年から2025年までに情報量は190倍になると予測されています。そんな情報洪水の時代になってきてしまったということです。この節目は、おそらく2006年ごろと私は睨んでおります。2011年頃になりますと、普通のお兄ちゃん・お姉ちゃんがケータイでつぶやき始めるようになりました。（ミクシー、ツイッター、フェイスブックなどのSNS）

2000年前後は、企業がネットに情報を上げ始めた時代。2006年頃からは個人がどんどんどんどん情報を上げ始めます。例えばいわゆる写メですね、携帯電話で写真を撮って、それをそのままネットに上げちゃうというのは、現在ではもう年中、そこら中で見かける光景です。

その結果、どうなったか？　太古の時代から人間が作り出した情報量のグラフを見てみると、2000年あたりを契機に増え始め、2006年ごろから天文学的な数字になってしまった。テレビのCMをどんなにやっても溢れる情報の中に埋没してしまう。いくら頑張っても目立たない。こういう状況が、この辺りから出現してきたということでございます。

若者のＴＶはスマホのついで――

「ネットメディア接触時間の増大」というグラフをご覧下さい。２００６年から２０１５年までのグラフです。赤い棒グラフがテレビ。全体を100％として、テレビは２００６年段階では半分以上の接触時間を占めております。２０１５年になると、テレビの接触時間は全体の39・９％、つまり10％以上下がってしまいました。

逆に増えたのが、緑色の部分。携帯電話・スマートフォンです。その下にあるちょっと短い朱色の部分がタブレット端末。私も今日ここでｉＰａｄを使っております。それから、その隣の紫色の部分がパソコンです。つまり、パソコン、タブレット、スマホの使用時間がテレビの接触時間を上回ってしまったのです。ネットの方がテレビよりも時間が長くなっちゃった。

次のグラフは、世代ごとに分けております。これは博報堂の調査ですが、一番上が全世代。それから順に、上から男性の10代、20代、30代、女性の10代、20代、30代となっております。女性を見てみましょうか。上から２つ目の20代の女性を見てみますと、テレビを見ている時間というのは126・６分です、約２時間テレビを見ている。その次が、ラジオ、新聞、雑誌、ほとんど接触していません。その次の紫色が62・８分、つまり1時間パソコンに触れています。それからタブレット端末が37・３分、およそ30分です。ケータイ・スマホが187・５分、つまり約３時間といったところですか。となると、ケータイとタブレットとパソコンとを合わせると４時間半～５時間近く、いじくり回しているんですね。

一方60代の女性はどうか。やっぱり強いのはテレビなんです。250・6分ですから、４時間以上テレビをご覧になっている。ラジオも30分聞いているし、新聞も37分読んでいます。ケータイ・スマホはどうかというと21分、タブレットは短いですね8.2分でしょうか。パソコンが34・８分。

つまり60代の女性、男性も同様ですが、60代の男女ともやっぱりテレビが一番重要な情報源なんです。ところが20代の女の子は（10代の女子も同様）、テレビよりネットの方がよっぽど影響力があるし、ほとんどがケータイ・スマホだらけの人生、こうなっているのが現状です。最近の学生とは話が合いませんが、その理由の一つに情報源の違いがあるのです。

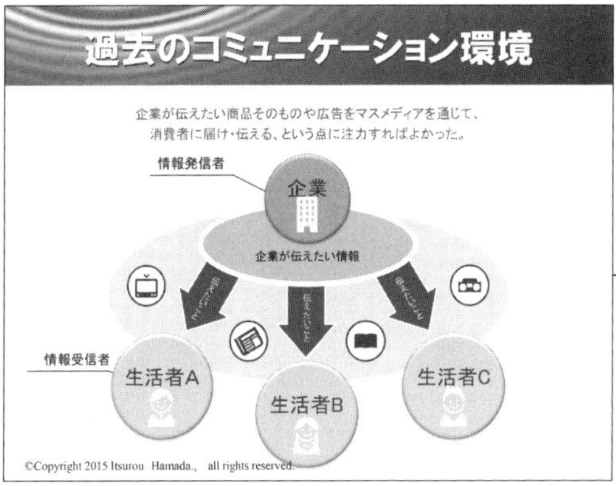

ＣＭクリエーターの悩み

テレビ局がいま真面目に悩み始めてる問題があります。トリプルスクリーン、あるいはダブルスクリーンとも呼ばれる状況です。20代の女性は、テレビを見ながら片手にスマホを持って、さらに隣にはパソコンがあったりするのです。少なくとも２つ、スマホとテレビ、多いときはスマホとパソコンとテレビという、スクリーンが２つから３つという状態にあります。しかも、彼ら彼女らが何が大事かと思うのは、テレビよりもスマホの方。スマホで友達からＬＩＮＥというショートメッセージが来ると、テレビを見るよりもそっちに集中しちゃう。うっかりすると、テレビを見ながらツイッターも見ているとか、あるいはテレビに対してツイッターでつぶやく。この世代はテレビ画面よりもスマホ画面の方が大事になってしまったというのが明らかに見てとれる顕著な変化であります。

従ってこのような状況にどう対抗するかというのは、番組を作るテレビ局も大変悩ましいことであります。CMを作っている広告会社にも、無視できない大きなインパクトを与えています。

テレビ事業がどう変わったかという話はさておきまして、日本テレビなどはいかにテレビとスマホを一緒に使わせるか、という実験を一所懸命やっております。

(「天空の城ラピュタ」放映時におけるテレビ局の実験。アニメのクライマックスの一瞬間をとらえて、ツイッターで同じ呪文を流す。1秒間に同一のメッセージが一遍に流れた世界記録(13万ツイート)を樹立。これ以前のツイッター記録「あけおめ」は5万件。詳細割愛。)

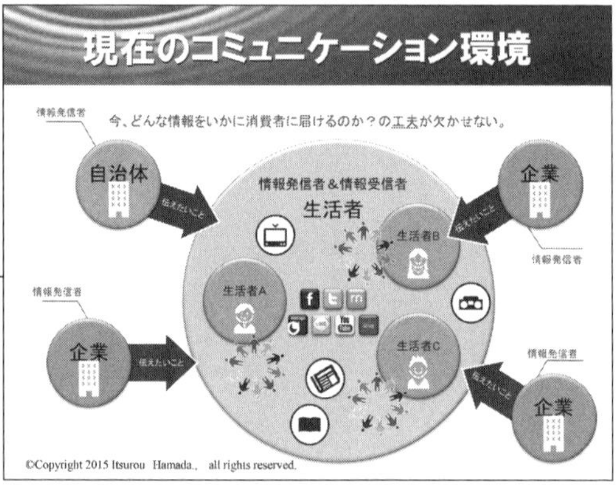

今後おそらく、我々の知らないところで同じような騒ぎがネット上で起こるのでしょう。このような状況の変化を、どうやってCM表現に反映させようかというのが、今のCMクリエーターの悩みなのです。

テレビを使ってダイレクトに届ければ、「いいじゃないか、買おうよ」とそのまま消費者が反応してくれた時代、「なんであるアイデアル」や「サトウの切り餅」の時代とは、明らかに違ってきたのです。

皆さん方は、どうでしょうか？ テレビのCMを見てすぐに買おうという気になりますか？ テレビCMに限らず、一方通行の媒体は信用をされなくなってきた、というのが今の時代なのです。テレビでCMが流れたからといって、すぐに消費、つまり販売に結びつくという傾向が大いに薄れ始めてきているのです。

女子高生が情報を拡散

現在はどういう状況にあるでしょうか？ 流した情報（画像）がネット社会の中で、誰かがそれに反応してツイートしたり、ダブルスクリーン、トリプルスクリーンの状況下でＣＭを見て、「これ、面白いね」、「これ、なんか間違ってんぞ」とツイートする。そうすると、それがものすごい勢いで拡散していくのです。モノを買う場合でも、広告を見て買うよりも、友達がいいよと言った方に影響されやすい。ネットのサイトで、例えば本を買うときに、アマゾンなんかを使う。その時に消費者の皆さんの反応を見るんですね。

ホテルでもそうでしょう。初めてのホテルに泊まる、このホテルはどうだろう？というときに、必ず消費者がどんなコメントをしているかを見ます。友達とか、消費者の方がよっぽど信用出来て、広告のメッセージは、（嘘は言ってないかも知れないが）悪いことは黙っている。口をつぐんでいるから、額面通りには受け止められない。ある種の不信感に包まれちゃってるわけですね。

となると、どうするか？ 企業はむしろＣＭを流して、そのＣＭに誰か消費者が反応して、ツイッター・フェイスブック・メール等で、友達に「これいいと思うよ」と推奨してくれた方がよほど助かる。消費に結びつくという訳です。ワンクッション・ツークッション置いて、消費者にメッセージを届けよう。そんな狙いを持つようになった訳でございます。

その事例を申し上げましょう。ロッテのFit'sのダンスコンテストが好例です。

Fit'sというのはロッテが販売しているガムで、佐々木希や佐藤健などのタレントを使ってＣＭでダンスを踊らせています。Fit'sは普通のガムと違い、比較的やわらかいフニャフニャしたガムなんです。なじみのない新しいガムなものですから、これは新しいものに抵抗の少ない、それこそ女子高校生を狙おうということになったようです。

どういう仕掛けになっているかと申しますと、Fit's

のCMでやってるダンスを真似して、それをユーチューブに投稿してください。スマホかなんかで撮って、それをユーチューブに載せてくれ、という訳なのです。

それでユーチューブで一番多く見てもらえた人に、賞金100万円差し上げますよというキャンペーンを行いました。

2009年のことでしたが、大変好評でございました。面白いですね。再生回数No.1になって、見事100万円をゲットしたのはモモカちゃんという女の子でしたが、このモモカちゃんは、お父さんの仕事の都合でオーストラリアに行っている子なんです。オーストラリア在住の子どもですから、CMなんか見られません。現地のテレビではやってませんから、その子がネットでFit'sのCMを見て、コンテストの存在を知って、オーストラリアで踊って、ユーチューブにアップロードしました。それが再生No.1になったのです。

皆さん、事情はお分かりになりましたでしょうか？

このFit'sのダンスコンテストなるものは、私も当時全く知りませんでした。あとから聞いてみたら、高校生の間ではみ～んな知ってたようです。全然違うコミュニケーションの世界が出来てしまっているんですね。

（ユーチューブにアップロードされたモモカちゃん以外のCMを紹介。女子高校生グループの活きのよい見事なダンスが映し出された。）

100万円はゲットできませんでしたが、彼女らはこれでも高校のスターなんです。今の高校生は、友達の友達、その友達という形で、どんどんネットワークが広がっていきます。友達のルートを通じて、Fit'sのガムの存在、あるいはコンテストの存在が瞬く間に拡散していくのです。特にこの世代では、ＬＩＮＥとかショートメッセージとかのシステムが大人気であります。ＬＩＮＥをやると、友達同士の情報交換もできる、写真も送れる、スタンプ（イラストのようなもの）も送れます。うっかりすると、無料で電話も掛けられる。最近ではＬＩＮＥを通じてバイトを探すこともできます。いずれにしてもそうした若い世代、10代、20代の中ではＬＩＮＥというシステムが、アプリと言いましょうか、これがもう生活必需品として定着しちゃっているのです。こういうような中でＣＭというものを、どういう具合に伝えていくかというのが大きな課題になってきている訳でございます。

ネット時代のＣＭ――

ネット時代のＣＭは、ＣＭとしての完成度よりも別な要素が重視されてまいります。ネットの拡散性、インパクトと話題性、国際的な広がり、です。つまり、アッと気になる、もしかしたらウソじゃないの？というもの。オッすごいぞ、これ見た？というようなもの。他人に話をしたくなる要素ということが、大変に重要になってきました。

この辺りを最初に明らかにしてくれたのが、２００８年のオーストラリアのハミルトン島のリゾート管理人募集広告でした。「The Best Job in the World（世界で一番素晴らしい仕事）」というのです。

どういうものかと申しますと、「ハミルトン島で存分に遊んでください。ただ唯一の義務は、遊んだらそれをブログに書いてね。半年間遊びに遊んでブログを書いてくれたら、それだけで日本円で約900万円の給与を出しますよ」。という広告を世界中に向けて募集をしたら、（先ほどのFit'sのダンスコンテストと同じようなもの）ユーチューブやフェイスブック等々で応募が殺到するわけです。そのなかから予選通過者を選んでそれを発表すると、今度はそれをネタに各国のテレビが取り上げる。ハミルトン島としては、なるべくオーストラリアに来てほしいっていうことで、日本、中国、あるいは東南アジアだとか、それから北欧諸国だとか、そういうオーストラリアにたくさん来ている国の中から予選通過者を選ぶと、その国では大々的に紹介されるという仕掛けです。広告の世界では毎年6月にカンヌで「カンヌライオンズ」という広告の一番大きなお祭りがあるんですけど、これがその年のグランプリ賞を獲得いたしました。そのあたりからCMの制作者たちがみーんな、「アッそうだよなあと、とにかくインターネットで話題にならないとダメだよね、そのためにはインパクトと話題性が大事だよねー」ということに気がつくようになる訳でございます。

この辺りから「トーカビリティー」という言葉が生まれました。ネタにしやすさという意味の新しくできた言葉です。トークをするネタになるという意味で、「トーク+アビリティー」で、「トーカビリティー」。つまりは目立って、みんながつぶやきたくなって、それによってネットで拡散するっていうことを狙い始めるようになってきたのです。(この後、TVCMの制作費とユーチューブとの比較。割愛)

まとめ

気になるCMをいくつかご紹介して、まとめといたしましょう。

①ニュージーランド航空のCM。スタッフが全員裸でCMに登場(制服を着ているように見えるが、実際はボディーペインティング。「私達はすべてをオープンにしています」(Air New Zealand staff have nothing to hide.)というメッセージの発信。

②続いて、「爆速エビフライ」。ドコモのCM。猛スピードでエビフライが仕上がっちゃう。ドコモのケータイはスピードが速いよ、ということを強調した作品。カンヌで金賞を受賞。

③最後に、佐賀県のCM。温泉で癒やされる女性と思しき裸体の各所を映し出すのだが、最後にはそれが男性の裸体だったことが判るというどんでんがえし。県の広報というとあまりお金がありません。テレビでCMをやるお金は全くないわけですが、でもちょっと話題になるような、気になるようなCMを作ること

はできます。そのＣＭを県のウェブサイトにインターネットで見られるようにすると、先ほど申し上げた「トーカビリティー」につながります。つまり話題になる要素を持っていると、それが拡散して世界中で見られるようになるのです。

従って、最近は行政が結構「笑い」をネタにしたさないで、インターネット配信をするのがちょっとしたブームになっております。そのうちの一つを流しましょう。（大分県のＣＭ、宮崎県小林市のＣＭを流す。詳細割愛。）

これから東京オリンピック２０２０年に向けて、地方自治体による、特に観光客誘致のキャンペーンが盛んになることでしょう。外国人観光客の誘致合戦が各自治体で始まります。その際、撮影にお金をかけないで、国際的にも重要で話題にもなる。となると、これはお笑い系になってくるのでしょうね。最近はそうした行政のＣＭが（お笑い系のＣＭが）ホープで、笑いの中にも国際感覚を意識するようになってきております。

本日はあまりご紹介できませんでしたが、人情の機微と言いますか、親子関係、あるいは夫婦関係等も含めまして、くすぐりのあるシーンというのが、世界的に通用するのではないでしょうか。その意味で、ある種の川柳心、それがこれからのＣＭの世界でもどんどん取り上げられてくるものと信じております。すでに、舞台は日本だけではありません。相手にするのは、ネットの世界です。そうなりますと、これからは国際性というものが非常に重要視されます。笑いという要素の中でも、「うわ〜、おかしい」という、誰かに伝えたくなるようなくすぐりという要素も、いよいよ国際性をもって取り上げられる機会が増えてくるのではないでしょうか。皆さん方もぜひ諧謔精神を生かして、こうしたＣＭ制作の領域に進出されたら如何でしょうか。

つたないお話でございましたけど、長時間お聞きいただきましてありがとうございました。（大拍手）

（平成二七年一〇月一八日・第五〇回千葉県川柳大会）

ユニークとうかつ

類題別秀句集II

サークル【さーくる】

09.05

太田紀伊子・佐竹　明選

ダンスサークル男を磨く第二章　河野桃葉
肩書きを捨ててサークル広き門　落合正子
落研に四年と履歴書に特記　長根　尉
山手線今日はひまです外回り　堤丁幻坊
趣味の輪で見つけた椅子が心地良い　松本晴美
町内デビュー妻の背中について行く　上田正義
マドンナが二人 サークル揉め始め　江畑哲男
なれそめはサークルでした赤い糸　伏尾圭子
異業種でサークル仲間助け合い　大戸和興
輪の中に居て正論を畳みこむ　宮内みの里

サイクル【さいくる】

14.09

いしがみ鉄選

みちのくの冬が仮設をまた攻める　増田幸一
お隣りは決まって土曜痴話げんか　野澤　修
ママチャリへ子供を乗せて夜逃げする　江崎紫峰
ひと月があっという間の集金日　本間千代子
排卵の周期お肌が知っている　日下部敦世
古時計遅れるままに暮らしてる　北島　澪
元気かと選挙になると電話くる　酒井トミオ
忌が巡るたびに遺影が若くなる　江畑哲男
ごきげんよう名残り惜しいが幕になる　月岡サチヨ
死んでから有名になる芸術家　山田とし子

サイド【さいど】

11.04

片野晃一選

サイドカー彼女の席に母が居る　内田信次
居眠りの美女へ肩貸す終電車　鈴木広路
金鎚がプールサイドで磨く肌　新井季代子
ホームレスパークサイドの一等地　宮本次雄
金持に見える我が家の両サイド　長谷川庄二郎
右サイドあなたのために空けてある　日下部敦世
まだ今は励ます側にいる介護　六斉堂茂雄
肩叩く側も苦しい胸の内　水井玲子
計画になかった人の傍にいる　川瀬幸子
いいこともあるさ悲しみの横には　中川洋子

裁判【さいばん】

09.05

今川乱魚選

わが家では裁判官はいつも妻　長谷川庄二郎
モノクロがしゃべる法廷スケッチ画　新井季代子
ザル法に裁判官も腹が立つ　加藤友三郎
家裁から元の他人になって出る　伏尾圭子
鷗外に答の出せぬ安楽死　植竹団扇
和解して生きる権利を手に入れる　河野桃葉
女房が六法全書読んでいる　難波久
裁判員家ではいつも被告席　大竹洋
朝帰り罪状認否から始め　江畑哲男
井戸端にあれば便利な裁判所　野口良

坂【さか】

13.02

伊藤三十六選

文豪の気分で歩く坂の街　江畑哲男
還暦の坂もう少し稼がねば　江畑哲男
一歩ずつ登り一気にころげ落ち　上西義郎
百万ドル夜が絵になる坂の街　六斉堂茂雄
一人では寂しい坂の上の家　伊師由紀子
山の手と聞こえは良いがつらい坂　成島静枝
英霊の母には辛い九段坂　宮本次雄
気丈夫も帰りに歩く女坂　川名信政
年金へデフレの坂が用意され　布佐和子
地図にない坂で私は勝負する　笹島一江

境目【さかいめ】

15.11

酒井青二選

結婚かキャリアか迷うプロポーズ　北島澪
バイパスができお向かいが遠くなる　岩田康子
二合まで聖人君子でしたボク　江畑哲男
ウエストのくびれに喘ぐ皮下脂肪　川名信政
同性婚男女の境とっぱらう　小島一風
貧富の差アベノミクスが線を引く　高塚英雄
終活に入れと妻のゲキが飛ぶ　中澤巌
原始に戻ろう国境など要らぬ　小島一風
天才とバカとを仕切る段ボール　高塚英雄
目隠しのフェンスに耳が付いている　塚本康子

盛り【さかり】10.08

江畑哲男選

頂点に気づいてからの不眠症　岩田康子
冷蔵庫丸かじりした伸び盛り　藤原光子
童謡のように降らない今の雨　折原あつじ
窓際で盛り返す日を狙う顔　佐藤朗々
取れ過ぎてナスの料理が続いてる　水井玲子
日本が好きでたまらぬ外来種　布佐和子
蝉はまさか立秋だとは気付かない　坂牧春妙
ママさんも客も盛りを過ぎた店　植竹団扇
活火山の私私を持て余す　中川洋子
まだワタシ子供産みます五十歳　宮内みの里

咲く【さく】17.04

駒木香苑選

ケアハウス昔むかしに花が咲く　海東昭江
週刊誌男女の愛の花ざかり　川瀬幸子
満開の余韻を残す花筏　関根庄五郎
ぬかる道生きた証しの花蕾　髙山月ヱ
場所取りの甲斐ありました花吹雪　松本晴美
咲いているつもりの花をもて余す　江畑哲男
振り向けば真っ赤なバラの嫉妬心　松田重信
遅咲きと信じてずっと平社員　遊人
咲くまでの苦労は胸に秘めておく　伏尾圭子
飛花ひとひら抱いて下さい私です　後藤華泉

叫ぶ【さけぶ】 10.01

安藤紀楽選

一斉に何だと叫ぶ非常ベル　吉田きみ子
屋上で叫び合ってる演劇部　丸山芳夫
未練でもまだ叫びたい君の名を　本多　守
老人会叫ばなければ聞こえない　伊藤春恵
何もかもエコの叫びに踊らされ　中沢広子
大声はダメっと大声で叫び　窪田和子
大声で叫ぶ入れ歯がズレ落ちる　大戸和興
その元気少し下さい街宣車　佐藤俊亮
ゴキブリは人の悲鳴にたじろがず　水井玲子
叫んでも泣いても今日は休診日　坂牧春妙

支える【ささえる】 10.02

江畑哲男選

住宅ローン丈夫な妻が軽くする　佐伯清美
悪友の口が支える披露宴　上田良一
支え合う夫婦も今はもたれ合い　川崎信彰
オイと呼ぶと貴方の老後見てあげぬ　窪田和子
担ぎ手の中に声だけ担ぐ人　野口　良
力点が支点に替わる定年後　高塚英雄
青春は兄になかった親代わり　竹下圭子
人が人支えるラッシュ時の電車　古川聰美
ヤジロベー妻と姑をぶら下げる　長谷川庄二郎
添えた手に愛してますと書いてある　山本由宇呆

刺す【さす】

11.10

高鶴礼子選

ヤブ蚊ならまだ養える老いの腕　木田比呂朗

釘刺した内緒話が舞いもどり　吉田節郎

蚊よ刺すなわたくし後期高齢者　窪田和子

糠だとは知らず何度も釘を変え　田澤一彦

豆腐には無実の罪の針供養　上田正義

誉めあって棘を置いてく別れ時　落合正子

剣山に刺すとき花にある悲鳴　永井天晴

煮えたかと刺されて芋は畏まり　田辺サヨ子

あのバラにならば刺されてみたい棘　河合成近

立ち話蚊も刺し飽きる長話　小林洋子

サブ【さぶ】

11.10

江畑哲男選

サブタイトル読んでまとめた感想文　島田陽子

お母ちゃんサブのふりしてサブじゃない　西形真理子

脇役のぬか漬けが胃をわしづかみ　森智恵子

本来の効果に勝る副作用　加藤周策

助と准とどう変わるのかサブの地位　植竹団扇

サブタイトルに引かれて読めば中は空　松岡満三

安酒でサブが天下を取る気焔　佐藤喜久雄

下克上ならば楽しいサブの位置　中島久光

副読本授業聞くより良くわかる　角田創

愛人がいいのなあんて言ってみる　日下部敦世

サプライズ――【さぷらいず】

太田紀伊子選

09.12

サンタってほんとは空き巣だったんだ　坂牧春妙
赤紙が来たか来たぞと裁判員　佐伯清美
還暦へまさかまさかのプロポーズ　海東昭江
町内の路地で狸と目があった　山本由宇呆
カミングアウトボクは女になりました　海東昭江
味噌汁で顔を洗うと目が覚める　植竹団扇
答案に五七五で答書く　加藤羞策
ハドソン川翼休めるパイロット　吉田　格
待ちぶせてたまげたふりのああ悪女　窪田和子
人形が言う事聞かぬ腹話術　藤沢今日民

サポート――【さぽーと】

加藤孤太郎選

13.10

拉致の綱放さず援助手繰る北　古川聰美
コンビニにサポートされてまだ一人　青木　薫
ゆるキャラが先頭に立つ町おこし　落合正子
年金の裏付けが有りまだ夫婦　成島静枝
あんな人支えつづけて馬鹿じゃない　本多　守
先生の先生がいるお教室　中川洋子
うしろからそっと抱くのもサポートか　村上やよい
あらあなたもロボットとご一緒で　本田哲子
落ち込んでいられる穴を掘っている　阿部闘句朗
サポートをしてあげたいね君が好き　松田義登

さらさら【さらさら】 17.07

名雪凛々選

風紋が昨日の恋を消して行く　谷藤美智子

ページ繰る風が面白がっている　笹島一江

お茶漬けがごちそう二日酔いの朝　東條勉

さらさらの肌着に替えて伸びをさせ　山本万作

短冊の筆先までも川柳家　河野桃葉

鳴き砂がさらさら落ちる指の先　名雪心遊

入国審査受けずさらりと来る黄砂　川名信政

サラサラと落ちる命という時間　月岡サチヨ

差し迫る終活急かす砂時計　六斉堂茂雄

せせらぎを地獄に変えた土石流　宮内みの里

触る【さわる】 11.05

六斉堂茂雄・新井季代子選

ミスタッチデジタル機器は見逃さぬ　東條勉

救援の情けに触れた手の温み　佐藤喜久雄

触られてエレキ走った映画館　伊野木郁造

被災者の心に触れたボランティア　佐竹明吟

触られて気持が悪い倦怠期　加藤羞策

鍬の柄の凹みに偲ぶ亡父の意地　佐藤喜久雄

憲法に触れると九条が睨む　伊藤三十六

田や畠早く帰って触りたい　浅井徳子

ワンタッチで何でも済むという不便　落合正子

触診が病んだ私を言い当てる　日下部敦世

参謀

【さんぼう】09.07

廣島英一選

トップよりナンバー2が向く素質　佐伯清美
参謀は家内私は表紙だけ　大戸和興
参謀へ味方か敵か黒い霧　長尾美和
父さんの参謀本部縄のれん　上田正義
参謀に闇は任せる名社長　今村幸守
妻という参謀がいる慶弔費　今川乱魚
名将を陰で操る知恵袋　関根庄五郎
婚活の陰にチラつく親の顔　角田真智子
監督に腹心もいた優勝旗　六斉堂茂雄
透明なタクトを振って闇にいる　伏尾圭子

シート

【しーと】12.03

片野晃一選

青シート今の今だけ考える　中島久光
自分史にシートベルトが欲しかった　中澤巌
形見分け切手シートでいいですか　船本庸子
満席の重さを知らぬ過疎のバス　六斉堂茂雄
席取りに負けて今では窓のそば　松田重信
夜桜は見ないベンチの二人連れ　上田正義
セシウムへブルーシートの黙秘権　江畑哲男
晩節の椅子にピエロがしがみつく　願法みつる
末席の意地がとぐろを巻いている　北山蕗子
譲られた席に素直にありがとう　古田水仙

Gパン【じーぱん】

10.02

笹島一江選

ジーンズにピタリ張り付く脚線美　岡さくら
Gパンの顔肩書が消えている　平蔵柊
Gパンの穴を笑っている昭和　田辺サヨ子
バーボンがGパン履けと言っている　大竹洋
Gパンの為にも痩せる出産後　中沢広子
世の移りGパンで発つハネムーン　伏尾圭子
Gパンを穿いて後期の若造り　宮本次雄
Gパンを穿き満更でない愚妻　遠藤砂都市
Gパンもきれいにしたい親心　森智恵子
眩しかったねアメリカもジーンズも　伏尾圭子

舌【した】

08.12

江畑哲男選

痛いのはここと歯医者に舌が告げ　坂牧春妙
いいマイクなので舌打ち逃さない　中島久光
丁寧に舐めた切手のラブレター　千田尾信義
二枚目の舌は大人になると生え　松澤龍一
舌二枚もって男をもてあそび　窪田和子
振り込めの舌の進化に追い付けず　月岡サチヨ
回る舌綿菓子だって作れそう　秋山好子
その噂わたしで止める舌下錠　笹島一江
飢えを知る舌にはうまいものばかり　二宮茂男
食卓がフツーの舌である平和　大竹洋

下着一切【したぎいっさい】 14.06

江畑哲男選

窓ぎわに白い褌青い空　五月女曉星
ゴムヒモが真実を知る微増減　中野弥生
洗濯機父の下着は後回し　鈴木広路
新しい下着昨日を脱ぎ捨てる　中川洋子
買い置きの勝負下着に黴が生え　三浦芳子
泥棒除け干した下着は男物　川名信政
異性の下着買えぬ男と買う女　飯野文明
ダンディーなオシャレインナーから始め　関根庄五郎
一葉に諭吉を足して買う下着　山田とし子
捨てて来た下着がホテルから届き　近藤秀方

七【しち】 16.03

佐藤美文選

頼りない親で届かぬ七光　宮本次雄
七人の敵と余命を競ってる　篠田和子
七癖は化粧で隠す術がない　折原あつじ
七合目あたりでよしとする余生　岩田康子
七難にボクに無かったのは女難　宮内みの里
七曜のリズム弾ます趣味の会　岩田康子
七転び後は記憶にないベッド　近藤秀方
七曜のどこにも悪女居なくなり　江畑哲男
七変化するカルチャーを見届ける　山田とし子
手首から春めく七分袖のシャツ　丸山芳夫

しとやか

【しとやか】 09.04

山口幸選

ヤンママもしとやかになる参観日　斉藤克美
しとやかがおとなしいとは限らない　伏尾圭子
おしとやかかなぐり捨てる先着順　野澤修
かみさんが楚々と佇むセピア色　大竹洋
身のこなし視線を浴びている喪服　穴澤良子
三つ指をついた挨拶妻の乱　浅井徳子
しとやかにすればするほど肩がこる　中澤巖
しとやかな美女に付いてる喉仏　斉藤克美
しとやかに食べると落ちる蟹の味　近藤秀方
しとやかさ捨てて老舗の跡を継ぐ　六斉堂茂雄

しびれる

【しびれる】 12.08

笹島一江選

ハチ公になれずしびれをきらしてる　北山蕗子
居酒屋は椅子か痺れぬ掘炬燵　立花雍一
麻痺の手が書いた手紙の有難さ　角田真智子
コンサート帰りの足が宙に浮く　伏尾圭子
真心に触れて感電してしまう　北山蕗子
何だかだ言って痺れるのはお金　本間千代子
低音の魅力容姿は問いません　月岡サチヨ
まだですかしびれを切らすプロポーズ　鈴木広路
肩の美女どう起こしたらいいものか　水井玲子
ウチの娘を感電させた馬の骨　伏尾圭子

自慢【じまん】

永井しんじ選　10.12

ケータイに自分の写真入れている　坂牧春妙
学歴を自慢し合っているテント　眞田幸村
百点をママに見せたいランドセル　三宅葉子
社員数昔は自慢今負担　折原あつじ
貧乏は自慢じゃないが知っている　成島静枝
窓開けて自慢のピアノ風にのせ　白浜真砂子
栄光の昔話はしたくない　加藤羞策
入賞の菊信金に貸してやり　笹島一江
細りゆく国の自慢の春と秋　飯野文明
母さんを真ん中におく故郷自慢　海東昭江

締め【しめ】

高塚英雄選　16.12

即興の一句 祝辞を締め括り　江畑哲男
人生の締め切り延ばす万歩計　片岡ゆめたろう
ノーの返事ブラジャーきつくきつく締め　窪田和子
フルコース締めに薬が待っている　塚本康子
負けん気が自分の首を絞めている　松本八重子
戸締りをするほどお金ありません　窪田達
ネクタイを締めロボットの貌になる　竹田光柳
お小言の仕上げにギュッとママのハグ　伏尾圭子
リタイアし締めるネクタイ黒ばかり　酒井トミオ
同窓会宴の締めは皆薬　永見忠士

し

収入【しゅうにゅう】

07.10

平井吾風選

給料日僕は単なる通過点　杉山太郎
直木賞パートの妻にささえられ　平田耕一
恙なく退職金が振り込まれ　海東昭江
年金の檻にも慣れた熊でいる　田制圀彦
談合で回し飲みする甘い汁　関根庄五郎
父稼ぎ母が全額使い切る　大戸和興
ご芳志を見込んで予算組んである　江畑哲男
年金の範囲で父として申す　臼井彩華
年収がちょっと気になるプロポーズ　名雪凛々
年金を分けると妻と共倒れ　平野さちを

シュガー【しゅがー】

15.10

加藤鰹選

糖衣でも名前が苦い正露丸　川崎信彰
菓子折のそこにゆきちの砂糖漬　菅谷はなこ
シュガーレス本音と本音対峙する　白子しげる
退屈な男にまぶす粉砂糖　加藤佳子
甘いだけじゃあ人もお菓子も飽きられる　佐野しっぽ
団塊の舌にまがいものの砂糖　江畑哲男
鼻濁音へすぐにも溶ける角砂糖　中島宏孝
綿菓子がしぼんで恋もジ・エンド　齊藤由紀子
ティファニーのシュガーこっそり持ち帰る　津田暹
カップの底に残るシュガーと冷めた恋　上田正義

出張【しゅっちょう】

16.09

中島宏孝選

長嶋はセカンドゴロも捕りに行く　丸山芳夫
出張の先々にある美酒佳肴　宮本次雄
ああ左遷最後の着地出張所　岡さくら
お土産に方言ひとつ詰め帰る　茅野すみれ
出張先の自由スマホに監視され　後藤華泉
喜んで出張に行く倦怠期　伏尾圭子
肩書をすっぽり脱いだ露天風呂　熊谷勇
出張の嘘GPSがあぶりだす　岩田康子
出張を見送る妻に羽が生え　月岡サチヨ
嬉しそな妻を横目に靴を履く　中山由利子

主婦【しゅふ】

11.04

成島静枝選

大震災主婦節約の目を開き　飯野文明
火も水も武器も揃っている厨　宮本次雄
主婦業が天職という割烹着　田辺サヨ子
括らないでただ主婦という二文字で　中川洋子
主婦ですと言えばその先聞かれない　川村安宏
避難所の主婦 主婦業がこなせない　江畑哲男
目計りと手計り冴える主婦ヂカラ　森智恵子
過去のこと記憶で勝る妻と揉め　関根庄五郎
主婦と母もういいでしょう好きにする　笹島一江
震災の前から自粛してる妻　小川定一

樹木【じゅもく】10.06

斎藤弘美選

ストレスをそうかそうかと森が聞く　折原あつじ
盆栽の齢を数えてなんとする　中澤巌
略図には隣の松を小さく書き　佐藤喜久雄
縄文の風を知ってる巨大杉　近藤秀方
柱一本一本ずつのローン組み　関根庄五郎
新芽吹き樹木が伸びをする五月　古川聰美
公園の大樹戦火の跡がある　布佐和子
注連縄を緩めてくれとご神木　野良くろう
伐採に行き場をなくす森の精　村田倫也
手つかずの自然倒木さえ遺産　川瀬幸子

少子化【しょうしか】16.10

江畑哲男選

顔ぶれは変らぬずっと一クラス　阿部邦博
少子化なのにいじめと不登校　いしがみ鉄
ひとりっ子親を背負って嫁にいく　松本八重子
少子化へ恋の囀り聞こえない　加藤品子
冷凍の卵子未来を見据えてる　成島静枝
公園も母子二人の鬼ごっこ　北島澪
懐メロになっちゃいそうな子守唄　三上武彦
弾力はないけど子宮貸しましょう　青砥たかこ
血眼で大きな桃と光る竹　播本充子
児のいない公園風もつまらない　伏尾圭子

常識【じょうしき】

14.10

願法みつる選

赤恥を避ける処世の虎の巻　岡さくら
我が家にも常識越えた鶴と亀　西川節子
スマホから新常識というルール　成島静枝
常識の基準が合わぬ鯨尺　川名信政
抗議する時も笑顔の常識家　島田陽子
まちがいのない常識人といる疲れ　日下部敦世
お試しの後で結婚思案する　新井季代子
常識があって紳士という仮面　中澤巌
べからずとべしの判断力はある　本間千代子
白線を跨ぎ常識考える　野澤修

正体【しょうたい】

10.07

平野さちを選

正体を無くすと正体がばれる　植竹団扇
お寿司やが名付け親です深海魚　栗林むつみ
入籍を済ませホントの齢を言う　高塚英雄
相続人二人羽織でやってくる　近藤秀方
幽霊が一服してる小屋の裏　野口良
離婚後のサンタはママでかまわない　中沢広子
ご先祖は足軽らしいタフな足　河野桃葉
本当の富士は風呂屋の壁にある　川崎信彰
最強のアイデアを出す怖じけ者　根岸洋
妻の正体を他人様には見せぬ　江畑哲男

し

昭和【しょうわ】

15.04

江畑哲男選

上を向き歩いた頃がよき昭和　山本万作
サッカリンズルチンなめて昭和の子　佐野しっぽ
父だけに刺身ついてた給料日　岩澤節子
昭和史の愛嬌天皇が振る帽子　増田幸一
キッチンと呼んで昭和の飢えは消え　窪田和子
昭和天皇？グーグルで調べよう　日下部敦世
王道の昭和地で行くナポリタン　古川聰美
東京五輪あの円谷はもういない　角田創
家事なんぞ昭和の夫やりはせぬ　東條勉
昭和史の中で降ってた黒い雨　北山路子

職業【しょくぎょう】

13.11

平野さちを選

就活をあきらめたあと市議となり　難波ひさし
大小は言わぬわたしも社長です　山田とし子
ハーネスへ盲導犬のプロ意識　伏尾圭子
主婦業の依願退職却下され　森智恵子
向き不向き選べる事もなく勤め　小林かりん
炭坑節産んだ職業今は無く　藤田光宏
転職の最後と家業継ぐ息子　志田則保
お受験が子の就活のプロローグ　川崎信彰
黒い爪土の言葉がわかる農　六斉堂茂雄
ベテランがロボットと組むワークシェア　増田幸一

処分【しょぶん】

13.04

山本由宇呆 選

寛大な処分に甘え二度の罪　三宅葉子

汚染水行き場探してもだえてる　貝田誠作

よりそって来たのゴミには出来ません　杉野ふみ子

もったいないこれが処分の天敵だ　永見忠士

処分した洋服やけに着たくなる　本間千代子

不用品処分しますと金とられ　大澤隆司

一時停止せずにゴールド取り消され　佐藤権兵衛

相続で細切れになる土地と家　川崎信彰

忌憚なく捨てる夫の専門書　古川茂枝

シンプルな老後へ義理を整理する　伏尾圭子

女優一切【じょゆういっさい】

10.05

伊藤三十六・海東昭江 選

借金をことわる妻は名女優　菅谷はなこ

眼裏に今も生きてる原節子　長尾美和

ヌード集落ち目女優を唆す　成島静枝

いつだって女優になれる腕の中　伊藤春恵

我が家では私が主演女優です　笹島一江

八千草薫除けば十把一からげ　中澤巌

朝ドラで国民的な顔になる　木村幸子

素っぴんの女優私と大差なし　船本庸子

脇役で女優人生長く生き　本間千代子

名女優指の先まで死んでみせ　菅谷はなこ

し

調べ 【しらべ】 13.01

齊藤由紀子選

可視化へとカメラが覗く取り調べ　川名信政
卒業を待つコーラスの声揃う　佐藤美文
字幕読む耳には甘いフランス語　斎藤弘美
垣根越し成長告げるピアノの音　根岸洋
目を閉じて水琴窟の音を拾う　矢野義雄
整然が過ぎた帳簿にマルサの目　笹島一江
異次元へ誘い込まれていくラップ　月岡サチヨ
暗証を聞き出さなくちゃ妻も年　古川茂枝
ヘッドホン若者はみな人嫌い　江畑哲男
青春の路上ライブが吠えている　高橋半眼

自立 【じりつ】 16.05

上村脩選

貰うものもらって次男飛んで出る　水井玲子
子の自立阻む母の手祖母の金　角田真智子
ノウハウはネット頼みの独り立ち　岩澤節子
沖縄の自立をオキナワが阻む　宮内みの里
離婚印捺してひとりの時刻表　岡さくら
筋交いが朽ちてニートの目が覚める　岩田康子
大学を出て非正規という自立　飯野文明
リクルートスーツ自立の夢纏う　本間千代子
ひとしきり泣いて陽気な寡婦になる　伏尾圭子
独り立ち親の遮断機超えてゆく　宮内みの里

白い【しろい】

16.06

塚本康子選

紫陽花の白心変わりはしない　海東昭江

白無垢があなたの色に染まらない　山田とまと

純白の風 新婚のダイニング　江畑哲男

ウエディング二度目の白は控え目に　北島　澪

ストレスを修正液で塗りつぶす　岩田康子

キャンバスへ余生の色をちりばめる　月岡サチヨ

赤ちゃんのような白寿の母いとし　江崎紫峰

黒星が好きじゃないけどついてくる　見村遊眠

よく見れば裏表あり白い紙　伊藤春恵

日の丸の白地に汚れ目立つ今日　志田則保

信じる【しんじる】

08.04

新井季代子選

四分六で女の言を信じてる　今川乱魚

信じてる今のところとつけ加え　島田陽子

アンパンマンはバイキンマンにきっと勝つ　伊師由紀子

うちの子に限ってまさか母ぽつり　月岡サチヨ

良心に任す畑の販売所　斉藤克美

縁結びの神を信じてまだ独り　宮本次雄

サンタクロース存在説に夢あふれ　中澤　巌

借用書などは要らないオレ・オマエ　江畑哲男

土だけは裏切らないと郷里の父　上田正義

安全を信じて乗っている電車　永峰宣子

心理【しんり】 12.05

竹田光柳選

消費者の心理を読んで刷るチラシ　小山一湖
危うさも安さが売りのツアーバス　関　玉枝
試着室女ごころを置いて出る　布佐和子
幸せな人だけが来るクラス会　上田正義
電力を不足と見せて再稼働　石井太喜男
僕を見て欲しくてママを困らせる　伏尾圭子
妻と子を愛でる息子にわく嫉妬　中沢広子
平和主義座席はサイドから埋まり　江畑哲男
非行への荒んだ心欲しい愛　古川茂枝
回り見て多数の方に流される　水井玲子

スイーツ一切【すいーついっさい】 10.03

船本庸子選

スイーツは好きだが顔は甘くない　眞田幸村
ダイエット魔女がケーキに潜んでる　青山あおり
強面が通いつめてる甘味処　山本由宇呆
やってみたいなお菓子の家を食べ尽くす　日下部敦世
別腹が締めのデザート所望する　新井季代子
今度こそスイーツ好きな彼選ぶ　吉田恵子
かみさんのご機嫌をとる十三里　大竹　洋
カステラを好きな厚さに切る至福　永井しんじ
のど飴を配る会話のエンドレス　干田尾信義
ようかんを味わいながら聞く小言　野澤　修

す

推薦

【すいせん】 09.02

村田倫也選

伯母さんの持ち込む婿はただ真面目　山本桂馬

懐を知る友が推す安い店　船本庸子

母さんが薦める人はパパに似る　長谷川庄二郎

公認を貰い正論畳み込む　宮内みの里

仲人にも慰謝料求めたい離婚　川崎信彰

推薦を視野にいい子をしています　伏尾圭子

口開けたままで高い歯薦められ　松澤龍一

今日はこれおしゃまが選ぶパパのタイ　大竹洋

無料なら行っておいでと妻薦め　佐竹明

推薦に謝礼いくらと悩む日々　松岡満三

スーツ

【すーつ】 08.08

渡邊妥夫選

終電の背広並んで眠りこけ　伏尾圭子

スーツより割高になるクールビズ　長谷川庄二郎

金策のスーツは椅子へ浅く掛け　近藤秀方

移り香を問い詰められている背広　伏尾圭子

菜っ葉服スーツに着替え叙勲の日　河野桃葉

上司よりいい背広着てすみません　菅谷はなこ

慶弔の一着だけで老いを生き　千田尾信義

棟梁のスーツの肩がぎこちない　吉田恵子

しがらみの染みたスーツがちと重い　笹島一江

スーツから私にかえる色を着る　遠藤砂都市

スーパーマン【すーぱーまん】

10.09

太田紀伊子選

敗戦忌皆んなスーパーマンだった　飯野文明
スーパーマンは何処に寝るかと子の疑問　保倉すみ江
イチローにスーパーマンの貌を見る　加藤友三郎
公園でスーパーマンが泣いている　加藤羞策
ガンダムにはスーパーマンも負けちゃうよ　川崎信彰
スーパーマン蔭で強壮剤を飲み　近藤秀方
社の窓がスーパーマンの出入り口　丸山芳夫
好きなのはスーパーマンじゃないところ　伏尾圭子
居眠りの天才でしたナポレオン　江畑哲男
白寿来て三年先の予定組む　藤原光子

スケッチ【すけっち】

08.02

荻原美和子選

絵手紙の南瓜が笑みを連れて来る　中川洋子
幼児のマルに目だけの母の顔　浅井徳子
お手柄へ絵心のある目撃者　伏尾圭子
ノート取る振りで描いた君の顔　加藤富清
猫描き裸婦の姿が生きてくる　松岡満三
スケッチへ大枚が飛ぶオークション　山本由宇呆
葉脈と会話が出来る植物画　笹島一江
日本をスケッチすると闇になる　加藤友三郎
自閉児のスケッチ闇が垣間見え　岩瀬恵子
水没の星をかぐやが素描する　伊藤三十六

スタイル【すたいる】

12.09

米本卓夫選

カッコ良いだけが取柄で職探し　佐々木恭子
スタイルを決めて悪路にヒール泣く　城内繁
褒められたスタイル息を止めたまま　坂牧春妙
気に入りの服を待たせるダイエット　大竹洋
スタイルよりも心と決めて今の妻　鈴木広路
オレ流が通らなくなる定年後　森智恵子
健康を褒めて体形には触れず　笹島一江
背広から野良着になって村に融け　関玉枝
金釘の字体に味がある賀状　川崎信彰
主義主張通すと規格外にされ　折原あつじ

すっきり【すっきり】

13.03

大戸和興選

マスク取り雨に感謝の花粉症　木田比呂朗
断捨離をしすぎて家が寒くなる　川名信政
お勘定貸し借りのない顔で出る　笹島一江
広い空電線埋めて取り戻す　安川正子
ヨーグルトで上手くなだめる朝の腸　古川聰美
よく寝たと言いつつ床屋から帰る　杉山太郎
浪人に耐えて第一志望校　江畑哲男
わだかまり解けて化粧の乗りが良い　伊藤春恵
さっぱりと頭丸める遍路旅　佐竹明吟
登頂にいつも一緒の晴れ女　森智恵子

ストップ【すとっぷ】

12.06

丸山芳夫選

子供らがカチンコ鳴らす痴話喧嘩　眞田幸村
渋滞の中でカーナビ気絶する　田辺サヨ子
流しそうめんボクのお箸で止めてやる　川瀬幸子
あちこちで宣言してる休肝日　大竹洋
飲みすぎを止める女房が居て飲める　角田真智子
人身事故あのテロップは見たくない　安川正子
休止符があって成立するリズム　東條勉
ストップモーションで見つける俺の夢　加藤孤太郎
落陽が赤信号に見えてくる　加藤孤太郎
血栓が詰まったような曇り空　藤沢今日民

ストレート【すとれーと】

11.07

やまぐち珠美選

ルーキーの直球だけでいく度胸　佐竹明吟
松なんて捻くれ者と思う杉　中川洋子
人込みを紹介状がゴボウ抜き　吉田格
年収と住まい訊かれた初デート　上田正義
猛暑日の喉へ一気の生ビール　石戸秀人
若いなあ直球だけで攻めてくる　角田真智子
愛燦燦愛に修飾語は要らぬ　江畑哲男
アスパラガス曲がりたくない一本気　川瀬幸子
水割りは嫌い火が付く酒が好き　大戸和興
再建の漁師一本道進む　宮内みの里

砂 【すな】 09.09

川崎信彰選

ローン漬けまだまだ我が家砂の城　木田比呂朗
都市砂漠たらい回しの救急車　三宅葉子
甲子園一試合毎砂を入れ　車田巴
ラブイズオーバー波に消された砂の文字　中澤巌
思い出の砂溜め込んでいる水着　古川聰美
蕎麦屋というのに砂場という屋号　六斉堂茂雄
バンカーにからかわれてるボクの腕　水井玲子
サンドバッグ憎い上司の顔が揺れ　宮本次雄
太刀打ちのできない妻へ砂を噛む　犬塚こうすけ
エンドレスラブとは知らぬ砂時計　江畑哲男

スペシャル 【すぺしゃる】 11.06

中島宏孝選

スペシャルとつけば何んでも手が伸びる　吉田恵子
スペシャルに弱い女の財布です　水井玲子
回らない寿司屋に座る誕生日　大竹洋
天皇のオペにトップが勢揃い　老沼正一
俺の留守スペシャルデイと妻は言う　船本庸子
帰国後のご馳走母のお惣菜　中沢広子
太平洋千年ぶりの波を立て　車田巴
炊きたてがスペシャル食になる被災　関根庄五郎
原爆を浴びて世界の最長寿　根岸洋
特別な日だけにつけるシャネルの5　角田真智子

スポーツ【すぽーつ】

16.06

江崎紫峰選

ジム通い妻の小言に追い出され　北島澪
徘徊じゃないぞジョギングしてるんだ　折原あつじ
試合より視線が熱いチアダンス　月岡サチヨ
ひょっとしてあの選手もかドーピング　本間千代子
女相撲うちの淑女が綱を張る　小泉正夫
会社では見せぬやる気の草野球　松本晴美
スポーツが趣味と言い張るメタボ腹　本間千代子
技を観る夫ドラマを観る私　酒井千恵子
大家族エースはやはり母でした　折原あつじ
アスリート競う記録と化粧法　川名信政

スマホ【すまほ】

14.06

角田創選

下向いた顔がスマホに拉致される　岡さくら
スマホ持つ手に食べられている会話　布佐和子
歩きスマホよけているのはなぜ私　安川正子
愛らしい君がスマホの次に好き　伏尾圭子
側の僕にまず聞いてよねスマホより　後藤華泉
皆スマホ人の気配のない車中　水井玲子
指一本スマホの彼をけっとばす　川崎信彰
トイレまで連れてスマホに縛られる　関玉枝
歩きスマホ季節の声を聞きのがす　加藤品子
ガラケーもスマホも先に妻が持ち　角田真智子

スロー

【すろー】07.11

船本庸子選

パソコンで葉書一枚一時間　川村安宏
親の目に大器晩成遅過ぎる　斉藤克美
スローモーと見せて抜け駆けうまい人　有馬靖子
ローカル線毎日乗ればいやになる　伊藤春恵
チークダンススローどころか動かない　中沢広子
肉体がスローライフを突きつける　成島静枝
社保庁の作業寿命に追いつけず　野澤　修
ゆっくりと敬語で責める妻の乱　河野桃葉
鈍行の旅を苦にせぬ本の虫　江畑哲男
目標は皇后様の話し方　安川正子

青果物一切

【せいかぶついっさい】10.02

山本由宇呆選

モヤシから見える家計のやり繰り度　佐竹　明
サラダだけ褒められているおもてなし　櫛部公徳
スーパーで会う故郷の野菜たち　斎藤弘美
四季のない野菜に緊張感がない　北山蕗子
山芋の大地に貰う粘り腰　上西義郎
天ぷらにすると野菜がしゃべり出す　船本庸子
男爵と言われじゃがいも照れている　窪田和子
キッチンに野菜くだものある平和　田辺サヨ子
ハイテクが宇宙に送る生野菜　大戸和興
採れたての泥も鮮度の売りになり　関根庄五郎

正義 【せいぎ】 12.12

上田正義選

正義だと信じて歩くデモの群れ　佐藤喜久雄
正論を吐けば出て来る差障り　関根庄五郎
民主化を叫び続ける塀の中　宮内みの里
むくわれぬ嫁の正義は捨てました　古田水仙
アウェイでは逆転をしている正義　川崎信彰
教師にも言い分がある社会面　江畑哲男
出世には縁がなかった正義感　伏尾圭子
屈強な相手にすくむ正義感　宮本次雄
立ち位置を変えると見えてくる正義　川瀬幸子
政局に欲しい不動の正義感　月岡サチヨ

青春 【せいしゅん】 17.02

江畑哲男選

そうなのかあれが青春だったのか　桜井勝彦
俺たちの青春にある安保デモ　佐藤権兵衛
蒙古斑うすれその後のｅｔｃ.　布佐和子
サルトルとボーヴォワールに拉致される　岩田康子
終電車別れ哀しい発車ベル　三浦芳子
高三の落書き滲む英和辞書　上西義郎
青春の目次にあった神田川　松本晴美
青春は爆発　老後も爆発　杉野ふみ子
百歳の青春足はもつれ気味　大戸和興
単線にセーラー服の朝が来る　大竹洋

贅沢 【ぜいたく】 15.03

丸山芳夫選

自分へのご褒美ばかり妻が買い　成島静枝
音楽と少しの酒があればいい　芹沢重隆
幸せは君の笑顔を独り占め　中川洋子
第3をビールに替える誕生日　大竹洋
フカヒレの姿煮美女にあーんされ　遊人
ただ握る飯がこんなになぜ美味い　芹沢重隆
玉葱を終日炒めカレールー　伊師由紀子
昨今のホシはカツ丼では落ちぬ　山本由宇呆
米だけはこのブランドと決めている　安川正子
ふるさとの雪で切手を貼りました　熊谷勇

制服 【せいふく】 10.04

江畑哲男選

制服の下で下着がおしゃれする　志田則保
入園式みなだぶだぶの制服で　染谷ゆきえ
制服に僕の自由を売りました　保倉すみ江
制服を脱ぐとオヤジになる機長　阿部勲
詰襟のテカリが示す卒業日　森智恵子
制服に個性を入れて睨まれる　六斉堂茂雄
ペアルックこれもひとつのユニフォーム　山本由宇呆
囚人服着てみたくなるホームレス　川崎信彰
外苑の雨に角帽吸いこまれ　佐藤喜久雄
ナース服天使になれぬ時もある　伏尾圭子

せ

セーフ

【せーふ】 15.04

長谷川庄二郎 選

食べたことまでは忘れていない僕　永井しんじ
少年法セーフの線を引き直す　老沼正一
期限切れ舌がセーフと言えばよし　岩田康子
朝帰り妻爆睡に安堵する　窪田達
七人の敵から逃げて妻の膝　角田創
賞味期限今日のメロンにかぶりつく　吉田恵子
オレオレにボケたふりして身をかわす　窪田達
死に神をドクターヘリが追い返す　宮内みの里
閻魔様を騙し浄土の門開ける　中川洋子
無罪放免ドクターが神に見え　伏尾圭子

設計

【せっけい】 15.01

尾藤一泉 選

生活設計描けず仮設の冬支度　飯野文明
図面では大きく見えたマイホーム　宮原大成
未来図へ付け足す色の有りっ丈　田辺サヨ子
CGで整形プラン見せられる　新井季代子
闇ばかり引いてる国の設計図　渡辺梢
戦争をしない日本の青写真　川瀬幸子
書き終えた図面が枷になっていく　高鶴礼子
立ち止まることを許さぬ設計図　斎藤弘美
古文書になって久しい青写真　植竹団扇
終活はいろはにほへと練り直し　長谷川庄二郎

背中【せなか】

15.03

伊師由紀子選

背負われてふたつの鼓動響きあう　小島一風
背中押す手が味方とは限らない　中島久光
背中見て親子とわかる二人連れ　篠田和子
春ですね背中むずむず羽が生え　塚本康子
ファスナーが開いてますとは言えません　宮本次雄
お背中にホントの年が出ています　酒井千恵子
入園式背なに六っつの応援歌　船本庸子
リベラルな貴男背中が広すぎる　二宮千恵子
百億人背負えませんと蒼い星　根岸　洋
平凡をおんぶしていて気付かない　折原あつじ

爽快【そうかい】

13.08

松本晴美選

禁煙を守れぬ彼の留守が好き　三宅葉子
負けっぷり誉められてから悔いも消え　中沢広子
介護から解放された一人旅　船本庸子
検査入院すべてが白で帰される　増田幸一
けれどでもだってだからの無い返事　伊師由紀子
登頂までは後悔してた富士登山　上田正義
一流の板前客も料理する　折原あつじ
いつどこで呼ばれてもする良い返事　笹島一江
不揃いに育った子供親思い　山口　幸
弁解を知らない汗が明日を向く　大竹　洋

賊【ぞく】 09.04

原　光生選

娘のハート盗む奴には逢わぬ父　田澤一彦
反対をすれば賊呼ばわりされる　今川乱魚
わたくしの暮らしネットで盗まれる　川瀬幸子
映画での海賊役は恰好いい　船本庸子
ひったくりサルに手を焼く観光地　上田正義
社用族つまみ食いして賊になり　川崎信彰
義賊とも呼ばれ墓参りが絶えず　江畑哲男
いつの世も負ければ賊となる定め　佐竹　明
権力に刃向かう賊は誉められる　村田倫也
職業は空巣背広で御出勤　宮内みの里

そろそろ【そろそろ】 17.01

米島暁子選

昭和史が知らず知らずに風化する　大戸和興
こじゅうとよそろそろ嫁にいってくれ　永見忠士
ルージュ引くそろそろ街に灯がともり　山本万作
この私消費期限が切れそうで　窪田　達
しがらみを解いてそろそろ風任せ　北島　澪
お互いにそろそろ賞味期限切れ　手塚ヒロアキ
青い空戦いはもうやめませんか　伊師由紀子
八十路です本音で生きていいですか　堤丁玄坊
定位置に戻るまで待つ妻の臍　熊谷　勇
天神さま合格通知まだですか　窪田　達

そわそわ

【そわそわ】16.12

遊 人選

もうすぐに息子が来るよ彼氏連れ　上村ひろし

内緒で買った指輪夫は気がつくか　船本庸子

娘より親が待ってるプロポーズ　角田真智子

頻尿の「トイレ休憩まだですか」　本間千代子

一時間毎に覗きに行くポスト　伊師由紀子

彼氏連れ一人娘が里帰り　山田とまと

突然の指名に酒が落ち着かぬ　野澤 修

ヘソクリの本棚妻が拭いている　窪田 達

駆け落ちの約束なのにまだ来ない　竹田光柳

遠出した若葉マークが帰らない　関 玉枝

損

【そん】11.03

植竹団扇選

また敵を作ってしまう正義感　安部離楽数

兄ちゃんのお古は嫌と叫びたい　伏尾圭子

予定通りやせれば損はしない服　坂牧春妙

五割引きそれでも損はないらしい　笹島一江

しゃしゃり出る損な性分治らない　吉田恵子

減価償却出来ずに戻る美人の湯　上田正義

弟が泣くと兄貴が叱られる　山本由宇呆

大損害与えた海は知らん顔　浅井徳子

損害は純朴な民消えたこと　古川茂枝

言葉なくガレキの山をポチ見上げ　松田重信

誰でも詩人になれる国、日本

藤井厳喜
（国際政治学者）

明けましておめでとうございます。
（会場を見渡して）大入り満員でございます。しかし、私の講演を楽しみにされて来た方はおられないと思います（笑）。大勢集まることはよいことです。まず、江畑代表を褒めたいと思います。

渡辺利夫先生とのご縁

今日頂いた『ぬかる道』一月号の冒頭、「ポエムの貌」に渡辺利夫先生の文章が載っています。

〈私は放哉を生きている。山頭火を抱えもっている。現世からの逃避、過去の執着からの解放。そうした願望を意識の底に潜ませていない人間は少なかろう。しかし、人々にとって、それは叶えることのできない業のごときものである。　　　渡辺 利夫
（渡辺利夫著『放哉と山頭火』ちくま文庫「あとがき」より）〉

渡辺利夫さんは拓殖大学の学長をされています（現在は同大学学事顧問に就任）。私も拓殖大学に非常勤講師として週一回通っています。そんな訳で渡辺先生を存じ上げておりますが、この方は経済の先生なのです。しかし、驚いたことに放哉と山頭火の本を出されているのです。その話を渡辺先生にしたところ、自分も人生悩み多い時期があった。そんな時、放哉や山頭火を読んで救われたと、言っておられました。この中にも放哉や山頭火をお読みになる方はいらっしゃると思います。やっぱり救われますね。自分はあのような生き方は出来ないけれども、そういう人の本を読むと解放されるものがあります。山頭火などは破滅型で、周りの人に借金したりして、いつも迷惑をかけ、いつも泥酔していました。放浪し、家庭を持たない人でした。社会の脱落者のような存在であったということですね。

江畑代表は台湾との川柳での交流に力を入れておられ、台湾との合同句集『近くて近い台湾と日本』も出されています。それは素晴らしい本で、私もその本の宣伝で若干のお手伝いをさせてもらいました。私も「李登輝友の会」などを通じて台湾と縁が深いのです。日本の台湾統治時代五〇年、この時代に日本の文化が移植されまして、幸いにもこれが続いて、今でも俳句、短歌、川柳を作る方がいらっしゃる。今の台湾の若い人達の七〇パーセントは第二外国語に日本語を選んでいます。第一外国語はもちろん英語です。蒋介石が台湾を占領したために北京語が国語になっていますが、本来の台湾語はホーロー語です。でもこの言語ではなかなか文学が成立しないのです。日本語を覚えた人達は日本語で感情表現が出来るのです。北京語では言い表せないことを、日本語なら表現出来ると言うのです。現在、台湾の若い人たちに川柳を作る方がいるということは大変嬉しいことです。正式の国交がないのにも拘わらず、「世界一の親日国」と言われています。ますます両国の親交を深めていくべきだと考えています。

実は今日は「江畑さんに一回話をさせてよ」と言って、私が押し掛けて来たのです。本職の国際政治の講演もしますが、たまに詩と俳句の話もします。以前、拓殖大学での日本学の公開講座で俳句の講義をしたこともありました。

今日の講演のタイトルは、「誰でも詩人になれる国、日本」です。詩人という言葉が皆様にはピンと来ないかも知れませんが、川柳は定型詩ですから皆さんは立派な詩人です。

かなりの額をファンドで動かしている米国の投資家を兜町に案内したことがあります。私は通訳をしていたのですが、その投資家が日本人の証券マンに趣味は何かと聞いた時、その証券マンは俳句だと答えました。教養のある人なら英米人でも俳句のことは知っています。その投資家は大変驚いておりました。日本では株のブローカーも詩人なのか、という驚きです。アメリカ人の考えでは株のブローカーと詩人とは全く対極の世界の人間なのです。大学教授、医者、詩人は神のコーリング（calling）、天職と言われているのです。

日本人はすごい、株のブローカーも詩を作るのだ。そう驚いていました。これは何故かと言うと、日本人は日本語を使うから詩が出来るのです。

日本はそのような文化をずっと積み重ねてきました。記紀、万葉の時代から日本の詩歌の伝統があります。五七五の定型が初めて単独で残ったのは、一四九九年頃と言われています。五七五・七七・五七五・七七と、百韻、千韻と続けていく、連歌という高級な遊びがありました。五七五の後に七七と続けるのですから、五七五での独立なんて簡単だと思ってしまいます。そうではありませんでした。五七五が独立するために、その後何百年もかかりました。俳句が完成するのは、芭蕉の時代前後であります。その頃は発句と呼ばれていました。芭蕉がやっていた頃は連句といって三十六句重なる形式（歌仙）で、最初の句を発句（立句ともいう）と言っていました。文学的作品として俳句を確立したのは芭蕉です。

大数学者の岡潔先生は芭蕉のことを二〇〇〇年に一人の天才であると言っています。そうだろうと私も思います。

日本語には詩歌の伝統がありますから、川柳も『誹風柳多留』から始まって、私達もなんとか作ることが出来るようになっています。これが日本語の力なのです。ですから外国人も日本語を勉強すれば俳句を作ることが出来るのです。日本語の中にその仕組みが出来ているのです。

俳句には季語というものがあります。俳句の二大要件は「季語」と「切れ字」ですが、今日は「季語」について お話しします。

季語の話

季語を入れるから俳句は難しいとも言われていますが、季語を入れるから俳句なのです。下手な俳句でいいのは季語だけだとも言われます。例えば初雪、初時雨、花吹雪、……。季語（詩語）を入れると、それだけで詩となり情感が出てきます。洗練されてくるのです。時雨と言っただけで、時雨を詠んだ歌や句が沢山あるので、連想ゲームのように、秋冬に降る冷たい雨の情感が伝わってくるのです。皆さんも俳句は作れば出来るのです。やってはいけないということはありません。川柳、俳句はある種の現実逃避でもあります。

私にとって俳句は確実な現実逃避ですが、革新的なことも少しはやってみたいと考え、『月刊日本』で俳句のページを設けて貰っています。このページには投稿はありません。自作を勝手に発表しています。

日本人の生活感覚が季語には詰まっています。季語の背後に大きな記憶量が控えています。

雪の降った朝、早起きをした時に「午前5時都心積雪6センチ」と詠みました。早起きしていたので午前五時、都心で積雪六センチあったというラジオ・ニュースです。五七五でなくてもいいのですが、山頭火のようにはなかなか出来ません。やろうとしたら人生がかかってしまいます。世捨て人になってしまいます。やらないほうがいいと思っています。フーテンの寅さんのように親戚や友人に迷惑をかけてしまうのです。寅さんの人気は山頭火や放哉に通じるところがあります。しがらみを捨てているのです。

歳時記の季語は一応の目安です。俳人の自然観察には嘘があります。カモメ（冬）は季語になっていません。アジサシは夏なのに、わざわざ冬カモメという必要はないと思っています。季語を生涯で一つ残せば俳人としては大正解なのです。カモメはそろそろ季語にしたいと思っています。滝（夏）これも春夏秋冬流れているので、夏の季語にするのはいい加減です。

一つの句に二つの季語はダメと言われていますが、これも嘘です。芭蕉の句「初雪や水仙の葉のたわむまで」には、初雪と水仙という季語が二つ詠み込まれています。一般的には季語は二つ入ると句の焦点が呆けると言われてはいます。季語重ねを嫌うのはそのためです。

岡潔先生は大数学者（一九〇一～七八）で、六〇歳で文化勲章を貰ったあと、エッセイを発表しました。「日本人よ美しい心を取り戻せ」という日本文化論を唱えました。彼は芭蕉の研究家で、「後世に一〇句残れば名人である。芭蕉は一〇〇〇句に近い句を残しているから俳聖である」と言っています。先生は数学の研究に行き詰まると、俳句を詠んでいたそうです。講演で先生は芭蕉の俳句を例に引いて、「情緒、これは理屈ではない。数学も基本は情緒である」と説きました。日本人については、「人の心を察するのが日本人、欧米人は口に出さないと分からない。日本人は自然の心が自分の心のように分かる」とおっしゃっていました。また、大自然に映った自分の心を詠むのが俳句である。小さな自我からの解放、しがらみからの解放です。いい句を作るためには自分のエゴを消すことが必要です。

詩人は西洋ではごく限られた人たちです。日本人には詩人はざらにいます。その詩の発想が日本流なのです。

二物衝撃と季語

落語にある話です。社長が俳句好きで、社員に俳句を作らせるというので皆困ってしまい、そこで会社の用務員さんに相談に行くのです。一人が「朝顔や根岸の里の侘び住まい」とやると、別の用務員さんが「そりゃいけませんな」と言う。「この句良く出来ているのでは？」と別の一人が言う。用務員さんが「根岸の里の侘び住まいは、何にでも付く」。鶯谷に近い根岸の里は、江戸時代に世捨て人の風情があり、しみじみとしている。

どの季語にも付くフレーズを紹介しましょう。

「かくして捷き月日かな」「昨日は遠き日となりぬ」「碓氷峠の関所跡」「テーブル一つ椅子一つ」「木造アパート二階端」「愚かにありぬ吾一人」「はるかに遠き想い人」「今思い出の中の君」「恋はすまじぞたわむれに」「やがて寂しき一人酒」、……。

こういうのは一般的には良くないと言われています。これしかないという作品が佳句と言われるのです。

俳句の一般的な作り方に「二物衝撃」があります。二つのものの「取り合わせ」というのでしょうか。あるいは「二句一章」とも言います。三つ入れると、ごっちゃになってしまいます。入れても、別に警察は来ません(笑)。違法行為ではありませんが、まあ二つ位にしておいた方がよいでしょう。そうすると季語を中心としたいい句の形が出来ますよ、ということなのです。その点を心がけていれば簡単に句が作れます。

私には俳句の師匠はいません。自分で勉強して自分で作っていますから誰にも文句は言われません。

連句をこのところ友人とやっています。三十六句（歌仙）に若干のルールがあります。式目というのですが、そのルール通りにやっています。ルール通りは大変だなあと思うと、なかなか出来ません。前の人の句から連想することが大事なのです。それさえあればいいのです。自由に作って下さい。式目を破っても警察は来ませんから。

和歌には詠んでいいテーマと詠んではいけないテーマがあります。和歌は優雅、雅の、貴族の世界。俳句は庶民の世界ですから、糞、小便を詠んでも構わないのです。従って、和歌と比べて俳句ははるかに自由です。もちろん川柳も自由です。

僕があまり川柳を作らないのは、大体世の中を斜（はす）に見ていますから、作り出すとどんどんエスカレートして、自分でも皮肉が止まらなくなってしまうのです。

ユーモアというのは、他人より自身を笑うことです。これは大事なことで、これが救いになるのです。英語に「sense of humor」といういい言葉があります。高校の校長先生が英文学の専門家だったのですが、その校長が学校のために懸命に心を砕いている。人から見れば「なんであんな馬鹿なことに」と、腹を抱えて笑うかも知れない。それが人間にとって救いなのだ。そんなように、第三者の立場で自分を見る事が出来る。それが「sense of humor」なのだ。これで自分が救われる。あるいは、人間とはこんなものだと救われるのです、とおっしゃっておられました。

人を笑う以上に自分自身を愚かなものだと笑う、そうすると自分が救われるのです。自分を第三者的に観察できると、また気を取り直して新たなことにチャレンジしようという気が起こってくるのです。

自句自解

私の最近の句を『月刊日本』の俳句のページに掲載しています。

爽籟や　天上の楽　地に到る　　巌喜

爽籟(そうらい)とは、爽やかな風の響き、秋風の音のことです。「籟」とは、風がモノに触れて発する音のこと。「天上の楽」これは感ずるところがある言葉です。

冬の句に、

天界の　宴の楽や　細雪

天界で神様が宴会をやっているのです。その音楽が降って来て雪になったという句です。これが「天上の楽」なのです。

風花の　ピアノの音符　街包む

降って来る風花が楽譜の音符のようだという句です。

花吹雪　天のピッコロ　頭上より

花吹雪をピッコロの音に例えました。

天女らの　箏曲降りぬ　枝垂れ梅

枝垂れ梅を見ると天女が降りて来そうです。

西風の　女神のハープ　涅槃西

涅槃西は、涅槃会の頃吹く西風(春の風)です。西風は春の季語にはなっていませんが、西洋では西風は春の風なのです。日本の「東風吹かば」とは逆ですね。

実は冒頭の秋の句。爽籟の句は、私が病気で入院していているときに作った句です。私は病気をしてもせっせと作句しているのですね。ひょっとするとこれが辞世の句になるのかもと考えて作っています。卑しいですね、大変な病気になると一句捻りたくなるなんて。

次のページには、今年の秋の句を載せています。

秋立つ日　蜘蛛の一糸　輝けり

これは気に入っている句です。「秋立つ日」がいい。

飼い猫も　野良も留守なり　秋の暮

猫が好きなのですが、野良猫もなかなか可愛いものです。子規も詠んでいます。野良猫を敵視する方もいらっしゃいますが、人間に一番近いところに住んでいる野性の動物です。

野良猫がいる街は人間にとっても住みよい街なのです。コミュニティーがあるのです。自治体が金を出して、野良猫を掴まえて避妊の手術をしています。ちょっと可哀相ですが、耳の端を切って野良猫と呼ばずに最近は地域猫と呼んでいるそうです。地域全体で猫を可愛がるのです。猫を可愛がる人の家には、小便をしたりしないのです。猫は可愛がられればやたらの所で糞や小便を絶対しません。手なずければいいのです。

猫には意気地があります。餌をやっても尻尾を振って跳んでは来ません。しかし、意外な時にやってきます。犬は尻尾がちぎれるくらい尾を振りますが、猫はそんなことはしません。人が寂しそうにしていると、猫の方からすーっと来るのです。

猫を可愛がる人は犬を可愛がる人より一寸高級です(笑)。猫は軍人ではありませんので命令をしても動きません。貴婦人のように丁重に扱えば味方になってくれるのです。猫は面白い動物です。猫の句は沢山詠みました。化け猫はあるけど化け犬はありません。猫にはどこかスピリチュアルな不思議なところがあります。犬は化けて出はしません。化けて出てもあんなものは怖くありません。猫は化けて出ると怖いですよ。猫の話をすると話があらぬ方にいってしまいます。

フランス革命は酒から起きた!?

拓殖大学で「新しい世界史」という講座を一コマ持って教えています。いろんな話をしていますが、外国の学生もおります。「お酒の世界史」というのを何度か話しています。

イスラムの学生はお酒を飲めないので聞いてもつまらないかとも思いましたが、何処の国でも文化文明と食物とお酒はコンビなのです。何を言いたいかと言うと、ワイン、日本酒、紹興酒、などの起源を調べていくと、そこを通して世界史が見えてくるのです。身近な物からがよく分かるのです。

フランス革命は実はお酒から起きたのです。アメリカ独立戦争もボストンティーパーティーと言って、イギリスが紅茶に税金をかけたので起きたと言われています。しかし、美味しいお茶を飲むために戦争をしますか?本当はお酒から起きたのです。アメリカは、今はバーボンウイスキーですが、当時はラム酒が全盛でした。原料はサトウキビでした。サトウキビの搾りかすです。英国の植民地がサトウキビから砂糖を作って欧州に輸出していた。沢山出来たサトウキビの搾りかすを、イギリスは関税をかけ、アメリカに高い値段で押しつける。フランスの植民地からの搾りかすの方が安いのです。アメリカはこの搾りかすでラム酒を大量に作って飲んでいたので、イギリスに対しての不満が鬱積していました。これがアメリカの独立戦争の前段階にありました。これが独立戦争を起こした真相であると私は思っています。お茶ごときで植民地の民は本国に対して必死にはなりません。お酒だから必死になったのです（笑）。

フランス革命のとき、バスティーユ監獄には囚人は三人しかいなかった。これは有名な話です。何故起こったか。パリも城壁の中の街です。ナポレオン三世が城壁を壊すまで、城壁に囲まれた街だったのです。ヨーロッパの街もシナと同じで、昔は城壁の中に囲まれた街でした。そこには城門があって、庶民がブルゴーニュあたりで出来ていたワインを持ちこもうとすると税金をかけるのです。貴族には課税していませんでした。そこで庶民の怒りが爆発して革命が起こったのです。

まとめに代えて

今日は最後に持って来た本を紹介します。アメリカについて書いています。私は別に反米主義者ではありません。アメリカが沢山ドジを踏んでいることを書いております。

現在のアメリカの保守派の学者達は「日米戦争は日本が起こしたのではなく、ルーズベルトが起こした。民主党の進歩派だったルーズベルトは、やらなくていい戦争を起こして、米国民や日本人を沢山殺したひどい大統領であった」と主張しています。これは保守派の間では定説になっています。（考え方が）右とか左とかではなく、歴史の真実は一つなのです。

日本では憲法九条の改正が論議されています。国の防衛はアメリカ頼りでなく、自主防衛をちゃんとやるのが当たり前だと、私は考えております。経済的に一流の国だから国の防衛も自前でやるべきだと思います。そういったことをお考え頂きたい、というのがこの本の趣旨であります。（『連合国戦勝史観の徹底批判』ヘンリー・ストークス、藤井厳喜、自由社）

時々古本屋で私の本を見かけることがあります。しかもサイン入りで。誰が売ったのか分かりませんが、古本屋に私の本があることは嬉しいことです。たとえ百円でも、その価値が認められているのが有難いのです。古本屋に売りたい方は、買ってもサインなしにした方がよいと思います（笑）。

皆さんは立派な詩人です。外国人に我々は詩人であると言ってやって下さい。日本独特の、日本語というものがあるから出来ることなのです。日本語を大事にして下さい。

北朝鮮がミサイルを発射したり、南シナ海でシナが領海侵略してきたり危なっかしい世の中になっています。防衛はしっかりやって行かなくてはなりません。

文化は大事です。例えば独立国なのに占領されて日本語が使えなくなったらどうでしょうか。中華人民共和国のウイグルやチベットでは自国語が使えなくなるという、文化抹殺の事態が発生しています。日本語文化はとても大切なのです。国を守ることなのです。三島由紀夫は「文化防衛論」という本を書いています。国を守るということは財産を守るのでなく、文化を守ることなのです。文化防衛は日本人の使命なのです。

これで終わらせて頂きます。有難うございました。

（大拍手）

（平成二八年一月二三日）

ユニークとうかつ
類題別秀句集II
た〜と

台【だい】

15.06

江崎紫峰選

踏み台も苦手な高所恐怖症　木田比呂朗

縁台に昭和があった夕涼み　中島宏孝

鏡台もめっきりシワが多くなり　長谷川庄二郎

均等法パパは朝から台フキン　大竹洋

コンビニが近所で暇な台所　中島宏孝

踏み台の夫の腰が頼りない　野澤修

キッチンと言わなきゃ嫁に通じない　高塚英雄

卓袱台を返す明治の底力　遊人

鏡台にまだ捨て切れぬ赤い紅　島田陽子

踏み台に乗っても見えぬ理想郷　塚本康子

大学【だいがく】

08.06

江畑哲男選

法人化して大学も儲け主義　中島久光

大学が付属のような甲子園　老沼正一

大学を出ても孤独なかたつむり　増田幸一

大卒はもう呪文にはなりません　山本由宇呆

シニア大学青春へUターン　藤原光子

卒論を閉じて始まる社会学　篠塚健

角帽にゲートル巻いた遠い雨　松岡満三

神宮が球音で湧く日の平和　長谷川庄二郎

大学へ基礎学力をつけに行く　角田創

東京の大学とだけ聞かされる　伏尾圭子

太鼓【たいこ】

12.04

小倉利江選

無法松になりきる見栄のバチ捌き　中沢広子
ドラマーの振りも拍手の中に入れ　布佐和子
親が押す太鼓判には色が付く　志田則保
故郷がフラッシュバック笛太鼓　須賀東和子
アナログの花形でしたチンドン屋　成島静枝
荒れ狂う海に負けじと鬼太鼓　江崎紫峰
児の太鼓華になってる鼓笛隊　宮内みの里
大漁祈願へ汗が飛び散るはね太鼓　名雪凜々
太鼓にも訛があって村祭り　本間千代子
太鼓からTAIKOへショーの華になる　宮内みの里

大臣【だいじん】

09.12

高塚英雄選

大臣になると出て来るスキャンダル　江崎紫峰
大臣になれば戒名箔がつき　佐藤喜久雄
ネオン街大臣室というお店　安部離楽数
化粧まで女性大臣チエックされ　中沢広子
金が無くとも大臣になれますか　田辺サヨ子
大臣にならずに済んで長寿です　難波久
失言の大臣に無い裏表　関根庄五郎
辞任した大臣の名は覚えてる　折原あつじ
大臣の名刺の文字が大き過ぎ　今川乱魚
受け継いだ大臣室の空金庫　上田正義

タイトル【たいとる】

09.10

いしがみ鉄選

タイトルを取らせてくれた鬼コーチ　加藤友三郎
名刺には天下りとは書いてない　篠塚　健
題名の無い絵の前に人が寄り　久郷せつ子
読めぬ字がタイトルもらう書道展　六斉堂茂雄
好奇心くすぐる題で売る映画　水井玲子
努力賞そんな一生でした父　江畑哲男
横綱を破りうれしい殊勲賞　中澤　巌
日本の美学広めたおくりびと　椎名七石
人間と言うタイトルを持て余す　北山蕗子
ふるさとが無冠の僕に温かい　伊藤三十六

タイミング【たいみんぐ】

13.09

古川聰美選

会いたくない相手とだけはいつも会う　坂牧春妙
保証あるうちは元気な家電品　山田とし子
告白の背中を押した発車ベル　江畑哲男
消費税値上げを読んでいた五輪　永井しんじ
合いの手のごとき頷き聞き上手　篠田和子
スターだねチャンスに打順やってくる　角田　創
今が旬だからあなたにプロポーズ　松本八重子
笑い声ちょっと外れる英語劇　川名信政
チャンス到来黒猫がダンスする　田辺サヨ子
産休の復帰居場所が温いうち　月岡サチヨ

惰性【だせい】

15.12

白子しげる選

キャンセルの勇気もなくてまだ夫婦　加藤友三郎
曖昧の犬かき続けマイペース　島根写太
三十年の弁当作りただ作る　日下部敦世
誰も居ない部屋でも吠えているテレビ　中川洋子
ぬるま湯の中で平和を叫んでる　岩田康子
とは申せ朝のキッスは欠かすまい　江畑哲男
変わり映えしない化粧を今朝もする　海東昭江
半世紀会わずに続く年賀状　角田創
アイラブユーもリップサービスだけになり　上田正義
マンネリの海にたられば横たわる　海東昭江

正す【ただす】

15.06

加藤周策選

清濁を正せば魚住みにくい　石井太喜男
省略後通じぬ母に正される　杉野ふみ子
先輩の言い間違いはスルーする　角田真智子
重箱の隅に生き甲斐赤いペン　中島宏孝
正誤表付けても過去は振り向かぬ　塚本康子
飲み代を正すとヤバイ歌舞伎町　志田則保
いねむりの議員を居間で叱りつけ　伏尾圭子
我知らず背筋を伸ばす医者の前　山田とし子
さあ言ってわたしのどこがいけないの　窪田達
しゃんとしろ言っても聞かぬ膝と腰　佐野しっぽ

旅【たび】

15.01

高鶴礼子選

お先にと旅立って逝くずるいひと　中山由利子
ひとり旅ロマンは落ちていませんか　江畑哲男
旅先で演じてしまういい女　山田とまと
成田着妻に戻った仕切り癖　船本庸子
地図にない街でやさしさ触れる旅　長尾美和
温泉で別れ話をもう一度　加藤周策
バスツアーすこし距離おく二人連れ　山本由宇呆
人生の旅です釈迦の手に踊る　齊藤由紀子
大丈夫だろうか妻と二人旅　倉　一芳
旅にでよう羊を演じ過ぎたから　遊　人

タフ【たふ】

14.07

宮内みの里選

たくましい妻で我が家は持っている　上原　稔
要注意奴は不死身の二枚舌　加藤友三郎
大容量スマホがタフに吸う名簿　成島静枝
神経も胃もタフそんな妻でよし　江畑哲男
朝昼晩予定を入れている傘寿　伊藤春恵
午前四時出勤前の野良仕事　酒井千恵子
タフガイを降参させる虫歯菌　成島静枝
失言を撤回しては生き残る　伏尾圭子
ロボットのタフさが次の世を支配　大戸和興
風評にめげず再起の米づくり　上田正義

だ

ダブル 【だぶる】 17.05

藤田光宏選

比べられるダブルキャストに湧く闘志　木咲胡桃
幾山河迷って二人五十年　吉田耕一
国境が重なるとこにある資源　江畑哲男
同じ日に祝辞と弔辞読まされる　岩田康子
機嫌よく月がふたつの帰り道　根岸洋
文字ダブる医者はシンプル加齢です　永見忠士
健気にも昼は学校夜は塾　水井玲子
近老乱視まあるい月も楕円形　古田水仙
ピン札が重なっていたお得感　二宮千恵子
何かさみしいダブルインカムノーキッズ　川崎信彰

球 【たま】 10.12

高鶴礼子選

本心は見せぬオンナの変化球　加藤友三郎
電球の方が長生きするだろう　坂牧春妙
牽制球投げては君を振り向かせ　川瀬幸子
遊び球があるから活きる勝負球　東條勉
戦いは球蹴るだけにしませんか　宮内みの里
就活の履歴に書かぬ球拾い　六斉堂茂雄
月蝕の丸い地球に惚れ直す　吉田格
球筋が読めぬ男で打ち倦み　永井しんじ
風船を針一本で風にする　折原あつじ
弾まないボールひとりのクリスマス　江畑哲男

卵【たまご】10.05

太田ヒロ子選

野茂が投げイチローが打つ河川敷　上田正義
国産の卵がほしい相撲部屋　折原あつじ
孵化しない朱鷺飛翔出来ない息子　中川洋子
解剖を見てへたり込む研修医　加藤羞策
九代目の回らぬ舌の初舞台　中川洋子
スターへの孵化が待たれる駅ライブ　六斉堂茂雄
愛人の方が詳しい排卵日　江畑哲男
僻地では医者の卵も神仏　六斉堂茂雄
内からはとても破れぬ党の殻　根岸　洋
そして今金の卵が燻し銀　穴澤良子

魂【たましい】11.12

江畑哲男選

魂は別売りですと彫物師　中野弥生
魂を丸ごと洗う十二月　川瀬幸子
魂の記録老老介護の日　笹島一江
魂も時時嘘をつくのです　船本庸子
古里に来て魂の丸洗い　北山蕗子
魂をその場凌ぎで安く売る　佐藤月歩
墓などに寝ていられるか千の風　古田水仙
森で浄化させる黄ばんだ魂　中川洋子
目を入れて人形重くなってくる　田辺サヨ子
魂は売らぬ権力には媚びぬ　海東昭江

騙す

【だます】 10.04

堤丁玄坊選

適当に騙せといっている鏡　笹島一江
子の嘘を母は真顔で聞いている　眞田幸村
だまされたふりしてガンを受け入れる　川崎信彰
好きですとケータイ軽く言って来る　江崎紫峰
騙し合い女に勝てる訳がない　水井玲子
ブラジャーが喋る男は甘いもの　阿部勲
騙されてみたかったなあ月の夜　川瀬幸子
どちらともとれる言葉の騙し舟　増田幸一
整形をしても遺伝子変わらない　角田真智子
騙したのはそっちと夫婦笑い合い　難波ひさし

ダム

【だむ】 10.05

吉田格選

裕ちゃんと三船に逢える黒部ダム　木田比呂朗
ダム底の校舎を偲びクラス会　難波ひさし
山奥で都会の暮らし守るダム　角田真智子
回文で遊ばれているムダなダム　長谷川庄二郎
ストレスを堰き止め過ぎて肥満体　角田創
口利けば自慢話が堰を切る　大竹洋
男には涙を貯めるダムがある　上田正義
パパと作る砂場のダムは果てしない　日下部敦世
母はダム貯めてやりくり子を育て　大戸和興
落人の哀歌へダムの透明度　北山蕗子

ダメ【だめ】15.06

齊藤由紀子選

基地はNOウチナンチュウのたぎる声　飯野文明
後継者不足でダメを叱れない　中島久光
禁煙を説いた主治医のタバコ臭　川名信政
それなりに愛されているダメ男　水井玲子
外米はダメ日本酒と呼ばせない　老沼正一
初孫のキラキラネーム押し返す　布佐和子
ダメダメを沢山食べて引きこもり　松本八重子
残高にダメを出されたケアホーム　中島宏孝
NGに疲れて自然体になる　丸山芳夫
活気ない乳房へそれとなくサプリ　杉野ふみ子

単調【たんちょう】11.06

宮内みの里選

退屈な曲を音痴が楽しませ　坂牧春妙
単調な日々に釘さすシーベルト　長谷川庄二郎
心地良いリズムローカル線の旅　成島静枝
かと言って避難所出るに出られない　江畑哲男
散歩道ひまとヒマとが会釈する　大竹洋
チャンネルをどこに変えても同じネタ　折原あつじ
入院のベッドの時計動かない　松岡満三
我が国を憂えるペンはエンドレス　竹下圭子
印籠と代官だけで半世紀　角田創
黙々と笑うことない蟻の列　水井玲子

ダンディ【だんでぃ】14.02

阿部　勲　選

粋ですね服の裏地に贅を秘め　川名信政
ダンディも長生きすれば粗大ゴミ　古田水仙
ユーモアのセンス熟女にモテている　後藤華泉
ダンディな背広も緩む終電車　塚本康子
伊達の薄着ヒートテックに助けられ　川名信政
ダンディが着るとユニクロ高く見え　宮内みの里
好きやねんパリの空気が好きやねん　加藤友三郎
往年のダンディ今も派手な杖　野口　良
優しさがそのダンディーを引き立てる　中島久光
譲られた席でダンディー脱ぎ捨てる　海東昭江

チェンジ【ちぇんじ】17.03

本間千代子選

大声の方になびいた僕の挙手　川瀬幸子
筋書きを変更させる視聴率　岩田康子
ブレーキにアクセルを踏む老いの足　梅村　仁
帰省して訛りモードにギアチェンジ　亀山幸輝
イメチェンを気付いてくれたのは舅　船本庸子
知らぬ間に妻に渡った主導権　伏尾圭子
春ですねコートを脱いで風邪をひく　塚本康子
引き波へ面舵をとる星条旗　大竹　洋
贅沢からエコへスイッチ切り替える　笹島一江
お出掛けの顔に着替えて靴を履く　伏尾圭子

地下

【ちか】 11.05

河野桃葉選

デパ地下の試食を巡り昼済ませ　大竹　洋
あれ以来落ち着き先を探す地下　古川茂枝
メトロから出てこの街の空気吸う　笹島一江
おのぼりさん地下の迷路をやっと抜け　関　玉枝
太陽が好きモグラの妻になれません　日下部敦世
液状化地震が過去を暴き出し　水井玲子
落盤の地下から出たら英雄に　篠田和子
駅ビルの地下へ女房が溶けてゆく　佐藤喜久雄
政界の駆け引き地下でせめぎ合い　大戸和興
地下壕の悲劇を永久に語りつぐ　本間千代子

地球

【ちきゅう】 08.06

田口麦彦選

氷河融ける地球の涙かもしれぬ　永井しんじ
打ち水と簾で地球救う夏　古川茂枝
地球ごと世界遺産にしてほしい　藤沢今日民
ひきこもりたい日も地球は自転する　日下部敦世
住んでるとちっとも丸くない地球　今川乱魚
青い地球を熱気球にはしたくない　熊谷冨貴子
一瞬に地球が回る逆上がり　中川洋子
ゾウリムシだってずうっと地球の子　永井しんじ
地球より月がいいわとかぐや姫　伊藤春恵
もう少し地球にいてもいいですか　村田倫也

地図

【ちず】

08.04

阿部巻彌選

全国に銀座と富士のある日本　折原あつじ
風に吹かれて地図も磁石もない旅路　日下部敦世
聖火より火花が目立つ世界地図　安部離楽数
地図読める人で夫にすると決め　永井しんじ
わたくしの地図に無かった水たまり　田辺サヨ子
徘徊の地図に帰りの道がない　近藤秀方
略図書いて随所に母の注意書き　山口　幸
頼るなと医療マップが言っている　伏尾圭子
定年後夫と別の地図を持ち　船本庸子
アップダウンこんなにあった母の地図　笹島一江

地方

【ちほう】

15.05

植木利衛選

地方紙にすっぽり巻かれ泥野菜　川瀬幸子
栄転の郷土料理はなお旨い　中沢広子
一票の格差 地方が苛められ　江畑哲男
訃報まで載せてくれます地方版　野澤　修
ゴミ出しのルール教わり郷に入る　岩田康子
合併で市道になったけもの道　上田正義
マンションを誘致都会の風を入れ　根本ヨシミ
銀行名だけがローカル色を出し　船本庸子
故郷が火花を散らす甲子園　横山　聰
カタコトとローカル線にある睡魔　川名信政

忠実（まめ）

【ちゅうじつ（まめ）】10.09

西來みわ選

マメな父相続人が多すぎる　近藤秀方

休日は愛車を舐めるように拭き　吉田格

玄関にちぎれるような尾が迎え　田実良子

うちのこと何にもしないボランティア　高塚英雄

翌日にもう礼状が届けられ　斎藤弘美

背番号つけて台風マメに来る　佐藤喜久雄

まめですね言われ草取り止められず　中澤巖

ありのまま書いて日記に鍵をかけ　野良くろう

一人旅妻が秘かに尾行する　安部離楽数

鍬を打つ大地に手抜きなどできぬ　加藤権悟

チューブ

【ちゅーぶ】15.12

松田重信選

暖色の絵の具が欲しいケアハウス　大竹洋

ユーチューブ発ヒーローが踊り出る　海東昭江

魔法のチューブ無尽蔵です母の愛　上田正義

点滴を見つめています青い空　田辺サヨ子

へその緒が育ててくれた十ヶ月　佐野しっぽ

点滴のチューブが繋ぐ二つの世　五月女曉星

歯みがきを仇のようにしぼり出し　窪田達

絞り出すチューブの底の俺の脳　小林洋子

延命のチューブがじゃまで抱きつけぬ　古田水仙

延命の管へムンクになる命　松本晴美

彫刻【ちょうこく】

08.05

大川幸太郎選

読経する心で仏師鑿はこぶ　飯野文明
彫刻になって偉人が生き残る　大戸和興
表札は無味乾燥の機械彫り　伊藤睦子
名工はのみ一本で釈迦を生み　菅谷はなこ
氷柱をのみ一本が美女にする　秋山精治
能面に喜怒哀楽の血がかよう　中澤巌
木の肌と会話しながら彫る仏師　内田博柳
一刀の重み呼吸を止めて彫る　田辺サヨ子
ノミ跡を残す版画にある温さ　干田尾信義
仏像を彫る魂をこめて彫る　川瀬幸子

調子【ちょうし】

14.01

米島暁子選

調子良さアピールしたい病み上がり　梅津みゆき
仲直りしたら化粧の乗りがよい　伊藤春恵
音痴でも母の匂いのわらべ歌　竹下圭子
忍び来る老いと歩調を合わす酒　小島一風
絶好調だったが敵は上をいき　船本庸子
買い替えを決めたら車よく動く　角田真智子
新聞に載った載ったと大騒ぎ　江畑哲男
マドンナの手拍子破調だが許す　小島一風
空高くお調子者の彼といる　日下部敦世
体調が戻り五欲が吠えている　岡さくら

ちょろちょろ 【ちょろちょろ】

14.11

高瀬霜石選

ゴキブリが顔出すローン終えた家　中島久光
微量だが日ごと増え出す加齢臭　木田比呂朗
保育園一人並ぶと一人逃げ　笹島一江
残り火が消えぬまだまだ女かな　伊藤春恵
珍しく木偶が素早く動いてる　松田重信
ちょろちょろの水だが命綱になる　堤丁玄坊
恥ずかしい問診続く泌尿器科　上西義郎
水もれに加齢でしょうと水道屋　中澤巖
火傷せぬように弱火の恋をする　中川洋子
寛大な海へ行き着く汚染水　月岡サチヨ

ちらちら 【ちらちら】

13.02

田辺サヨ子選

殿方はチャイナドレスが好きらしい　加藤友三郎
肩ぐらい抱いて下さい雪もよい　上田正義
マドンナの自慢の髪へ白いもの　松本晴美
母老いて我が行く末を垣間見る　篠田和子
早耳がちらちら動く異動時期　笹島一江
見え隠れする背を追って交差点　森智恵子
気になって本も読めない前のミニ　加藤周策
特養に来てまで過去をちらつかせ　佐藤喜久雄
ワイシャツの紅へ女性の目がウフフ　河野桃葉
ビジネスの笑顔打算が見え隠れ　海東昭江

沈黙【ちんもく】

14.11

福井勲選

女子会に沈黙の文字見当たらず　中島久光
抑留のことは語らず逝った義父　酒井千恵子
沈黙を破り憎まれ役を買う　岩田康子
のど鳴らす熟女を蟹が黙らせる　河野桃葉
三猿になって男の顔になる　篠田和子
戦争の語り部ふいに黙り込む　川瀬幸子
一瞬の沈黙後にある修羅場　川名信政
だんまりを決め込む風が変るまで　堤丁玄坊
ただただただ手をとってただただ歩く　伊師由紀子
嫁ぐ子へ父は言葉を仕舞い込む　笹島一江

費やす【ついやす】

09.10

米島暁子選

お化粧に時間掛けても同じ顔　佐々木恭子
男の料理コスト計算などしない　いしがみ鉄
時間だけかけても恋は実らない　今川乱魚
たっぷりの時間効果のない化粧　川俣秀夫
百年を費やす塔はまだ未完　菱山忠侑
青春を太宰治と寝起きする　石川雅子
三分に待合室の三時間　久郷せつ子
遅すぎるエステへ無駄な金を捨て　木内紫幽
冤罪の十七年は還らない　篠田東星
君のために使う時間は惜しくない　角田真智子

ツイン【ついん】15.11

笹島一江選

終章の二人三脚軋み出す　木田比呂朗
ペアローン親子で組んだ古稀の家　根岸洋
ツインベッド何時でも離婚可能です　山本由宇呆
一心同体マラソンの伴走者　本間千代子
ペアーだがどうも夫婦でないらしい　大戸和興
老夫婦家をツインに分けて住む　船本庸子
トイレ側ベッド取り合うフルムーン　岩澤節子
片時も離れていたくないスマホ　伏尾圭子
リフォームはツインベッドが目玉です　伊藤春恵
同性婚どっちが世帯主ですか　江畑哲男

付け足す【つけたす】14.12

永井しんじ選

追伸へ本音を綴る日の安堵　三宅葉子
口紅を足せば女が蘇る　杉野ふみ子
追伸の二行に鬼を棲まわせる　中島久光
つけ足しのように感謝を言う夫　角田真智子
美味しいを言えば女房の上機嫌　宮内みの里
就活のノートの隅でありがとう　北島澪
一言が足りない夫多い妻　古田水仙
言い訳を付けて汚れた札を出す　根岸洋
追伸のゴメンで取れたわだかまり　島田陽子
サヨナラの後へ小さくありがとう　谷藤美智子

漬け物

【つけもの】09.01

植木紀子選

古漬けに曲がりきゅうりが達者です　藤沢今日民
漬け物に地産地消の味がする　太田昭雄
愛こめて桶一杯に秋を漬け　佐藤喜久雄
漬け物へ残り野菜が生き返る　栗林むつみ
ふた心無いさ千枚漬けの白　窪田和子
脇役を心得ている紅生姜　川俣秀夫
たくわんが主張しているバスの中　木村幸子
マンネリを蹴る激辛のキムチ漬　小倉利江
糠床を嫁に預けて蝶になる　櫛部公徳
母老いて漬け物石を野に返す　宮本次雄

つじつま

【つじつま】10.08

宮内みの里選

罪ほろぼし妻の介護に精をだす　青山あおり
国債で帳尻合わす予算案　中島久光
長寿国ミイラも数の内に入れ　高塚英雄
十月十日指折るだんな首かしげ　松本八重子
コウノトリ抱いて新婦のご入場　上田正義
頼みごと道理で一本提げて来た　本間千代子
あり金と余命帳尻合せたい　山田とし子
カネの使途秘書と議員の二枚腰　小川定一
勤務表を暴き過労死認められ　笹島一江
退職の時期年金が引き伸ばす　東條勉

粒

【つぶ】10.03

竹田光柳選

一粒の汗もかかない贈与税　老沼正一
タネひとつ鳥のふんから発芽する　川瀬幸子
ニーハオも言わず黄砂が押し寄せる　宮内みの里
泣き黒子ひとつで酔わす演歌歌手　本間千代子
怖いのは犯人役をやる子役　安部離楽数
粒選りの精子で生んだドラ息子　松澤龍一
一粒を百粒にする週刊誌　船本庸子
ひと粒の種に命という不思議　伏尾圭子
山椒を例に小柄の部下たたえ　近藤秀方
一粒の麦アフガンに井戸を掘り　永井しんじ

つぶやく

【つぶやく】15.12

成島静枝選

補聴器へ金の無心をつぶやかれ　小島一風
何か言った鼻歌ですか風ですか　伊師由紀子
助けての声が届かぬツイッター　白子しげる
つぶやかれサンタが身銭切っている　北島澪
つぶやきをとなりのひとに返事され　酒井トミオ
つぶやきは地球の裏へ筒抜ける　本間千代子
権力者には聴き取れぬ蟹の泡　江畑哲男
聞こえる様に聞こえぬ様に言う寝言　中澤巌
土の声野菜の声を聴く農家　駒木香苑
つぶやいて語呂で覚える十二桁　六斉堂茂雄

連なる【つらなる】17.05

水井玲子選

賠償が電気料金ふくらます　飯野文明
渋滞でおしゃべりナビが無口です　篠田和子
ウォーキング連れがいないとズルをする　酒井トミオ
病院で並び特養でも並び　宮内みの里
男は縦に女は横に列連ね　古田水仙
連絡がマメで妻には怪しまれ　長谷川庄二郎
発電のパネル連なる休耕田　岩澤節子
書き渋る連帯保証人の欄　川名信政
居酒屋でお国訛りと連れになり　髙山月ヱ
ご焼香所作のきれいな人真似る　中澤巖

適応【てきおう】10.04

阿部勲選

狂ってる世にまっとうなオレが生き　江畑哲男
適職は主夫だと知ったリストラ後　島田陽子
着任の所長は既に訛ってる　吉田格
友の彼私の方がよく似合う　吉田恵子
椅子席にしますと添えたクラス会　六斉堂茂雄
快活な嫁へ家風の方が折れ　高塚英雄
ど派手でも着ているうちに自分色　吉田恵子
超ミニに適応出来る脚がない　坂牧春妙
輪が丸いたぶん誰かが折れている　折原あつじ
いい夫婦にもきっとある水たまり　長谷川庄二郎

テキスト――――――【てきすと】08.10

津田　暹選

育児書にミスプリントがあった僕　上田正義
テキストを積んで回せぬフライパン　渡辺　梢
テキストも雄しべと雌しべまで教え　椎野　茂
人生というテキストの嘘っぽさ　佐藤俊亮
テキストの通り作って違う味　小山一湖
三面を丹念に読む模倣犯　伏尾圭子
育児書の写真我が子の顔に見え　秋山精治
テキストを青空にする平和主義　斉藤克美
テキストの一ページ目にあるお世辞　大戸和興
育児書の外で我が子が跳ねている　伏尾圭子

デパート――――――【でぱーと】14.12

川瀬幸子選

デパートのエアコン借りる老い独り　城内　繁
いらっしゃいませ背中美人のごあいさつ　中澤　巌
目の毒も売っております百貨店　伏尾圭子
デパ地下にありそうで無い母の味　二宮千恵子
デパートの梯子に嬉嬉と万歩計　笹島一江
百貨店と言うが墓石は売ってない　大戸和興
デパートの屋上夢の昭和の子　塚本康子
デパートに夢が詰っていた戦後　堤丁玄坊
日本橋三越で言う負ケナハレ　高塚英雄
幸せは非売品です百貨店　松本晴美

で

出番【でばん】

07.12

金澤たかし選

乗せられた出番にあった落し穴　石戸秀人
やっと来た出番に尿意容赦せず　中島久光
頃合いを読む母さんの助け舟　伏尾圭子
出産に夫の出番ある時代　白石昌夫
戦争を風化させないペン握る　穴澤良子
災害に頼りにされる自衛隊　斉藤克美
出しゃばりを承知している御節介　中沢広子
出番待つ間も惜しみなく化粧する　安田夏子
駅前のライブ世に出る夢を弾き　櫛部公徳
産声が高く明るく出番告げ　小枝青人

点【てん】

08.02

佐藤孔亮選

弱点は突つかぬことにして平和　岩田康子
目が点になったまんまで認知症　坂牧春妙
天井の一点ぼくの夢の染み　落合正子
点ほどの島で境界線がもめ　河野桃葉
点々と雪に命の通り跡　落合正子
オウンゴールに拍手とは失礼な　田制圀彦
さよならのメモに小さい句読点　島田陽子
点字本まさぐる指に眼が開き　松岡満三
点線を引いてやんわり断られ　田制圀彦
接点を探しあぐねている個食　江畑哲男

展開【てんかい】13.08

加藤周策選

あんな男がナニさ明日へ髪を切り　窪田和子
ワンパターンだから見ていたご老公　東條勉
折り鶴をほどけば迷路待っている　笹島一江
若者が移住華やぐ過疎の村　佐藤権兵衛
主語のない会話で進む老い二人　船本庸子
追い付くとネット犯罪また進化　水井玲子
鳥の目で地上絵を描く古代人　永井しんじ
落雷に妻がすがったのは他人　近藤秀方
失言で怪しくなった風の向き　関根庄五郎
あそびの展開子どもの知恵が限りない　本間千代子

天使【てんし】10.11

石川雅子選

トイレマークが天使に見える時もある　東條勉
寄せて上げ天使のブラでめかす胸　古川聰美
夫さえ天使に見えてくる術後　中沢広子
認知症母は天使になりました　菅谷はなこ
外人の天使にいずれ看取られる　吉田格
悪女です天使の貌が得意です　松本晴美
遠回りですか天使と擦れ違う　田辺サヨ子
不信心天使が夢に出てこない　川崎信彰
孫にとり天使のようなおばあちゃん　白石昌夫
遠距離の恋にエンゼル気が抜けぬ　船本庸子

展望【てんぼう】

13.04

本間千代子選

地下鉄についてはいない展望車　加藤周策

パノラマの眼下見渡すビル掃除　河野桃葉

眺望はビルの谷間の兎小屋　小川定一

分刻み見晴らしを売る遠眼鏡　植竹団扇

展望車子供の様な顔になる　森智恵子

眺めより愛確かめる観覧車　六斉堂茂雄

井の中は井の中なりにある眺め　加藤周策

見晴らしを買った我が家が腰にくる　伏尾圭子

夢を描く田んぼアートの早苗歌　月岡サチヨ

ちっぽけな悩みを笑う地平線　伏尾圭子

てんやわんや【てんやわんや】

08.12

大戸和興選

スタンドを泣かす原油の乱高下　今村幸守

宴会で敵が味方の顔でいる　山口幸

胃カメラでパニックになる腹の虫　関根庄五郎

あれ隠せこれも仕舞えと孫が来る　月岡サチヨ

B型で家族全員ワレカッテ　堀輝子

孫が来てジャングルジムにされる部屋　長谷川庄二郎

置いとくか捨てるか揉める大掃除　村田倫也

クラス崩壊教室が泣きじゃくる　宮本次雄

アクセスの嵐ブログが燃え上がる　海東昭江

無い袖を振ってしまった予算案　角田真智子

ドア

【どあ】 08.12

宮内みの里選

開けろーって貴方の家は隣です　本間千代子
閉じこもる息子へ母の開けゴマ　宮本次雄
ネット族ドアツードアでお買い物　新井季代子
節分の夜は鬼だらけドアの外　野口良
雨宿りさせてくれない自動ドア　水井玲子
ドア閉めて外面を脱ぐ鬼がわら　上田正義
朝帰り寝た振りしてるドアチェーン　松本晴美
いつだって全開ふるさとの扉　川瀬幸子
病院のドア明暗が出入りする　伏尾圭子
未知のドア開けては目指す次の門　根岸洋

豆腐

【とうふ】 15.07

中澤巌選

豆腐好きだが治らない石頭　小島一風
そっとして欲しい私は絹豆腐　加藤友三郎
豆腐屋の明かりに今日が動き出す　宮本次雄
冷奴飽きてくる頃夏終わる　水井玲子
湯豆腐を相手に今日を振り返る　大竹洋
ローマ字のＴＯＦＵ世界を駆け巡る　遊人
豆腐屋は確かラッパを吹いていた　島田陽子
落としちゃった急ぎ麻婆につくり替え　山田とし子
五百円の豆腐を買ってセレブです　伊藤春恵
わが町に豆腐屋があるありがたさ　安川正子

と

トーク【とーく】12.10

森中惠美子選

座談会司会者だけが大はしゃぎ　木田比呂朗
おしゃべりは無題ここから主婦を脱ぐ　岡さくら
ユーモアの一句トークに花添える　佐藤権兵衛
顔よりもトークで上がる好感度　福田岩男
売上げへ妻のトークも役に立ち　安藤紀楽
きみまろのトークあれから五十年　関　玉枝
巣鴨から年金のこと明日のこと　長尾美和
政治家のトークショーほどつまらない　佐竹　明吟
東京のおばちゃんだって負けてない　佐藤美文
鼎談で一人大阪弁がいる　伊藤不取留

時【とき】14.12

やまぐち珠美選

アルバムのセピアに時を盗まれる　中島久光
恋の日の遠景にある時計台　大竹　洋
熟成のワインは時を急がない　佐藤権兵衛
時系列で括れぬ想い出が疼き　古川茂枝
瞬きの一秒君を焼きつける　成島静枝
自分史の余白まあるく化粧する　松田重信
一瞬の沈黙迫るキスの妙　三浦芳子
テンポよく進むハナシは要注意　折原あつじ
時時の花壇私の栄養素　後藤華泉
時の狭間で背伸びする少女　加藤品子

解く【とく】10.10

江畑哲男選

解けるわけない日中の不等式　安藤紀楽
編みかけをほどいて一つ恋終わる　本間千代子
命の名暗号めいて古事記読む　石川雅子
分解した玩具結局捨てられる　いしがみ鉄
パズル解くように反日デモを見る　齊藤由紀子
一大事解いた帯を締められぬ　川崎信彰
今宵自由に母でなく妻でなく　中川洋子
カンニング計算式が写せない　藤沢今日民
帯解いた瞬間背伸びする胃腸　古川聰美
国訛警戒心がゼロになる　原　光生

独立【どくりつ】17.07

島根写太選

妻からの独立なんて夢の夢　高塚英雄
独立をしてから判る自己評価　志田則保
暖簾分け本家の客をみんな食い　桜井勝彦
補助輪がとれたと村をひと廻り　窪田　達
旧姓で生きる女のワンルーム　岡さくら
日本から独立するか東京都　大戸和興
百億円あれば国旗は要りません　伊藤良彦
ひとりでも生きていけます置手紙　松本八重子
子ら巣立ち元気無くした洗濯機　茅野すみれ
娘の下宿歯ブラシ二本並んでる　上田正義

年下【としした】

08.04

水井玲子選

年若な上司にきつい叩き上げ　笹島一江
兄を見て要領よくて叱られぬ　浅井徳子
年の差を埋める化粧が疲れはて　布佐和子
年下の妻の介護をする老後　川村安宏
半年の違い年下主張する　船本庸子
年下の上司敬語で言いつける　菅井京子
分校がやっと迎えたランドセル　関　玉枝
ちゃっかりと借りてる姉の一張羅　松本晴美
採用は一名若い方に決め　長根　尉
登校の列ピカピカを中に入れ　宮内みの里

閉じる【とじる】

14.06

大戸和興選

慣れぬ旅オートロックに閉め出され　高塚英雄
本閉じる音が響かぬ電子本　老沼正一
見ない振りでも覗きたい袋閉じ　中野弥生
閉校の記念樹ばかり生い繁り　増田幸一
閉じ込めた筈が浸み出す恋心　角田真智子
閉店のときだけは居る支店長　川崎信彰
目を閉じる神や仏に会いたくて　堤丁玄坊
閉店のチラシ片手にムダを買う　窪田　達
中締めへ料理も酒もまだ残り　山本由宇呆
わくわくを冷凍保存して老後　折原あつじ

とっさ

【とっさ】15.07

北山蕗子選

椅子取りに鈍くていつも弾かれる　城内　繁

赴任地へ妻の慰問は予告なし　高塚英雄

微笑んだエクボにキュンと一目惚れ　古田水仙

突然のカメラにすくむピロリ菌　川瀬幸子

間髪を入れずハートを鷲掴み　三浦芳子

パトカーを見るとブレーキ踏んでいる　篠田和子

女ですとっさの嘘も得意です　伏尾圭子

おネエキャラとっさの時は男声　角田真智子

アドリブが記者会見を劇にする　大竹　洋

立腹の妻は敬語に切り換える　大戸和興

突然

【とつぜん】10.02

長谷川庄二郎選

真夜中に姑は荷物と共に来る　佐々木恭子

プロポーズ突然でした受けました　保倉すみ江

玄関に会わせたい彼来ています　田辺サヨ子

明日帰る予定の妻がただいまー　堤　丁玄坊

居眠りが飛び出して行く発車ベル　大竹　洋

ドタキャンにぐっと我慢をのむ幹事　六斉堂茂雄

前触れもなく好きだって言われても　山本桂馬

突然の別れ話に歓喜する　松岡満三

お腹の子どうしますかとギャルが来る　難波ひさし

ひょっこりの息子はまさに寅次郎　本間千代子

隣 【となり】 11.10

米島暁子選

断りもなしに隣のビルの影　河合成近
退職しやっと隣の顔覚え　丸本八津男
お隣も呑ん兵衛らしい資源ゴミ　江畑哲男
秋さみし隣りをノックしたくなる　布佐和子
とりあえず仲良くしたい両隣　安川正子
お隣りも間違えていたカンニング　犬塚こうすけ
お隣りの覗いて見たい晩ごはん　宮本次雄
お隣のくさやでうまい酒を飲む　伊藤三十六
横にいる君がいとしくなる傘寿　宮内みの里
近隣の情けにすがる老い独り　六斉堂茂雄

とぼける 【とぼける】 09.03

松岡満三選

弁護士が教えてくれるとぼけ方　丸山芳夫
聞こえないフリをするのも嫁の芸　難波久
セールスへ娘に化ける電話口　成島静枝
腹芸のとぼけで探る妥協点　斉藤克美
プロポーズ三拝九拝したくせに　川崎信彰
不都合は秘書が秘書がの永田町　東條勉
聞こえても脇役でいる利口者　小林かりん
最後までとぼけて通す思いやり　穴澤良子
あらまあま敵がお先に素っとぼけ　窪田和子
告知せず内緒芝居を続けてる　笹島一江

ドミノ【どみの】 14.08

五十嵐修選

強力に日本の尻を押すドミノ　飯野文明
エスカレーターもしも私が倒れたら　月岡サチヨ
ランダムのドミノが襲う土石流　根岸洋
気の緩み待ってドミノが止まらない　川名信政
平穏をマグニチュードが破壊する　北山蕗子
花火師のような気持ちでするドミノ　角田創
リストラの風がドミノの肩を押す　長谷川庄二郎
征け征けのままで八月十五日　山本由宇呆
オセロにもドミノにもなる浮動票　江畑哲男
ドミノ倒しの向こうに月は出ているか　宮本次雄

トランプ【とらんぷ】 16.07

佐藤孔亮選

ジョーカーを握るいつでも別れましょ　岡さくら
ジョーカーを持っているフリしておくか　日下部敦世
最後まで残った札に悩まされ　北山蕗子
トランプへ恋の行く末問い合わす　岩澤節子
切り札の意表を突いたタイミング　川名信政
政治家が切るトランプに舌がある　加藤品子
妻はときどきジョーカーになりたがり　はなこ
切り札を活かしきれずに詫びている　安川正子
ポーカーを覚えて人が悪くなり　長谷川庄二郎
ポーカーが強くて友が去っていく　堤丁玄坊

トレード――【とれーど】08.11

平田耕一選

有能の一言添えて配置換え　古川茂枝
8人に敵から借りる草野球　六斉堂茂雄
日米の国技が悩む自給率　上田正義
我が家系トレードマークだんご鼻　斉藤克美
トレードの古巣に意地の恩返し　藤原光子
北前船物と文化とロマン乗せ　月岡サチヨ
お互いにトレードしたい倦怠期　田実良子
女房にマウンド譲り外野守備　上田正義
衣と食の交換ほろ苦い戦後　河野桃葉
ヒーローも今日は戦力外リスト　増田幸一

トレーニング――【とれーにんぐ】17.04

海東昭江選

丹田を叩き弱気の虫鍛え　小島一風
逆上がり出来て夕日がきれいです　木田比呂朗
我ながらよくまあ続く酒修業　大竹洋
リハビリの箸に豆まで笑いこけ　松本八重子
脳トレのソフトが俺を馬鹿にする　山本万作
体操もオタマジャクシもある句会　長谷川庄二郎
筋トレの手本が並ぶ仁王門　川名信政
脳トレと思って見てるサスペンス　水井玲子
三途の川泳いで渡るジム通い　小林洋子
シャルウィダンス昔の脚を取り戻す　野澤修

ドレッシング【どれっしんぐ】15.08

米山明日歌選

草食の男にかけるレモン汁　宮内みの里
スピーチとメイクで化けるニューハーフ　長谷川庄二郎
化粧塩竹串の鮎飛び跳ねる　大澤隆司
サラダバードレッシングの梯子する　川瀬幸子
イヤリングひとつでレディーできあがり　はなこ
決算に重ね着させている虚飾　川名信政
新郎を百点にする美辞麗句　大竹洋
事故報告ドレッシングのあとがある　川崎信彰
マヨドレの化粧がきついハムキュウリ　塚本康子
味付けに音痴一人を付け加え　窪田達

とんとん【とんとん】15.08

布佐和子選

子も孫も遠くひとりで肩叩く　佐野しっぽ
収支ゼロのんびり行こう四コマ目　加藤友三郎
収支とんとんそんな子育てだったよな　船本庸子
年金に見合った暮らし酒も飲む　中沢広子
二階から軽い足音母元気　安川正子
帰って来いよ風が仮設の窓叩く　上田正義
拍子抜けするほど楽な内視鏡　古川聰美
100円の肩叩き券買わされる　川瀬幸子
玄関の戸を戦争がノックする　遊人
棺閉じる音に上下の区別なく　永井しんじ

短歌のいまと川柳

米川千嘉子
（歌人、歌誌『かりん』編集委員、毎日歌壇選者）

俳句と短歌、川柳と短歌、どちらが近いかと言うと、もともとは季節が必ず入る俳句の方が短歌に近かったのですが、現在の短歌は自然を詠むことが少なくなり、川柳の方へ近づき川柳化している一面があります。私は川柳については門外漢ですが、お隣の短詩型に関わる一人として、短歌というものが元々どんな性質を持ったものなのかということ、そして現代の短歌が川柳に近くなっている一面があるということはどういうことなのか、今日はこの二つのことを中心に紹介していきたいと思っています。

(一) 古典のうた

万葉集で柿本人麻呂と言えば、歌聖、歌の聖と呼ばれ日本の歌を考えるとき、絶対に欠かせない人物です。先ずこの人の代表的な「うた」から挙げましょう。

淡海の海夕波千鳥汝が鳴けばこころもしのにいにしへ思ほゆ　**柿本人麻呂**

柿本人麻呂がその昔、淡海の海、琵琶湖を通ったときの歌です。その当時から二十年位前そこには天智天皇の近江の都があったのです。ところがそれが壬申の乱により僅か五年で都が飛鳥に移ってしまったのです。非常に荒廃した近江の都を人麻呂が通りかかったとき、昔を偲んでこの歌を詠んだのです。「夕波千鳥」は人麻呂の造語でイメージ喚起力の強い素晴らしい造語です。「淡海の海夕波千鳥」と言っただけで、夕焼けて空と接する部分が一寸明るくなっている湖、湖のほうは少し暗くなっているかも知れません、そこでさざ波の音が聞こえ一緒に千鳥の声がチチチと響き渡っている。そういうことが伝わってくるのです。また、この歌は「淡海の海夕波千鳥汝が鳴けり」と切らずに、「汝が鳴けばこころもしのにいにしへ思ほゆ」、心もしなしなになるほどここに都があった頃の昔が恋しい、とゆっくりしみじみ詠い尽くしているのです。この調子が歌というものの調子で、俳句や川柳の切れがもたない味わいではないでしょうか。

次に、大伴家持は万葉集を編纂し完成させた歌人です。柿本人麻呂は初期万葉の時代の歌人で、大伴家持はそれより五〜六十年後、半世紀位後の八世紀の歌人です。

うらうらに照れる春日にひばりあがりこころかなしもひとりし思へば 大伴家持

春日にひばりが上がっている、哀しいなあひとり思うと。何でもないような歌に聞こえますが、「こころもしのに」と人麻呂が詠っているのと同じように、この調子の中にある哀感が非常に大事な意味を持っています。

この歌には詞書として次のような作歌動機が記されています。

「春日遅々としてひばりまさに啼く。悽惆（せいちう）の意、歌にあらずは撥ひ難し。よりてこの歌を作り、式（も）ちて締緒を展ぶ。」

「悽惆」というのは悼みかなしむ気持ちのことで、そういう気持ちは歌でなければ払うことが出来ない。よってこの歌をつくる。「締緒」という言葉はうっ屈した気持ちを言います。

大伴家持の家は古来武門で有力な家系でした。ところが家持の時代には藤原氏が隆盛となり、家持は没落した名家の主としてうっ屈とした気分でいたのです。そういう気持ちを歌にしたので、調子の中に哀感が籠っています。このかなしい気持ちは歌でないと払うことが出来ない、というのも重要です。歌というのは明るい歌とか喜びの歌よりも、かなしい気持ちを詠って気分を払う、あるいは自分を慰めるために詠むものとして意識されていたということが、とても大事なことだと思います。しかも、そのかなしみを日常的な具体として詠むのではなく、自然を描き、自然の情景と自分のかなしみが混然一体としたような形で表現する。そんなふうに自然と人間の気持ちが融和する形で表現されるのが歌なのです。人麻呂なら「夕波千鳥」、家持ならば「ひばり」が詠み込まれて、そこにかなしみが滲みます。

九世紀に入って、小野小町の歌です。

花のいろはうつりにけりないたづらにわが身よに
ふるながめせしまに　　小野小町

この「よ」は、一夜の「夜」、一生の「世」でもあり世間でもある「世」の掛詞になっています。「ふる」は雨が降るの「降る」と「経る」（歳をとる）。「ながめ」は「長雨」と「眺め」が掛けられています。古語では「眺め」は自分のことを思い嘆くということで、「ながめせしま」には長雨の間に、ともの思いをしている間に、という意味が二重に掛けられているのです。それでは全体でこの歌はどうなるかといいますと、一方の意味は、「花の色は移ってしまったなあ、雨がずっと降り続くうちに。」そしてもう一つの意味は「私の容色は衰えてしまったなあ、この世間で私がずうっと生きて歳をとっていく、そのもの思いをしている内に。」という意味なのです。掛詞によってそれが混然一体となって、一首は、雨がしとしとと降って花の色が変わる朦朧たる情感と女性が自分に過ぎた時間を思う感慨を伝えることになるわけです。

込み入った面倒な作り方ですが、非常に優雅に自分のことを嘆く歌になっている。これもこの前の二首と同じ様に自分のもの思い自然を使いながら詠って幾分かでも晴らす、あるいは自分を納得させる、そういう歌と考えていいと思います。

古代から王朝、さらに近世になるまで、和歌の作者の中心は貴族などの上流階級でした。それが、歌が何ごともあらわにはせず優雅な自然を表立てて表現することになっている大きな理由です。貴族であっても、自分の病気や家族の死にあわなかった筈はありません。しかし、そういうことを直接具体的に詠うのは雅ではなく下品なことになります。自分の子供が昨日死んでしまったなら、夜の露もあっという間に消えて寂しいなあと詠うのです。そういうことですから、詠うということは突き放したり乾いたポキっと折れるような韻律はもともと持っていませんでした。しっとりと甘美な調子が多く、ここまであげた三首とも乾いた感じとかぶっきらぼうな直接的な感じは全くありませんね。当時の人達はそういう歌を声に出してうたっていました。

(二) 近代の短歌

それから千年、正岡子規は一八六七年生まれですから、小野小町から大体千年と言えます。この千年間、さらに今日まで、五七五七七の歌の形は変わらずに続いてきました。一つの詩型がこれだけの長い間、しかも、かなり多くの作者と読者を維持したまま続いてきたことは、世界でも例がありません。

正岡子規や与謝野鉄幹が現れるまで、小野小町から近代までの千年間は基本的に和歌の情緒的なもの、四季の自然を中心としながらそこに人間の感情が混然一体として優雅に込められる方法で歌は詠み続けられ、一部の上流階級が主に歌を担うという事情は基本的には変わりませんでした。変わらなかったということは、どんどん類型化しどんどん衰退していたと言えるのです。これではいけないというエネルギーが溜まって千年後、明治三十年代ごろから、正岡子規、与謝野鉄幹、与謝野晶子が現れ、近代の短歌が爆発をします。

くれなゐの二尺伸びたる薔薇の芽の針やはらかに春雨のふる　　正岡子規

とても有名な歌ですね。美しい自然を詠っているには違いない、しかし、万葉集や古今集にある人麻呂、家持、小野小町の歌とは何か違う。何が違うと思いますか。

正岡子規の自然は、今、彼の目の前にはっきりある自然なのです。伝統的な雪月花でまとめようとする観念的な頭の働き、言葉の働きは無いのです。今、自分の目の前の薔薇の芽が、針のようでしかし柔らかい紅色の芽が春雨に濡れている。子規は今、目の前にある自然を細やかに観察して詠っています。これが近代に現れた写生の立場です。

それまでの和歌の伝統を破ろうとした正岡子規は「古今集は下らない」と「歌詠みに与ふる書」に書きました。これまでの古今集のような観念の世界とは別れよう、古典の歌は一部の貴族の弄びものであり、若い世代が人生のいろいろな波乱を詠い込むことは全く無かった、どちらかと言えば成熟した大人の雅な遊びごとでありました。それに対して正岡子規は、青年、若い人たちの意欲をどんどん盛り込んだ歌を、庶民の誰もが日常の自分を広く表現する歌をと、歌の内容・表現とその担い手の拡大を訴えました。

足立たば北インヂヤのヒマラヤのエヴエレストなる雪食はましも　　正岡子規

この歌は阪井久良伎が箱根に行った写真を送ったのに対しての歌です。子規は既に病床にありまして、そんなところへ行ける筈がない、彼は自分の足が丈夫ならどんな所に行けただろうか、ということで、「足立たば」という短歌の連作をしました。この歌は素晴らしいうたであると私は思います。毎日病床にある子規が「北インヂヤのヒマラヤのエヴエレスト」という言葉、地名を歌の中に持ってきた、この題材の斬新さ。今見るとたいしたことではありませんが、「花の色はうつりにけりな」の世界が衰退しながらも明治の歌壇にずっと続いていたのです。そんな時にこういう語彙を持ち込んだのです。雪を食いたいというユーモアも楽しいものです、そういう心の健やかさに作者の稀有の大きさを感じてしまいます。先の薔薇の芽の歌も、この歌もどちらも現実、今、私が見ているもの、今、私が考えていること、今の私にきちんと立脚した世界を近代短歌は発見したのです。これが明治の和歌革新の一例です。

もう一人近代の和歌を革新した人がいます。それは与謝野鉄幹であり与謝野晶子です。正岡子規は古典和歌を否定する立場でしたが、晶子は古典にたいへん精通していました。否定するというより、和歌の良さを咀嚼し工夫しながら、それを新しく飛躍させました。

ほととぎす嵯峨へは一里京へ三里水の清滝夜の明けやすき　　与謝野晶子

これは綺麗な名詞をぱっぱっぱと挙げてきて、綺麗だけど古典の持つ纏綿としたものでなく、もっと清新なもの、風通しの良い爽やかな気風をこの歌は持っています。古典的な美を引く新しさを誕生させたのです。古典の和歌に登場するほととぎすとか、おぼろ月とか、花野とかの風景が、現代まで人の心に生き続けられたのは与謝野晶子がいたからでした。ここのところは短歌をやる者としてはとても大事にしたいものと思っています。一方、晶子にはこんな歌もあります。

産屋なるわが枕辺に白く立つ大逆囚の十二の柩　与謝野晶子

明治四十三年に大逆事件が起こります。幸徳秋水や大石誠之助たちが明治天皇の暗殺を企てたという冤罪でした。明治四十三年に捕まって四十四年の一月に判決が出、一週間後に幸徳や大石、管野スガなど十二名の死刑が執行されたのです。与謝野晶子はその数カ月後にお産をします。彼女は全部で十二人の子供を産んでおり、その中に双子が二組ありました。大逆事件後のこの出産も双子だったのですが、一昼夜ものすごく苦しんで一人は死産になってしまいました。そういう生と死の気配が満ちた産屋で与謝野晶子はこの歌にあるような場面を幻に見たという歌を作ったのです。大逆事件でたちまちに十二人を処刑した政府を私は許せないとは直接詠わずに、自分の死の気配の満ちた産屋に十二の柩が自分を取り囲むように立っているというすごく恐ろしい幻を詠んだのです。そういった社会的な批評が晶子によって詠まれたことは非常に大事なことです。明治時代になってこういう社会批評なスタンスを持った作品が生まれて来たのです。「ほととぎす嵯峨へは一里」と優雅に美しく詠んだ晶子が、一方では幻想の力を使って社会批評的な歌を詠んでいるのです。

次は石川啄木。啄木は川柳と関わりがあります。

友がみなわれよりえらく見ゆる日よ／花を買い来て／妻としたしむ　石川啄木

死にたくてならぬ時あり／はばかりに人目をさけて／怖き顔する

人がみな同じ方角に向いて行く。／それを横より見てゐる心。

この調子を見て下さい。これらはこれまで紹介してきた和歌や短歌が持っている調子からは離れています。とくに二つ目三つ目は、これまでの歌の調子とは断絶しているような、冷たいもの、あるいは非常に直線的な乾いた調子をバンと出してきています。新しい文体、新しい歌の調子がここに生まれているのです。その頃啄木は、晶子も参加している「スバル」という雑誌にも歌を発表しているのですが、啄木は『スバル』にはへなぶってやった」と言っていました。このときの「へなぶり」は世の中をハスに見たり、斜に構えたりすること、批評的な調子を啄木は強く意識したのです。これまでの短歌のように、優雅で感傷的なもの、歌うような朗々としたものでなく、共感したり肯定したりするものではないもの。「もっと蓮っ葉なへなぶっているものを俺は作ってやったぜ」というわけです。この辺りから川柳の影響も受けながら、近代の短歌はよりさまざまな内容の広がりと調子を加えていったのです。

「友がみなわれよりえらく見ゆる日よ」これで五七五なのですが、これに「花を買い来て妻としたしむ」と七七を啄木がつけることで、何が加わると思いますか。この「花を買い来て妻としたしむ」の部分の読み取りは人によって違うと思います。自分より友がみんな偉く見えた、自分ってたいしたことないなあ、さみしいなあと思った啄木は家の妻に花を買って帰り、妻と親しむのです。啄木の妻はやさしいですね、あなたもっと偉くなりなさいとは言わず、あなたたいへんだったのねえ、かわいそうだったのねえ、と言ったのでしょう。この下句にやすらぎやある慰めを感じる人もいらっしゃるでしょう。一方、私は下句に、友がみな我より偉く見えるだけで希望を持てない自分はせいぜい花を買って家に帰って妻と親しむぐらいしかできないのだなあという、二重の屈折がこの下の句にあるとも読めると思うのです。下の句に安らぎを感じる読者と、二重の屈折をこの下の句に感じる読者とがあるのではないでしょうか。いずれにしても上の五七五に対して「花を買い来て妻としたしむ」の七七をつけた場合、上の句にある自己認識がもう一回違うところから照らされる、自分の境涯を明らかにもう一層立体化しているのです。このあたりに川柳と短歌の違いが一つ見えるでしょう。

次の歌、死にたくてならなくなった。はばかりに行って誰も見ていないから怖い顔をしてみる。死にたくてならない私はどういうものかと言うと、弱い顔でなくとても怖い顔になるのだ。これも複雑な自己照察、内面の観察というものがあるのです。自分を突き放してなかなか肯定出来ない、何重にも批判の目をかけてしまう苦しい自我が啄木の短歌によって現れるということは、短歌の表現の歴史において大事なことでありますす。批評や批判の目こそ啄木のいう「へなぶり」の目です。啄木にへなぶりの意識が働いたということは短歌の歴史にとっては有難いことであったと私は思います。

次の歌は、大衆は皆同じ方向を向いている、ということに注目しています。そして、自分もその大衆のひとりである、と。明治も終わりの方になっていくと都市化や大衆の意識といったものが生まれてきます。すでに一人一人が自分の意志で人生を好き勝手に生きることが許されなくなっていく時代でした。「みんな同じ人生を送るのだなあ」という悲哀感をみな持っている。同時に、啄木はその中の一人でありながらそれに同調できず、大衆から弾かれている。そういう自意識がこの歌によく描かれているのではないかと思います。

和歌革新以降、近代の歌を取りあげていますが、近代になって古典の歌が消えて全く歌が変わってしまった、ということではありません。近代においても古典の歌にあった調べや情感が纏綿として流れているものは少なくないのですが、そこに近代的なものが加わることによって、今までに無い広がりが出来てきたと言えるのです。

このようにして、古典から近代への長い歴史を持っている現代の短歌は、それぞれの時代に生まれてきたいろいろな主題、いろいろな表現の痕跡や影響を一首の中にもっていることが少なくありません。さらにそこへ新しいものが次々に加わって、ひとつの五七五七七の形式であっても、これが同じジャンルだとは思えないくらいの多様性をもってきているのが現代短歌だと言えるでしょう。

(三) 現代の短歌

ここにまずあげた馬場あき子、高野公彦、河野裕子は現代短歌を代表する作者です。この三人の歌の昭和の時代の歌から現在の歌への変化に、時代の変化というものがそのままあらわれているといえるかもしれません。

折れ芦の鴨の入り江に陽はさしてゆきてかへらぬものに春くる　馬場あき子

和歌的な自然と人間の情感の混然とした味わいと格調がある歌です。秋冬の間に枯れて折れた芦が沢山ある、そこに鴨が沢山来ている。自然は冬から春になるが人生の中で自分の失ったものは帰らないなあ、という歌です。人間の境涯と自然とが一致した古典的な味わいのある作品で、昭和の馬場さんの代表作の一つです。さて、同じ作者の歌で、

（　）の日の水族館の幽明に悪党のごとき鰧（をこぜ）を愛す　馬場あき子

この括弧の中に季節の文字が入るのですがどの季節が入ると思いますか。これは秋が入ります。季節の情感を活かすことは短歌でとても大切なことで、この歌では、「春」「夏」「冬」どれにしてもちょっと歌の印象は弱くなるでしょう。「**秋の日の水族館の幽明に悪党のごとき鰧を愛す**」となりますが、先ほどの「折れ芦」とは大分違っていますね、「悪党のごとき鰧」はとても自由な力強さがあって、最初の和歌的な歌の調子とは大分違うものが入っています。そして更に、

もうだいぶ水面から沈んできたやうなみぢんこの思ひしてゐる冬だ　馬場あき子

このユーモアなどは川柳に近くなってきているかもしれません。自分の生きている実感をミジンコのような寒さだと思う。「折れ芦の鴨の入り江の」の格調と「水面から沈んできたやうなみぢんこの思ひ」は大分違っています。これは平成十年頃の作品です。こういう風に時代が動いている、そしてそれは歌の調子にそのまま表れるのです。「鴨の入り江」も「みぢんこ」も自然の生きものですが、それが持っている気分は一方は優雅、一方は日常的な軽いユーモア、だいぶ違います。

しら飯を二つの茶碗によそひつつ相対きて食ぶしら飯は愛　馬場あき子

この「しら飯は愛（いい）」というのは少し口語的表現です。九十歳ちかい夫と向き合って飯を食べるのは本当に何

気ないことだけど、この毎日のやりとり、これこそが愛だと言っている。この歌の調子は最初の「ゆきてかへらぬものに春くる」とは大分違ってきていて口語的、川柳的でもあるのですが、「しら飯」を繰り返す調子の柔らかさは、短歌ならではのもの。一首全体としては短歌らしい、うたう韻律なのです。

飛び去りし白さぎの跡ひとすぢの体温あらむ秋深きそら　高野公彦

凄く上手い歌です。飛び去った白鷺の跡が透明な飛行機雲のように空に残っていてそこには体温が残っているだろうなあ、と想像しているのです。写真や絵画では表せない、短歌でないと表せないポエジーがある歌であると思います。これも「秋」でないと成立しない歌で、高野さんの昭和時代の歌です。

母亡くてこの寂寞(じゃくまく)を〈母〉とせり夜半にめざめし六十男　高野公彦

もし高野さんの歌を川柳にしたら、「夜半にめざめし六十男母は亡し」などという感じでしょうか。短歌だと表現の中心は「母が亡くてこの寂寞を〈母〉とせり」になって、非常に詩的なふくらみと格調が生まれてきます。次は高野さんの近作です。

どの婦人も（　）が一つで（　）二つありて姦し昼の車内は　高野公彦

括弧に漢字が一字ずつ入るのですが、いかがでしょう。答えは、「耳」と「口」。「**どの婦人も耳が一つで口二つありて姦し昼の車内は**」となります。みんな人のことは聞かないで自分のことばかりしゃべっている、というのです。ユーモラスですね。これを川柳にすると、「どの婦人も耳が一つで口二つ」となるかもしれませんが、五七五だけの場合と七七をつけたのでは読後感が違ってきます。「どの婦人も耳が一つで口二つ」とすると突き放している皮肉味が強くなります。それに対して「どの婦人も耳が一つで口二つありて姦し昼の車内は」と七七をつけると、「耳が一つで口二つ」の皮肉が全体でぼやかされてマイルドになり、女人はうるさいものだけど、なかなかよろしいものだなあ、という感じも加わってくる。ばっさり切るのではなく、少し肯定的になる。これは短歌と川柳の差であって面白いと思います。時間が残り少なくなったので少し飛ばします。
馬場さん、高野さんのより正統的な短歌に、だんだん口語的、川柳にも通うようなユーモアが入ってくる例として昭和から平成までの歌を取り上げました。さらに、岩田正さん、奥村晃作さんをあげますが、お二人はもともとユーモアの味わいを大事にした作者です。岩田さんのお父さんは川柳をやっていた方でした。そして東京人、江戸っ子なので、大真面目に何かを慨嘆したり泣いたりすることは一寸嫌なのです。どうしてもユーモアの方に向いていくのです。

両腕をとられひったてらるるさまなれども組まむ老いのスクラム　岩田　正

作者は小柄な痩せている老人だから皆でスクラムを組むと、何か引っ立てられる犯人のようになってしまう。でもスクラムを組んで俺は頑張るぞ、という歌です。

バス降りるときよろけたる青年のあれば悠々ステップを踏む　岩田　正

バスを降りるとき勢い込むから青年はよろける、だけど、私は歳をとっているからゆっくり気をつけ悠々と降りるよ、という歌。これも可笑しいですね。

バカヤロは今の政治に言ふべきをあやまちて妻を罵る男あり　岩田　正

安倍さんに対して怒ると元気が出るという歌もこの人にはあります。同じユーモアや皮肉でも、川柳のユーモアに対してこの人のユーモアは五七五に七七が必要なのです。細かく言葉を重ねていくところに現れて来る面白さがあるのです。川柳のへなぶり、川柳の突き放しにはないユーモア、五七五の下に七七がつくことで完成する柔らかいユーモア。この作者の短歌と川柳のユーモアを比較すると、それぞれのユーモアの質の違いが見えてきて面白いと、私は思っています。岩田さんの歌を五七五の川柳にしたらどうなるか、考えてみることも面白いことだと思います。

次々に走り過ぎゆく自動車の運転する人みな前を向く　奥村晃作

もし豚をかくの如くに詰め込みて電車走らば非難起こるべし　奥村晃作

ふるさとに雪はふるとぞ死にそうで死ねない父を見舞ひにゆかむ　大島史洋

（＊死にそうで死ねない父を見舞いゆく）

あほなこと止めたら息が止まるわい「わい」は男の専用なれど　池田はるみ

（＊あほなこと止めたら息が止まるわい）

揚げ足をとられぬためにじっとするわれの後ろに子どもが立ちぬ　古谷　円

（＊揚げ足をとられぬためにじっとする）

窓の下緑に輝るを拾いたりうちがわだけが死ぬコガネムシ　吉川宏志

（＊緑輝りうちがわだけが死ぬコガネムシ）

奥村さん、大島さん、池田さん、古谷さん、吉川さんたちは、現代のさまざまな年代の作家です。それぞれの味わいをもった歌ですが、もし川柳にしたらどうなるか、試しに（＊）に書いてみました。時間がないので触れられませんが、川柳と短歌の違いを考えさせてくれると思います。ごくおおまかにいうと、（＊）で試みたように、川柳にしてしまうと外へ言いっ放す感じ。七七をつけると、自分の内面へ思いが還って、そこに重くあるいは長く留まる、ということでしょうか。

例えば梅内美華子さんの歌にこういう作品があります。

赤き玉（　　　）とできてこぼさなかつた泪のやうな線香花火　梅内美華子

この括弧に仮名文字が三文字入ります。何がいいでしょうか。下句七七をつけず「こぼさなかった泪の様な線香花火」とするとこれは俳句のようですね、そして、（　）内に入るのは普通だったら「はらり」とか「ぽとり」でしょうが、それを作者は「とろり」としました。そのことによって泪が粘着力をもつもののようにすごく濃くなり、悲しみが生々しくなっているのです。「こぼさなかつた泪のやうな線香花火」では出ない、作者の生々しい体感がたっぷりと加わって、作者の存在感が強くなっていますね。

しらす干しの中に大きなしらするて思ひ出す巨躯の生徒のひとり　大松達知

しらす干しのなかに昔はちっちゃな蟹が入っていた

りしましたね。今はそんなこともなくなったけれど、大きなしらすと小さなしらすはあって、大きなしらすを見て、そう言えばでかい生徒がいたなあとを思い出す。この人は学校の先生なのです。くすりと笑わせて、重大な正義とか何かを真面目に詠もうとはしていない。川柳に近付いている感じがする作品です。

さて、次も従来の短歌とは違うのですが、かなりきびしい現代の空気を漂わせています。

うつむいて並。とつぶやいた男は激しい素顔となった　斎藤斎藤

牛丼屋さんとかで「並」と店員さんに注文するときは愛想も一寸あったが、言った後には見てはいけないような激しい素顔になった。これは一寸啄木の作品に似ていますね。

(四) 短歌に通う川柳（まとめ）

ちなみに、斉藤斎藤というペンネームにも作者の姿勢が出ています。つまり斎藤次郎とか、斎藤某という個別性を語られるべき人物では、私はありませんということではないでしょうか。私なんかもっともっとちっぽけで、記号的。そんなスタンスが最近の若い人たちに感じられます。昔は、我というものがもっと大きくて詠う価値があった。私の一生を詠うのは私にとってもみんなにとっても価値があるものとして詠えたという時代から、現代は、私なんてものはそれぞれの場で要請される〈部分〉に過ぎない。私の全体性とかまったき一個の人間性を生きられるとは誰も信じない。そういう姿勢に変わってきた。だから自分の私生活を具体的に表現することもしない人が多くなっています。

さらに、例えば永井佑さんなどは、斉藤斎藤さんよりもっと乾いています。

あの青い電車にもしもぶつかればはねとばされたりするんだろうな　永井 祐

普通、ある散文の中で点や丸を使って出されたら、みんな誰も歌だと思わない。これは短歌ですと一首で抜かれて初めて短歌だと気づく。そんな歌で、徹底的にリズムを刻まない、弾まない。意識的に平板化した

調子で淡々としています。

わたしは別におしゃれではなく写メールで地元を撮ったりして暮らしてる　永井　祐

これも同じ。つまり自分の人生にはドラマなんてものは無い。今日希望があって明日につながって行くという感じではない。恋愛をして、結婚をして、家族を作ってゆく、そういう時間の流れの中にいる自分は全く予感されていない。青春の物語が期待されていなくて、むしろそういう物語はない、幻は見ない。何をあなたは昂ぶっているのかというような気持ちが、大人達に対してあるのです。啄木が明治の大衆化の時代を斜に構えて斜に構えて見たように、永井さんもそういう風に現代を見ているのだと思います。

大みそかの渋谷のデニーズの席でずっとさわっている一万円　永井　佑

一千万円あったらみんな友達にくばるその僕のぼろぼろのカーディガン　永井　佑

こういうお金の歌も出ています。ぼろぼろのカーディガンを着ているから、一千万円できれいな洋服を買うという気はないのです。一千万円あったら、みんな平等にみんなぼろぼろだから、みんなに配ってしまう、で、僕はあい変わらずぼろぼろのカーディガンだと。

若い人がお金を詠むようになったのも平成二〇年前後からではないでしょうか。昭和のもっと明るい時代では、若者はお金など絶対詠わず恋を詠ったのです。貧しいという歌も詠んだのですが、その先には夢がありました。貧しいという言葉の中にかえって誇りとか自分を肯定する気持ちを十分持てたのです。しかし、いまの若い人は貧しいということの中に夢は見ない、同時に、一万円や一千万円にも距離がある。それが夢に繋がる気配はないのです。

百万円のテーブルの前に立ち尽くすショーウインドウにわれわれは透けつつ　花山周子

百万円のテーブルというものがあるのだ、でも私がその百万円を稼ぐにはどれだけの時間が掛かるのか。それを一個のテーブルで使ってしまう人も居るのだという驚きです。そのお金によって自分の存在を消されていくのです。

川柳と比べてこれらの現代の若手の歌は淡々としつつ従来の目で見れば圧倒的に暗い歌ですね。勿論ある種のユーモアはあるのですが、閉塞的な時代を鋭く反映したユーモアなのです。

最後に川島結佳子さんの歌を上げました。

戦争を生き抜き祖父は氷水飲んで「女の知事は嫌だ」と　川島結佳子

小池百合子さんが都知事選に出る頃の夏の歌です。お爺ちゃんは八〇前後でしょうか。戦争の時代を生き抜いた立派なお爺ちゃんです。一方、この女性作者はあの前の都知事に比べれば小池さんは女でも何かやってくれる、事実相当やっていると思っている。でも戦争を生き抜いてきたお爺ちゃんはそのあたりのことがわからない、分からず氷水を飲みながらただ女の知事は嫌だと拒否反応を見せている。大変な時代を生き抜いた一つの命が新しい時代に戸惑い対応できない。そんな視点から人間ということをユーモラスにちょっと辛辣に見つめている歌です。「氷水飲んで女の知事は嫌だと」という棒のようなユーモアの感覚は私たち昭和の終わり頃に青春を送った女性歌人には全く無かったものです。当時の三〇ぐらいの女性はみんな一所懸命に恋を詠っていたのです。ところが恋というのは現代では本当に絶滅危惧種になってしまいました（笑）。自然も絶滅危惧に近づいている面があって、そのあたりも川柳化といわれる所以です。

さて、短歌と川柳が近いようで遠いのか、遠いようで近いのか、また最後に紹介いたしましたように若い人の短歌が詠った閉塞的な時代のユーモアは、川柳のなかではどう現れているのだろうか、そのようなことをこれからも勉強させてもらえれば有難いと思っています。少し長くなりましたがご清聴ありがとうございました。（拍手）

（平成二八年一〇月二九日）

ユニークとうかつ

類題別秀句集II

ナース【なーす】 16.03

水井玲子選

さわやかに採血ですと針を刺す　二宮千恵子
看護婦に有無を言わさず脱がされる　前田良祐
在宅の介護へ妻のナース力　岩田康子
血圧がナース次第で乱高下　長谷川庄二郎
天使にも鬼にもなって看護する　北山蕗子
不愛想なナースへ患者気を遣い　月岡サチヨ
手の甲に溜まるナースの走り書き　丸山芳夫
新米のナースを試す注射針　川名信政
病院の夜は看護師にも長い　伏尾圭子
ひめゆりの春は戦禍に捧げられ　北島澪

内臓一切【ないぞういっさい】 16.02

江畑哲男選

はらわたに監視カメラがあればなあ　北島澪
限りなくスリムな腸で便秘気味　川瀬幸子
胃袋へ来てストレスの住み心地　渡辺梢
いらいらの原因だった休肝日　木田比呂朗
慢性胃炎勲章にはしたくない　日下部敦世
補修した心臓でまたナンパする　佐野しっぽ
内視鏡映す胃の腑の負けいくさ　増田幸一
大手術四臓三腑となりました　高塚英雄
これでもか下剤攻めにし腸検査　本間千代子
泌尿器のポンプ夜中も忙しい　老沼正一

な

仲間【なかま】16.06

中沢広子選

割引のときだけシニア組にいる　岩田康子
脱力をしたら仲間が増えました　酒井千恵子
飽きもせず同じ話題で食べて飲み　中山由利子
仲間入りおんなじツボで怒るから　松本晴美
趣味の会妻は仲間でライバルで　江畑哲男
遅延待つホームで人の輪が和む　北島澪
人なれば皆仲間の青い星　関根庄五郎
肩組んで唄う仲間の顔になる　海東昭江
駅伝の襷仲間の思い継ぐ　水井玲子
ケンケンパ昭和の路地は皆仲間　松本晴美

眺める【ながめる】14.09

遊人選

高層の夜景と遊ぶ赤ワイン　岡さくら
じっと見るこんな良い子が俺の子か　貝田誠作
つくづくと見たことがない妻の顔　加藤周策
松茸もうなぎも眺め目刺し買う　本間千代子
欲しい目が素通り出来ぬショールーム　関根庄五郎
横綱の虫歯も見える砂被り　長谷川庄二郎
躓いてみれば株価が良く分かり　加藤品子
見るだけが自動ドアーに吸い込まれ　大竹洋
夕焼けが消えてしまうと孫が泣く　島田陽子
年毎に三面鏡が狭くなる　上田正義

夏の思い出【なつのおもいで】

09.08

江畑哲男選

ステテコとシュミズで向い合う夕餉　田口恵一
柱のキズ更新させた子らの夏　岡さくら
英霊が母の様子を聞きに来る　大竹洋
カミナリにおへそ隠して蚊帳の中　篠田和子
孫台風去って安堵と淋しさと　河野海童
大将と名のつく蛇に譲る道　川瀬幸子
ホタル乱舞地球のコロナかも知れぬ　今村幸守
シナリオは神が書いてる甲子園　東條勉
死にたくはないので登山止めておく　大城戸紀子
富士登山達成感と下山する　布佐和子

斜め【ななめ】

14.02

江畑哲男選

ここからは傾斜がきつい管理職　加藤友三郎
積み上げた本が斜塔と化している　船本庸子
縦書きが性に合ってる斜め読み　植竹団扇
臥すベッドすこし起こして窓の春　本間千代子
世の中を見つめる桂馬的視線　丸山芳夫
見晴らしの代償につくきつい坂　関根庄五郎
定位置で傾いているボクの椅子　海東昭江
三面鏡首筋当たりが亡母になり　島田陽子
斜めから写せば顔も救われる　小林かりん
お互いに偏見と言う歴史観　川崎信彰

波【なみ】16.07

川名信政選

波乗りが下手で出世に縁がない　加藤友三郎
荒波も凪てふたりはウフフの日　二宮千恵子
家庭内電波届かぬ妻と居る　北島　澪
凡人を詩人にさせる波の音　佐藤孔亮
美ら海に昭和の涙打ち寄せる　上田正義
老いの恋波形が笑う心電図　小泉正夫
浮世絵の波がゴッホを目覚めさせ　山本由宇呆
富士目指す最も高い人の波　笹島一江
熱波より熱いポケモンＧＯの波　古川聰美
思い出を探す波間の桜貝　杉野ふみ子

並み【なみ2】16.07

北島　澪選

人並みの暮らしへ感謝米を研ぐ　三宅葉子
お手並みを拝見部下の冷たい目　城内　繁
プロ並みの道具揃えて終わる趣味　岩澤節子
中流が減って社会が軋み出す　角田真智子
藍浴衣並みのおんなをちょいと上げ　酒井千恵子
人並みに奢ってルート見失う　丸山芳夫
客の前並でと言えぬ寿司出前　川崎信彰
褒められもけなされもせぬオール３　堤丁玄坊
もてなしも肩が凝らない並みで良し　船本庸子
何時だって以下同文の湯につかる　大竹　洋

なめらか

【なめらか】17.02

熊谷　勇選

演説によどみが無くて実もない　上原　稔
流暢な講義 昼寝にちょうどよい　江畑哲男
肌の艶聞くまでもない金回り　成島静枝
恋してごらんなめらかな肌になる　窪田和子
一杯の御神酒に溶ける重い口　大竹　洋
嘘を言う時には舌がもつれない　丸山芳夫
床柱つるり三代嫁の意地　布佐和子
妻が良く喋る時には何かある　長谷川庄二郎
柔肌の血潮に触れて大火傷　角田　創
逝く寂しさ湧かぬ葬儀社の司会　六斉堂茂雄

なめる

【なめる】11.11

永井しんじ選

指なめて電子書籍を捲る癖　老沼正一
炊出しのむすび指までなめて食べ　飯野文明
なめていた相手も僕をなめていた　坂牧春妙
一円を嘗めて財布に叱られる　岡さくら
なめる酒肝臓までは届かない　中澤　巌
蜜の味なめてみなけりゃ分からない　田辺サヨ子
日本を地位協定が舐め続け　近藤秀方
戴いた臓器で味見するお神酒　上田正義
一瞥で客のランクを決めるママ　川崎信彰
DNA切手とともに旅をする　野口　良

濁る

【にごる】 12.01

いしがみ鉄選

風邪癒えて家中の窓開け放つ　栗林むつみ
震災へビジネスチャンス嗅ぎにくる　飯野文明
二日酔い脳も記憶もみな濁り　江畑哲男
混濁の世に行く宛のない清き票　中川洋子
賛成はしないが語尾を濁らせる　佐藤美文
ダミ声の競りが鮪の値を上げる　松本晴美
べっぴんさんが一人入って輪がにごり　窪田和子
人間の欲が心眼濁らせる　小倉利江
触れないで欲しい私の濁り水　船本庸子
深追いはやめよう愛が濁りだす　海東昭江

にじむ

【にじむ】 11.06

大戸和興選

神様が見るまで汗は拭わない　高塚英雄
にじみ方がいいと下手な絵ほめられる　坂牧春妙
職人のセンスが光る草木染め　北山蕗子
あと一問くやしさにじむ答案紙　中澤巌
箱根路を仲間の汗の襷行く　三須亘
フクシマで終わりにしたい汚染地図　佐藤権兵衛
子の門出シングルママの目が潤む　川瀬幸子
悲しみが迷彩服ににじみ出る　佐藤月歩
戦士の汗にじむ炎天下の日銭　竹下圭子
血の滲む努力を他人は運と言い　宮内みの里

日記

【にっき】10.01

石川雅子選

本音吐くわたしのうさの捨て処　三宅葉子
アリバイのため詳細に書く日記　中島久光
お隣の夫婦喧嘩も付けておく　田口恵一
三合を飲んで二合と書く日記　宮本次雄
大物と育児日記に書く欲目　松本晴美
汚い字の日記は多分本物だ　坂牧春妙
中見ずに妻の柩に入れようか　本多守
時効までビクビクしてる旅日記　安部離楽数
シュレッダー日記へおいでおいでする　布佐和子
真実はすでに日記で枉げられる　川崎信彰

二刀流

【にとうりゅう】17.01

真弓明子選

疑心暗鬼政治と金の二刀流　吉田格
大福をつまみ熱燗第九聴く　松田重信
肝っ玉が内助外助を二本差し　大竹洋
清貧を説き坊さんのビル管理　岩田康子
クリスチャン浅草寺にも恋願い　小泉正夫
終点は糖尿らしい二刀流　江畑哲男
一刀は子育て二刀目は介護　杉野ふみ子
トランプと握手プーチンとも握手　飯野文明
父と母繋ぐ支点は一人っ子　杉野ふみ子
文系も理系もこなし職がない　海東昭江

に

鈍い【にぶい】

16.10

いしがみ鉄選

反論がやっと浮かんだ帰り道　椎名七石
少しだけ鈍くて心地よい夫　木下種子
反戦に鈍い世代へボブディラン　松本晴美
ブーイング昼の月には届かない　渡辺梢
幸せが鈍い音立て落ちて来た　日下部敦世
マイペース人の言うこと気にしない　白石昌夫
どんくさい男を好きな母性愛　上原稔
言わないと分からないのが男です　角田真智子
アイコンタクト気付いてくれぬからつねる　笹島一江
天皇のお言葉すぐに届かない　横沢七五

ニュー【にゅー】

14.04

江畑哲男選

新情報寿司ならすきやばし次郎　川瀬幸子
新参の二円ウサギに牛耳られ　三上武彦
ニュールック何とモンペがもてている　大戸和興
ロン・ヤスの仲に遙かなオバマ・アベ　三浦芳子
ニューハーフ女性を超えた男の美　大塚すきま風
ニュールック昭和の目には宇宙人　六斉堂茂雄
ニュータウン住んでる人はみな後期　高塚英雄
ほやほやの黄色がはずむ通学路　木田比呂朗
先輩にかみつきそうなニューフェイス　吉田恵子
刷り立ての教科書にある領土権　大竹洋

忍者【にんじゃ】

12.02

江畑哲男選

マイナンバー洒落た響きで忍ぶ罠　吉田格
客のふりして税務署が食べに来る　丸山芳夫
平成の忍者サイバーテロだろう　宮内みの里
愛娘ママへ告げ口上手くなり　大竹洋
くの一に応募太目で却下され　成島静枝
変身の術を悪用するネット　小山一湖
スパイ衛星雲の上から基地覗く　城内繁
目つぶしを投げて消え去るマニフェスト　志田則保
漆黒の闇とひとつになる忍者　伏尾圭子
くノ一の修業の邪魔になる乳房　中沢広子

猫【ねこ】

14.02

本間千代子選

小心の僕には無理なネコの恋　加藤友三郎
猫にかつお節反日に参拝　東條勉
まだネズミ見たこともないうちの猫　宮本次雄
猫の居た座布団客へ裏返し　成島静枝
真っ直ぐに尻尾を立てて空気読む　吉田格
招き猫並べても金寄って来ず　黒木英子
うちの黒猫いつか魔法を使う筈　川崎信彰
受話器から猫なで声が舌を出す　窪田達
漱石の旧居の猫の頭が高い　宮本次雄
化け猫が独りお酒を舐めて居る　長谷川庄二郎

粘る【ねばる】12.09

宮内みの里選

靴底にガムのモラルがへばりつく　岡　さくら
もう一押しが出来ぬ息子がじれったい　角田真智子
あと僅か首まで効いた美人の湯　上田正義
帰るまい今夜のおかず釣れるまで　中沢広子
値切る妻相手に店主音をあげる　鈴木広路
ランチ後も話題は尽きぬ店の隅　六斉堂茂雄
おにぎりを食べて日本の粘り腰　野澤　修
足腰に粘りを頼み一人居る　山田とし子
本物の粘りと思う拉致家族　六斉堂茂雄
親の意地いじめの声を認めさせ　小林かりん

野（表現自由）【の】10.05

佐藤孔亮選

下野をしてまだ野党にも成りきれず　斎藤弘美
野党から与党になって膿が出る　中村やよい
愛犬が野に放されて鞠になる　関　玉枝
セカンドとライトのいない草野球　松澤龍一
ワイシャツからわざと胸毛を出す野生　川崎信彰
滅ぼしておいて野生が良いと言う　永井しんじ
抱きついた巨木から得るエネルギー　後藤松美
タンポポを基地反対の靴が踏み　成島静枝
野選とも取れる総理の基地移設　永井しんじ
萎縮した脳を野原へ解き放す　田辺サヨ子

ノスタルジー 【のすたるじー】 15.05

岩田康子選

眠ってる故郷の棚のプラモデル　根本ヨシミ
孫を見る私の前に居る私　長谷川庄二郎
父母といる白黒写真捨て切れず　島田陽子
上野駅お国訛りが聞こえない　梅村　仁
インターに名前残して村は消え　永井しんじ
悪友も生家もみんな風の中　松本晴美
羊水に遠いノスタルジーがある　江畑哲男
三丁目の夕日と駄菓子恋しがる　笹島一江
志ん生の江戸の訛りが懐かしい　植竹団扇
旅の空変哲もない我が家恋う　成島静枝

のびる 【のびる】 12.12

船本庸子選

新幹線のびるニュースに沸く故郷　小山一湖
こんな事問うてくる子の伸び盛り　岡さくら
伸び盛り頭の上で口答え　大澤隆司
おかめでもひょっとこからの手はのびる　安藤波瑠
煽てれば脳も喜び若返る　加藤周策
ビデオ録画生中継が狂わせる　角田　創
あれに触れこれにも触れて祝辞のび　安藤波瑠
リフォームに柱のキズはそのままに　山田とし子
脚だけがやたら長いがふんばれぬ　古田水仙
環境を壊す道路が票になる　志田則保

乗る【のる】13.07

松岡満三選

乗せるのが上手くてヌードカメラマン　遊　人
山手線真夏はボクの書斎です　角田　創
嘘にただ黙って乗ってくれた母　六斉堂茂雄
途中下車する駅がない口車　遠藤砂都市
年金が旨い話に乗りたがる　小林かりん
つぶやきにうっかり乗って共犯者　成島静枝
住み替えのきかぬ地球に乗っている　遠藤砂都市
ふるさとへ向かう列車に乗る訛り　駒木一枝
空想に拉致され雲に乗っている　伏尾圭子
愛実る今朝の化粧は乗りが良い　永井しんじ

ノルマ【のるま】09.04

山本由宇呆選

この犬は息子が買った筈なのに　難波　久
歩合給じわり真綿で責めて来る　月岡サチヨ
妻病んで夫のノルマ急に増え　笹島一江
いつまでも子が居続ける母の役　後藤松美
同じノルマこなして正規臨時の差　永峰宣子
あと三本バットの先に陽が落ちる　松岡満三
餃子三つ食べねば皿が洗えない　太田紀伊子
愛してる毎日言えた若い頃　車田　巴
クリアしたノルマがノルマ連れてくる　野口　良
薬飲むために食事を三度食べ　折原あつじ

のろのろ

【のろのろ】 08.10

佐藤孔亮選

渋滞の訳が知りたい最後尾　長野建八郎
年金の元を取るまで生きてやる　伊藤三十六
後期行きローカル線に乗り換える　伏尾圭子
終了の笛を待ってるパス回し　小山しげ幸
リハビリの必死傍目は気にしない　月岡サチヨ
ひとりずつ羅漢と話す車椅子　増田幸一
老人が老人を押す車イス　わたなべりょうこ
のろのろが一番先に飯に来る　上田正義
富士を撮る雲の動きがじれったい　中島和子
リビングを這う定年の深海魚　渡辺梢

いまなぜ「日本語力」なのか？

江畑哲男
（東葛川柳会代表）

お陰さまで盛会にしていただきました。有難うございます。

0　はじめに

（本を手に）『よい句を作るための川柳文法力』（新葉館出版）、何とか間に合いました。本日は、この本とレジュメをもとに話を進めてまいります。

レジュメの冒頭、執筆の動機をご覧下さい。

〈本著を今は亡き今川乱魚師に捧げます。

いつの日か、こんな本を書くような気がしておりました。遠い遠いある日のこと、乱魚師からこう言われました。「川柳界に国語国文科出身の人間なんて、そうそういるもんじゃない。だから、哲男さん。ご専門を活かして、頑張りなさいよ」と。〉

なぜ、『川柳文法力』を書いたのか？

端的に申し上げれば、江畑哲男のライフワークだからです。今回の著書は、教員としての自分と川柳指導者としての自分。この二者の接点を追求したもの。まさしく、ライフワーク中のライフワーク、と言うことが出来ます。

ライフワークは、以下二つ。

①生き甲斐の創造（とそのお手伝い）

②学校教育（国語）と生涯学習の接点の追求

要するに、「学び」を体系化するということ。

1　「文法」の効用を解く

川柳と文法!?　こんな面倒くさいテーマは誰も取り上げません。やりたがりません（笑）。『川柳マガジン』連載当初には、反発や違和感を覚えた読者もおられたやに聞きます。川柳人は縛られるのが大嫌い。文法を毛嫌いする臍曲がりが多いですから。

裏話を少しいたしましょう。出版社も『文法力』というタイトルは避けたかったようです。何故か？ 売れそうもないからです（笑）。文法という単語を回避するために、「川柳の決まりと書き方」では如何か？ などと小生に照会してきました。小生は何度もダメ出しをしました。いっそのこと「文法力」という言葉にそんなに抵抗があるなら、「サルでも分かる」と付けたらどうか、そう返答したのです。『サルでも分かる川柳文法力』（笑）というタイトルだったら、皆さんは購入しますか？

しかし、皆さん。ホントは、文法って大事なんです。文法を含めた日本語力がないと、川柳は上手になりません（頷きが返る）。当たり前です。本日の講演では、この点を証明させていただきましょう。

昨年十一月、尾藤三柳先生がお亡くなりなりなりました。川柳界は、大きな大きな財産を失いました。小生も追悼文を書かせていただきました。

『番傘』誌には、「尾藤三柳先生追悼　長高き巨匠の出版意欲」。三柳先生の業績、とりわけ労作『川柳総合事典』（昭和59年、雄山閣）刊行の画期的意義、文学史的な意義について触れました。

博識でカリスマ性のあった先生の逝去を心から悼みつつ、「こんな巨匠はあと一〇〇年、川柳界には出現しない」。そうも書かせていただきました。「あと一〇〇年出現しない」とは、どういうことでしょうか？ そう、仰るとおり。皆さんが生きている間には、二度とお目にかかれないということ。それほど偉大だったということなのです。

その三柳先生も神様ではございません。「弟子を育てるとか、組織を残す」という点ではどうだったのでしょうか？ 時期が来たら、この辺りは冷静に分析してみたいと考えております。

もう一点。

先週の土曜日（1／21）、早稲田大学国語教育学会の第二七〇回の例会に参加してきました。

例会の講師及び題目を挙げてみます。

（1）短歌を詠む、書く、歌う

―アクティブラーニングへのアプローチ―

早稲田大学　兼築　信行氏

（2）アクティブラーニングによる短歌指導
　　——ようこそ短歌道場へ——

愛知県小牧南高校　小塩　卓哉氏

　発表内容には立ち入りません。小生、久々に学問的刺激を受けました。同時に痛感したこと。短歌は、学問としての体系が出来上がっている。さらには、「学びの道筋」が付けられている。この二点を強く意識させられました。
　対して、川柳はどうか。尾藤三柳先生は、川柳を学問として体系づけようと試みた巨人でした。その三柳先生の大なる功績を、正当に評価する川柳人が何人いたのか。『川柳総合事典』すら持っていない・読んでいない川柳界の指導者の、ナント多いことよ。恥ずかしい限りです。
　川柳はどうしたら学べるのか？　生涯学習社会における「川柳の学び」。その学びに道筋を付けたい、これが小生の願いであり、ライフワークなんです。
（ココで少々横道へ。「高校時代、授業力で印象に残っている恩師はおられますか？」と会場に問いかける。ほとんど手が挙がらず。詳細割愛。）
　ましてや、文法です。高校生向けの授業とは違います。川柳創作に実際に役立つ学び、楽しみながらの学び。川柳力と日本語力。双方の向上につながる講義を心がけています。微力ではございますが、小生「世のため、人のため、川柳のため」に、今後も努力を惜しみません（拍手）。有難うございます。
　と言ったものの、やはり難しいです。助詞の説明一つとっても、社会人の皆さんに説明するには、かなりの苦労と工夫が必要です。「助詞（女子）の扱いは難しい」と注意を喚起したり、「助詞（女子）力アップ」と洒落てみたり。苦労しております。
　「文法」に対するもう一つの大きな誤解。それは「文法は型に嵌まったもの」という誤解、です。
　文法には正解と不正解しかない。そう思い込んでいる人もおられるようです。そうではありません。文法は、〇か×かの二者択一の思考と必ずしも結びつかないのです。間違いを例にとれば、許せる間違いと許さ

れない間違いとが併存します。（以下は、箇条書き）

(ア)「井上」という固有名詞。マジックで「井上」と書いて会場の皆さんに示す。その「井」に、点を講演者が付けた。「丼上」。（会場がどっと沸く。コレは許せない間違い。してはいけない間違い。）

(イ)「高橋」と「髙橋」。いわゆるハシゴの「髙」。「渡辺」という苗字の「辺」「邊」「邉」いろいろ。「斉藤」の「斉」「齊」「齋」「斎」。（これらは許容範囲でしょうか？）

(ウ)「毎回、熱い講義を有難うございます」。コレを「暑い講義」と書かれちゃうと困る。（松岡修造ばりの講義と誤解されちゃいます、笑）。

(エ)「見識のない先生に手紙を初めて差し上げます」。（実際にあった話。大学生が教授にそう書き送ったそうです。）

(オ)「山寺のセミがお教の節でなく」。（「お教」は「お経」の間違い。「なく」のひらがな書きは、判断に迷う。従って、漢字に直すのが順当。）

以上、「許せる間違い」と「してはいけない間違い」の例でした。ご参考になれば幸いです。

2　『川柳文法力』の賢い使い方――•

川柳は文芸です。文芸と伝達は違います。文芸は伝わればそれでよいというレベルの表現ではありません。より的確な語彙を選び、より優れた表現にたどり着こうと、皆さんも努力を重ねているはずです。

文法的には、間違いとまでは言えない。でも、どうもしっくりこない。イマイチ通じない。ニュアンスが伝わらない。そうした場面に私たちは何度も出くわします。

そのような時に参考にしていただきたいのが、本著一七ページのような考え方。「三段階くらいある文法的モノサシ」です。

次に、四〇ページをご覧下さい。

格助詞の「に」と「へ」の微妙な違い。昨日、新聞記者に、この説明をしました。記者さんも「なぁるほど」と言ってくれました。

第一章のとびら。「たった一字、一語で、川柳は劇的に変わる」。出版社が工夫したコピー（宣伝文句）です。

いささか誇大広告気味ですが、豊富で適切な用例を挙げるべく努力をしたつもりです。

『川柳文法力』をどう活用するか。本著は、イラストを使い、罫線や図示も入れて貰いました。とは申せ、所詮文法。読みやすく工夫はしたつもりですが、それでも大変です。読むのに骨が折れる箇所も少なくありません。

そこでお願い。本著を勉強会のテキストとしてご活用いただけると、大変嬉しい。またその方が理解が進むと思われます。読み合わせをするだけでも、理解度が違ってきます。工夫して下さい。

3 句語が上手に見つからない場合の「文法力」

本日は特別に、「とっておきの文法力」を伝授いたしましょう。ココだけの話（笑）、ですよ。小生秘伝の文法力を、皆さんにご紹介します。

（以下箇条書き。（a）～（h）までの文法力を使った語彙の広げ方。それぞれ例を挙げながら解説し、会場の皆さんと用例をやりとりしながら、ワークのように実施する。詳細割愛）

（a）類語（同義語）
（b）対義語（反対語）
（c）派生語　例：動詞→名詞
（d）接頭語を付ける
（e）複合語（例：複合動詞）化する
（f）副詞や連体詞を活用する
（g）オノマトペを考える
（h）カタカナ語に置き換える

4 まとめ

（にこやかに）勉強、楽しいですね。文法力も楽しみましょう。改めて思います、「人生面白し」です（頷き）。まとめのまとめ。江畑哲男の信念！です。

「川柳は日本語によって磨かれる。磨き抜かれた川柳は、日本語それ自体の魅力をも発信する。」

（『ユニークとうかつ類題別秀句集』より）

ご清聴、有難うございました（大拍手）。

（平成二九年一月二八日）

ユニークとうかつ
類題別秀句集Ⅱ
は〜ほ

ハード【はーど】16.02

丸山芳夫選

ウフフのフを読めぬおかたいひとですね　岡さくら
ああしんど妻のお守りは疲れます　加藤友三郎
ハードロック聞いて頭を空にする　加藤周策
通院も入れて手帳の過積載　渡辺梢
擽ってみたいと思う石頭　北山蕗子
啄木の時代も今も手を見つめ　古田水仙
厳しさのここはゆっくり息を吐く　本間千代子
防潮堤海の見えない海の街　水井玲子
もう少しゆるく生きてもいいですか　酒井千恵子
休むのも居て乱れないアリの列　永井しんじ

バイタリティ【ばいたりてぃ】16.06

小林かりん選

機械化を阻む棚田に光る汗　川名信政
生きている証し五欲は枯れてない　増田幸一
日本人です活力は白い飯　塚本康子
週五日趣味のカバンが並ぶ妻　二宮千恵子
何言われても平気雑草だもん　北島澪
イチローの辞書挑戦で埋め尽くす　宮内みの里
妻の留守やっとヤル気が湧いて来る　長谷川庄二郎
七転び八起きダルマのように生き　志田則保
アスファルトの狭間で生きるこぼれ種　日下部敦世
先祖の地守る農夫の四つん這い　塚本康子

配分

【はいぶん】 15.10

津田暹選

直球とスローで妻に口答え　北島澪
日の光は等分でない貧富の差　窪田和子
後半のドラマCM攻めにあい　船本庸子
羊かんのように切れない遺産分け　山田とし子
配給の行列にいた飢えていた　伏尾圭子
おんな対おとこ春画に美の余白　やまぐち珠美
神の手のタクトで変わる男女の比　片野晃一
エンゲルの誤算亭主のワンコイン　柴垣一
一日が百時間ならどうしょう　島田陽子
平等に空気を吸って幸不幸　米島曉子

歯がゆい

【はがゆい】 08.07

長尾美和選

日本語の奥床しさが邪魔をする　伊藤春恵
飴玉は噛んで食べると決めている　吉田恵子
渋滞にいら立つ首が又覗き　斉藤克美
絵日記にママが直した跡がある　成島静枝
体罰を今悪ガキに使えない　笹島一江
乾杯の一言という長話　藤原光子
ハイテクに置いてけぼりのメカ音痴　廣島英一
呑み込んだ意見を壁にぶっつける　村田倫也
遮断機が名前の通りまだ開かず　堀井勉
脳にある辞書が年々薄くなる　伏尾圭子

履物一切【はきものいっさい】07.11

太田紀伊子選

すれ違う花に振り向くスニーカー　木田比呂朗
番頭の目が履物に突き刺さり　石戸秀人
母子手帳もらった日からローヒール　田実良子
噛み合わぬ話で気付く履き違え　関根庄五郎
くつヒモが結べて兄の顔になる　森智恵子
下駄箱がしてくれましたキューピッド　川崎信彰
スリッパの片割れ同士結ばれる　近藤秀方
お昼寝も靴履いてます防災日　伊師由紀子
赤い靴おんなの老いを寄せつけず　窪田和子
器量より相性を取る靴選び　伏尾圭子

挟む【はさむ】08.09

成島静枝選

減量と食欲の秋板挟み　森智恵子
休憩が試合の流れ覆す　角田真智子
隣への苦情奥歯にもの挟み　松澤龍一
公平に両手の花へ声を掛け　伏尾圭子
医師の手が魔術師になるピンセット　宮内みの里
問診に横から妻が機関銃　折原あつじ
特訓が豆を挟めるまでになる　宮内みの里
コメントを挟むと支持率が落ちる　江畑哲男
マンモグラフィ乳房思わずハイチーズ　月岡サチヨ
自分史に挟む妻への感謝状　佐竹明

恥じらう ―――【はじらう】 13.04

松田重信選

恥じらいを覚えて恋の火が灯る　石井太喜男
マネキンの裸体にじっと見詰められ　大戸和興
おばさまもイケメン前に頬染める　上原稔
番号で呼んで下さい泌尿器科　上田正義
卒乳の児がはにかんで見る乳房　塚本康子
老芸妓恥じらうような色気持ち　松岡満三
転んでも痛さ隠して急ぎ足　森智恵子
行間の恥じらいを読む恋の文　本間千代子
恥じらいを越えて見惚れるダビデ像　根岸洋
なれそめを問われて米寿頬染める　川瀬幸子

パス ―――【ぱす】 16.05

大竹洋選

シニアパスフル回転のローヒール　小林洋子
パスワード忘れ自分に逃げられる　大戸和興
ふるさとの駅は止まらぬ新ダイヤ　佐野しっぽ
戦争をパスするのにも要る軍備　長谷川庄二郎
列島にバケツリレーの支援の手　北島澪
補聴器をオフにして聞く妻の愚痴　茅野すみれ
町の役パスパスパスとウチに来る　伏尾圭子
幸運を素通りさせる右顧左眄　上村脩
ほろ苦の恋チャージする定期券　酒井千恵子
夫のパス受けて子供にトスを上げ　中川洋子

外れる【はずれる】12.04

中沢広子選

信仰は持たぬが道を外れない　川崎信彰
主流から外れ楽しむ人生譜　名雪凛々
レギュラーを外れ青春石を抱く　布佐和子
有頂天そろそろハシゴ外される　大戸和興
通販の期待外れに無駄を買い　六斉堂茂雄
本命のハート外したキューピッド　江畑哲男
ヒーローに弾は当たらぬものらしい　安川正子
現役を外れて知った僕の質　島田陽子
国民を外れて揺れる消費税　名雪凛々
脱輪もあって人生滋味を増し　小倉利江

旗【はた】17.05

片野晃一選

祝日にオヤ珍しい日章旗　鈴木広路
みな同じ重さではない万国旗　小島一風
抑止力やはり物言う星条旗　桜井勝彦
叫び続ければ正義の旗になる　山本由宇呆
柏市の旗はかしわと書いてある　加藤周策
キャンディーの小旗なびいて昭和の日　松田重信
逆風にほころびそうな社旗ばかり　北島澪
正義の旗掲げ戦は始められ　東條勉
民族はひとつ国旗は未だふたつ　大戸和興
恋の旗振ると真っ赤なバラとなる　窪田和子

ばたばた 【ばたばた】 10.03

安部離楽数選

裏側の地震津波が来るなんて　青山あおり
家中を走り回って妻出掛け　水井玲子
快晴へ布団叩きが響き合う　石井太喜男
パン銜えネクタイ掴み駈けて行く　野口良
大臣になって始めるお勉強　伏尾圭子
思い切り走りたくなる長廊下　月岡サチヨ
孫が来る大事な物はソレ隠せ　吉田恵子
良い妻も時にはドアを蹴って閉め　車田巴
ばたばたは妻の出掛けのセレモニー　植竹団扇
夜逃げするときに高まる家族愛　松澤龍一

ハッスル 【はっする】 08.05

斉藤克美選

おひねりが飛べば芸人デカイ見得　古川茂枝
ハッスルをしても実力変わらない　日下部敦世
無料パス休んでなんかいられない　大西豊子
足腰が丈夫再婚すると決め　長尾美和
応援にハッスルしてるふりをする　東條勉
イモ掘りの園児の軍手はずんでる　佐藤喜久雄
声援があるところだけ加速する　角田創
毎日がスリル男の台所　櫛部公徳
生きがいを下さる職に生かされる　新井季代子
やりくりの腕が値上げに燃えてくる　伏尾圭子

花火【はなび】12.07

米島暁子選

六三四から隅田の花火下に見る　高塚英雄
花火師もコンピューターで夢を追い　篠田和子
放浪の画家の花火にある慈愛　小川定一
天空を借りて花火の有頂天　六斉堂茂雄
シュー・ポンと今年の寄付が鳴り終える　本間千代子
花火には尺貫法が生きている　大戸和興
猫の庭ねずみ花火が似合いそう　成島静枝
あぶない日あぶない人と見る花火　二宮千恵子
遠花火息子今年も帰省せず　江畑哲男
打ち明けてみよう花火が終わったら　伏尾圭子

パフォーマンス【ぱふぉーまんす】14.10

江畑哲男選

ライバルも思わず拍手するプレー　角田真智子
クリックで集めた秋を梯子する　折原あつじ
七五三盛大にやる親の金　城内繁
仏にも鬼にもなってする介護　島崎穂花
口パクの国歌斉唱する教師　志田則保
ひょうたんと競うクビレにマイドレス　塔ケ崎咲智子
いい話だけ連れてくる里帰り　六斉堂茂雄
出来た嫁演じて疲れ切る帰省　古川聰美
鉄棒へ指の先まで選手です　河野桃葉
顔中をひまわりにしてコーラス部　川瀬幸子

省く【はぶく】

16.02

角田　創選

ありがたさ以下同文に軽くなり　上村　宏
美辞麗句省くと冴えぬ披露宴　岩田康子
コンビニが手軽にさせた台所　関根庄五郎
おはようを省く頃から倦怠期　酒井トミオ
結納も式も省いてまずオギャー　山田とまと
ご依頼は承知しましたけどメール　江畑哲男
歳時記から春秋消える温暖化　佐野しっぽ
息抜きもあって介護を遣り遂げる　宮内みの里
傷口に触れず黙ってワイン注ぐ　折原あつじ
門松を書いた紙さえ見なくなり　藤田光宏

囃す【はやす】

17.03

関根庄五郎選

冷やかしに奥は見せない骨董屋　岡さくら
古里を背負う球児に出すエール　志田則保
開花宣言気持早くも上野山　中澤　巖
おだてられ気付けばハシゴ外れてる　島根写太
新婚を盛んに囃す嫉妬心　河野桃葉
よいしょされ勘定持った空財布　川名信政
トランプの出囃子に乗るポピュリズム　宮内みの里
未来ある大器をメディア誉め殺し　塚本康子
からかってみたいな君が好きだから　新井季代子
亡き父を祭囃子が連れてくる　島田陽子

パラソル 【ぱらそる】 17.07

笹島一江選

パラソルはマジック美女を作り出す　中島久光
パラソルに帽子 私は焼かない派　江畑哲男
美脚ゆえ覗いてみたい傘の主　髙山月ヱ
非正規に一本立ちの傘がない　駒木香苑
形見分け母の香残る傘もらう　羽生洋子
パラソルの下で売ってる見切り品　老沼正一
パラソルの角度絵にしていいおんな　窪田和子
猛暑日が怖くて日傘さす男　宮本次雄
反抗期親のパラソル疎ましい　川瀬幸子
五輪ロードに緑の日傘差し掛ける　上田正義

張る 【はる】 11.03

山本由宇呆選

身の程を知らずに張って切れたゴム　中島久光
声を張るほどの意見と思えない　伏尾圭子
お兄ちゃん見栄は張りつつママ抱っこ　古田水仙
更年期障害ですと妻の見栄　松澤龍一
ひとりでは背中に張れぬ湿布薬　山田とし子
少子化へ塾も張り切る新学期　江畑哲男
赤い糸8割程の張りのよさ　中澤巌
卒園の小さな背中張りを見せ　森智恵子
張り具合で時間が判るふくらはぎ　古川聰美
ネクタイがはにかんでいる一張羅　大竹洋

は

春一切【はるいっさい】

14.03

駒木一枝選

早春賦かしこで結ぶ女文字　大竹　洋
青春も老春もあり春無限　上西義郎
不安定な青春に似て春嵐　水井玲子
ピカピカの一円玉も弾む春　塚本康子
スカートにちょっかいを出す春の風　野澤　修
花粉さえ無ければ君と同じ春　長谷川庄二郎
フクシマの友は元気かつくしんぼ　伏尾圭子
めぐりきて今年は誰と見るさくら　伊藤春恵
菜の花のなんと平和な色だろう　宮本次雄
生きている悦びを酌む春の酒　本間千代子

晴れる【はれる】

16.05

岩田康子選

たれ幕の無罪が走る弁護団　鈴木広路
錦織が勝って一日晴れにする　船本庸子
つかの間の晴れ間も見えぬ拉致家族　東條　勉
やっと出た名前へ脳の霧が晴れ　伏尾圭子
満天の星が見守る千鳥足　大竹　洋
市松模様晴れて五輪のエンブレム　水井玲子
五月晴れ何て事ない日曜日　北島　澪
夕焼けに雨具を外す小旅行　川名信政
濡れ衣が街のカメラに助けられ　大竹　洋
晴れの日は日光浴の介護ロボ　二宮千恵子

パワー【ぱわー】09.02

篠田東星選

スリッパのパワーごきぶり知りつくす　松本八重子
大根抜く地球と力比べする　松澤龍一
子を産んだ妻のパワーに敵わない　村田倫也
チューブ絞る妻の力にムダがない　菅谷はなこ
子育てを終えたパワーを売りに行く　布佐和子
前うしろ児を乗せ妊婦ペダル踏む　篠塚健
盛り上がる土の息吹に春感じ　吉田恵子
一合も呑めば天下をとるパワー　松岡満三
バーゲンに割って入った尻の幅　菊地可津
リストラに打たれ強さの妻を知る　増田幸一

ハンカチ【はんかち】10.05

日下部敦世選

ハンカチの助けを借りる空涙　伏尾圭子
ハンカチの手品を鳩は知っている　大戸和興
黄ハンカチの心境で待つ拉致家族　関根庄五郎
ハンカチを落とす肉食系の女子　佐竹明
ハンカチをむぎゅっと握る友の通夜　菅谷はなこ
ハンカチの演技泣く時笑う時　海東昭江
ハンカチで欠伸をかくし涙拭く　片倉清子
よれよれのハンカチにある人間味　江畑哲男
ハンカチを持たない通夜の男泣き　佐藤孔亮
包帯になってあなたの傷癒す　川瀬幸子

番号【ばんごう】

16.02

渡辺　梢選

決意して電話番号教えた日　中井郁子
清原の背中の5番泣いている　上原　稔
パッと見て無いものは無い不合格　水井玲子
検診の番号ミスの泣き笑い　中沢広子
全集の一番惜しいとこが欠け　江畑哲男
世の中が自然につけている序列　月岡サチヨ
分身のマイナンバーが答えます　伊藤春恵
ATMの前で漂う数字達　杉野ふみ子
顔のない番号だけの近未来　川崎信彰
思い出を順番ふって片付ける　熊谷　勇

半分【はんぶん】

08.08

丸山芳夫選

半分の西瓜が威張る冷蔵庫　永井しんじ
眼力も半分でよい針の穴　安田夏子
打ち明けて半分にする悩みごと　伏尾圭子
これからへため息も出る道半ば　伏尾圭子
半額の値札に私拉致される　水野絵扇
半眼で見れば許せることばかり　宮内みの里
B面の自分が無茶をそそのかす　斉藤克美
半分こだけどじゃんけんしています　角田　創
割り勘を通す彼女が読み切れぬ　本間千代子
大きいほうをいつでも譲る半分こ　今川乱魚

ＰＲ【ぴーあーる】09.05

五十嵐修選

Ｔシャツの背中で迫るメッセージ　永井しんじ
言うほどの事はなかったマムシ酒　難波久
生産者の写真も付ける泥野菜　吉田恵子
省エネに触れぬ夜景のＰＲ　本間千代子
欠点をさらして上げる好感度　関根庄五郎
バラマキだけＰＲする選挙前　東條勉
年金で入れますよとケアホーム　船本庸子
駅長の猫が売り出す田舎駅　大竹洋
マンゴーもかぼちゃも知事の顔で売り　宮本次雄
全身で自己主張する呱々の声　斉藤克美

膝【ひざ】12.04

松田重信選

車座の地酒が弾む男膝　岡さくら
年寄が三人寄れば膝と腰　大竹洋
母さんの膝に乗ったら無敵です　角田真智子
ミサイルで膝元の民飢えに泣き　東條勉
両膝を固く寄せてる昭和の娘　二宮千恵子
談合の阿吽へ膝が躙り寄る　宮内みの里
膝ポンへ言葉の泉涸渇する　中澤巖
貧乏を忘れていない膝小僧　石戸秀人
五月病ロダンが膝を抱えてる　江畑哲男
膝小僧えくぼが二つ坐ってる　伊師由紀子

ビジョン【びじょん】10.01

小金沢綏子選

最後には勝つと知ってるカメの足　岩田康子
いつか来るおひとり様へ下準備　新井季代子
長い目で見て下さいとすね齧り　佐々木恭子
ロボットが私のオムツ取り替える　川瀬幸子
夢でよい一億当てて寄付をする　志田規保
少しずつ母の未来が欠けてゆく　折原あつじ
こんなはずではなかったが介護され　関　玉枝
言うだけはタダと掲げる未来像　伏尾圭子
それぞれでいい少年の未来像　海東昭江
漠然と明日あることを信じてる　村田倫也

引っ越し【ひっこし】17.04

永井しんじ選

マイナンバー黙って尻についてくる　老沼正一
引っ越しにおにぎりが来た友が来た　杉野ふみ子
過疎の地に東京弁が越して来た　布佐和子
合い鍵をコッソリ置いて劇を閉じ　大竹　洋
開ける間もない転勤のダンボール　塚本康子
引っ越した街が都になっていく　伏尾圭子
挨拶もなくお隣がいなくなり　海東昭江
転勤辞令女房は承知せず　吉田　格
引っ越しの後はしばらく物探し　角田真智子
ふるさとが転居の度に増えてゆく　月岡サチヨ

ぴったり ――【ぴったり】09.05

永井しんじ選

後続が急げと詰める車間距離　小山しげ幸
誂えたように似合うと形見分け　佐々木恭子
ノーサイン互い褒め合うバッテリー　六斉堂茂雄
合い過ぎる帳簿マルサの目が光り　斉藤克美
街頭の易者に心まで読まれ　大戸和興
時計より確かな父の靴の音　斉藤克美
貸し借りの無い割り勘の一円貨　宮内みの里
老犬の歩幅に合わすスニーカー　大竹洋
フィット感履きくたびれた頃に出る　角田真智子
聞く耳に忘れる耳もぴたり付く　葛西清

引っ張る ――【ひっぱる】14.03

布佐和子選

綱引きも年寄りばかり過疎の村　城内繁
消費税弾む余生に線を引き　木田比呂朗
赤い糸引っ張ってみる倦怠期　駒木一枝
だんまりの話引き出す聞き上手　古田水仙
立ち話に飽きて引っ張るママの裾　安川正子
引力に負けて今夜も千鳥足　大竹洋
ひったくるように自販機札を呑む　丸山芳夫
結婚も肉食女子がお膳立て　古川聰美
あーうーをイントロにする物忘れ　川名信政
マッサージ縦に横にとまだ色気　古田水仙

一人暮らし

【ひとりぐらし】 09.02

江畑哲男選

夫婦して一人暮らしに憧れる　坂牧春妙
振り込めが一人暮らしへ音をくれ　布佐和子
要介護になるまで一人意地を張る　中沢広子
バーチャルの恋で未だに独り者　川俣秀夫
女ひとり寿命いっぱい謳歌する　新井季代子
親だけが一人暮らしと思ってる　水井玲子
ドアチェーン女一人が確かめる　菊地可津
望んでた自炊家族が欲しくなり　月岡サチヨ
カトレアが咲いたが妻はもういない　河野桃葉
王様の夢を見ているワンルーム　田辺サヨ子

秘める

【ひめる】 08.01

小金沢綏子選

まだ言わぬ秘めた言葉はたんとある　井手ゆう子
こっそりと焼かねばならぬモノがある　伏尾圭子
言わずとも眼があの人を追っている　中野弥生
つぼみにも事情があろうまだ咲かぬ　岩田康子
真っ白の紙から漏れる秘中の秘　大西豊子
飽くまでも知らぬで通すのが浮気　永井しんじ
仏様妻がわたしをいじめます　中澤巌
印鑑が含み笑いをして座る　岡さくら
腹心の揉み手野心をひた隠す　齊藤由紀子
万感を握り返した手に込める　斉藤克美

紐【ひも】10.10

松橋帆波選

引力の法則へケン玉のひも　川瀬幸子
倹約の亡母は不要な紐を溜め　小林かりん
新体操赤いリボンがつるになる　河野桃葉
遺伝子の紐に隠した神の業　高塚英雄
肥満度で違う浴衣の紐の位置　永井天晴
資源ゴミ括るビニール紐のウツ　布佐和子
紐付けておく窓口のボールペン　津田暹
寝たまんま電気が消せる長い紐　菅井京子
紐のような下着を妻が付け始め　江畑哲男
運のない紐だ処刑のお手伝い　高塚英雄

冷やす【ひやす】11.08

堤丁玄坊選

省エネの部屋を扇風機が唸り　加藤権悟
エコの輪が冷やす地球の温暖化　池上智子
原発も政治も冷やす水がいる　飯野文明
網棚に個人情報置き忘れ　六斉堂茂雄
器まで冷やして憎い冷奴　中沢広子
フーフーをして口許へ運ぶ匙　大竹洋
熱々の二人を冷ます解熱剤　江崎紫峰
言い負けて一人で冷ます回り道　立花雍一
ポーカーフェース妻が殺意を抱いている　北山蕗子
心頭を滅却しろと無理を言う　難波ひさし

票【ひょう】12.06

中澤　巌選

せり合いの票におトイレにも行けぬ　窪田和子
一票をいただくまではいい笑顔　坂牧春妙
白票にたんと言いたいことがある　高塚英雄
軽すぎる一票だから棄権され　江畑哲男
票田も美田も消えた過疎の村　宮本次雄
理念より利権が未だ票集め　東條　勉
白票がこの世の矛盾批判する　大戸和興
投票を休んだことが無い自慢　成島静枝
軽い音楽流して欲しい投票所　船本庸子
信じています一票を投じます　島田陽子

ピリピリ【ぴりぴり】11.08

水井玲子選

緊張の空気伝わる手術室　中島久光
裏帳簿マルサの前で身構える　大戸和興
締切りが近い言葉をかけられず　中島久光
鉛筆の音だけ響く試験場　角田真智子
緊張の極誕生を待つ廊下　浅井徳子
足音が止まれば止まる暗い道　浅井徳子
当落の報を待ってる電話前　新井季代子
放射能に気を揉む日々の米農家　六斉堂茂雄
不用意な口が女房のシッポ踏み　大竹　洋
試合前エース誰とも話さない　六斉堂茂雄

ピン
【ぴん】16.04

長谷川庄二郎 選

不倫する男を摘むピンセット　上原　稔
出会いなく気付けばピンで五十路行く　北島　澪
許されぬ恋虫ピンで止められる　堤　丁玄坊
嫁ぐ気ない帰宅深夜のピンヒール　六斉堂茂雄
ピンときた女の勘が土下座させ　古田水仙
世間とはピンよりキリが支えてる　山本由宇呆
ピンヒール地球が痛いと言っている　遊　人
浮気虫ちょっと太めのピンを刺す　堤　丁玄坊
虫にピン刺せず宿題押し花に　成島静枝
ライバルに見せる背筋はピンと張る　伏尾圭子

ピント
【ぴんと】13.04

てじま晩秋 選

ぼかしてと注文を出す元美人　伊藤春恵
焦点を絞り切れずにいる独り　伏尾圭子
芸術と思えば裸婦に合うピント　中沢広子
ときどきはピント外して惚けたふり　海東昭江
せめてものイメチェン眼鏡変えてみる　月岡サチヨ
実直な人だ遺影がぼけてない　佐竹　明吟
永久保存ピントの合ったキミとボク　上西義郎
深読みのし過ぎか的がずれている　伏尾圭子
戦場を直視しているカメラアイ　佐竹　明吟
大人向けの大人のドラマ願います　船本庸子

ファースト【ふぁーすと】

17.02

日下部敦世選

隣国がジャパンファースト許さない　大戸和興
産声が我が家の序列覆す　北島澪
ファーストラブ僕にもあった神田川　増田幸一
何ごとも妻ファーストで五十年　遊人
妻以外の女を表には出さぬ　江畑哲男
保育所へ飛び出して行くパパの五時　大竹洋
沖縄も県民ファースト言いなさい　本間千代子
七〇億みんな自分がいとおしい　月岡サチヨ
反抗期ファーストフード胃に溜まる　海東昭江
一番が好きな男を持て余す　伏尾圭子

ファイル【ふぁいる】

11.11

北山蕗子選

カルチャーに通うファイルを厚くする　岡さくら
検診のファイルばかりが厚くなる　岩田康子
シュレッダー恋のファイルを盗み見る　布佐和子
官僚のファイルがさせる腹話術　江畑哲男
領収書のファイル我が家のドキュメント　水井玲子
幸せな事は心にファイルする　笹島一江
絵手紙の蕾ファイルの中で咲き　窪田和子
愚痴のタネファクター毎にファイルする　野澤修
断捨離は出来ない思い出のファイル　角田真智子
人事部のファイルに黒い染みがある　宮本次雄

ファックス【ふぁっくす】13.03

永井しんじ選

筆跡に名無しファックス助けられ　吉田格
真夜中に来るファックスが威張ってる　吉田格
ファックスで友の訃報がぬれてくる　佐藤喜久雄
ファックスが届きましたと電話する　植竹団扇
受信紙が腰曲げて待つファクシミリ　山田とし子
ファックスを流した後の長電話　布佐和子
スタートを押してから見た送り先　大澤隆司
悪戯もするファックスの尻尾切れ　田辺サヨ子
ファックスがすぐ振り込めと紙を吐く　加藤周策
ファックスで来るみちのくの花便り　北山蕗子

風評【ふうひょう】11.11

舟橋豊選

風評で知らない町の名を知った　山口幸
スキャンダル女の口にない時効　中川洋子
噂なら聞いたと友の肩を抱く　山本由宇呆
被災してまた風評でいじめられ　大戸和興
紹介へお噂にはとそつが無い　本間千代子
いい方へなびいてくれぬのが噂　新井季代子
被災者の傷に塩塗るデマが飛ぶ　城内繁
セシウムに似た風評の半減期　角田創
事実よりうわさは早く風に乗る　河野海童
三猿を解いて下火にする噂　中沢広子

プール――【ぷーる】13.07

加藤品子選

果てること知らぬ原発汚染水　布佐和子
埋蔵金謎が謎呼ぶプール場所　新井季代子
プールでは泳ぎたくない島育ち　宮本次雄
雨の日は蛙がプール一人じめ　有永香希
競泳のカメラが先に世界新　志田則保
布切れのような水着が姦しい　駒木一枝
入山料富士の保全へプールされ　本間千代子
プールサイド寝た振りをするサングラス　長谷川庄二郎
プールでは河童になれる車椅子　宮内みの里
市民プール消毒液がきつかった　江畑哲男

深い――【ふかい】12.04

新井季代子選

一目惚れ深い訳などありません　岩田康子
退院の命五欲を深くする　岡さくら
一年が過ぎて仮設の深い皺　飯野文明
スカイツリー下へどれだけ掘ったやら　浅井徳子
地下鉄の下に地下鉄ある都会　笹島一江
震源の深さ気になる妻の乱　斎藤弘美
深読みをすると取れない万馬券　内田博柳
深海魚になってぐうたらしてみたい　中澤巖
母の海の深さを計るメジャー無し　窪田和子
3・11以後原発の深い闇　江畑哲男

不規則【ふきそく】

09.09

相良敬泉選

マドンナの隣で心音が乱れ　北山蕗子
アドリブが教えてくれる芸の味　大竹洋
老いらくの恋に乱れる心電図　宮本次雄
トーストに味噌汁も付く三世代　上田正義
日雇いに今日の仕事がまだ見えず　本間千代子
ウォーキング途中でばったり立ち話　島田陽子
目も鼻もずれているのはご愛敬　今川乱魚
朝食は昼兼用で夜ハシゴ　松岡満三
老いらくの恋は季節を選ばない　犬塚こうすけ
学則を少しはずれて不良ぶり　成島静枝

拭く【ふく】

09.12

海東昭江選

拭いて拭いて前政権の大掃除　三宅葉子
幸せをうつす鏡だそっと拭く　佐藤喜久雄
あの人が拭けば拭くほど汚れます　島津信夫
拳骨で涙を拭いた負け試合　笹島一江
スパイダーもどきがビルの窓を拭き　船本庸子
子の涙黙って拭う母の愛　田辺サヨ子
冤罪の心の傷は拭えない　角田創
足拭いて犬はオヤツを待ち受ける　田実良子
どら息子マイカーだけはよく磨き　車田巴
鏡拭く度に私が老けていく　高塚英雄

ふ

副作用【ふくさよう】13.06

長谷川庄二郎 選

追加酒よせばよかった泣き上戸　岡さくら
義母介護わだかまりなど溶けていく　松岡満三
言い合いの後に無言の副作用　木田比呂朗
セクハラの左遷見送り妻も来ず　上田正義
草食で川の字描けぬ少子国　二宮千恵子
体罰という熱血の勇み足　江畑哲男
百薬の長が咎める二日酔い　川名信政
発疹だコレッてじぇじぇじぇ副作用　川瀬幸子
羊と遊ぼ副作用で眠れぬ夜　窪田和子
副作用懸念が止めたネット薬　本間千代子

武士【ぶし】12.04

内田博柳 選

ご維新でハローワークに並ぶ武士　長谷川庄二郎
武士道を周平にみる蝉しぐれ　吉田格
サムライの顔になってるダルビッシュ　加藤品子
高楊枝ゆえに生活保護は拒否　中沢広子
驕ろうと平家贔屓の西に住む　岩田康子
女房に武士の情けは通じない　古田水仙
武士道はもう死語ですか社会面　江畑哲男
武士道のこころアニメで輸出され　高塚英雄
奉加帳にNOを言えない武士である　江畑哲男
今時の武士の情けは金がらみ　松田重信

不思議【ふしぎ】

11.08

中澤　巌選

宇宙から旨い話が下りてくる　北山蕗子
計算すると食えないけれど生きている　堤丁玄坊
不思議だな思う心が科学する　浅井徳子
不可思議じゃなかった村の言い伝え　成島静枝
寝ない子を不思議の国に誘う夢　増田幸一
開票がはじまりすぐに当確者　松岡満三
この人の何処に惚れたか今は謎　中川洋子
百均が利益を出している原価　六斉堂茂雄
相撲部屋乗せた飛行機落ちませぬ　川瀬幸子
不思議さを種に科学の木が伸びる　角田真智子

防ぐ【ふせぐ】

16.09

伊師由紀子選

イケメンへ全身無防備なアタシ　江畑哲男
おばさんへ防音壁は建てられぬ　加藤友三郎
虫除けが効いて還暦一人酒　鎌田ちどり
防災グッズ眠ったままでいて欲しい　伏尾圭子
学校のいじめ監視カメラを擦り抜ける　月岡サチヨ
サビ防止今夜も二合燗をつけ　大竹　洋
おばちゃんのおしゃべり防ぐジャンボ飴　梅村　仁
鈍感力が防波堤です波静か　堤丁玄坊
老眼鏡外してからが冴えてくる　田辺サヨ子
時々は惚けた振りしてボケ防止　宮本次雄

踏む【ふむ】

13.11

北山蕗子選

踏み込んでは聞けぬ別れた理由など　鈴木広路

初めてのピアノ矢っ張り猫を踏み　大竹洋

バックパッカー若さが世界踏破する　野澤修

天覧の誉れの中で四股を踏む　岩瀬定男

ブレーキを踏んだつもりの高齢者　内田信次

ステップを踏んで今日から若返る　島田陽子

足踏みで寒さこらえていた戦後　川村安宏

薄氷を踏んで宇宙の貌になる　河野桃葉

出直しにふるさとの土踏みしめる　窪田和子

来る年へ富士登頂の心意気　関玉枝

プライバシー【ぷらいばしー】

12.07

加藤周策選

他人には吹けば飛ぶよな隠し事　野澤修

無作法が女性の歳を聞きたがる　石井太喜男

動物の求愛撮っていいですか　月岡サチヨ

ノックしてなどと言い出す声変わり　伏尾圭子

愛人はここ一番に顔を出し　上西義郎

いつの間に貯金半分妻名義　古田水仙

親しくも一線ひいて永き友　中沢広子

スーパーのレジに暮しを覗かれる　布佐和子

忍ぶ恋少し離れた駅で降り　立花雍一

水族館ちょいと隠れる藻が欲しい　川瀬幸子

ふらふら

【ふらふら】09.11

近藤秀方選

定見がなく左右から揺さぶられ　中島久光
千鳥足支える足も千鳥足　千田尾信義
千鳥足吸い込み走る終電車　古川聰美
徘徊の父は会社に行くと言う　松澤龍一
パフォーマンスが過ぎて予算は迷走す　東條勉
増額の退職金に揺らぐ首　上西義郎
ファーストキッスついふらふらと妻になり　佐竹明
千鳥足土産の鮨は落とさない　車田巴
大物を乗せて揃わぬ馬の脚　大西豊子
昼は上下夜は左右に小突かれる　上田正義

ブレる

【ぶれる】10.11

堤丁玄坊選

遺言を半分書いて気が変わる　山田とし子
道幅をたっぷり使う千鳥足　関根庄五郎
列島の自慢の四季がブレて来た　森智恵子
シャッターがブレてあなたが居なくなる　田辺サヨ子
ダメならダメ語尾ははっきり言いなされ　中澤巌
閣内の微妙なブレを嗅ぎつける　川崎信彰
異議なしと言って待ったをかけてくる　伊藤春恵
答弁のブレへ野党の虫眼鏡　伏尾圭子
解説者昨日とちがう話する　大竹洋
札束を積まれてブレる主義主張　安部離楽数

プロセス

【ぷろせす】 10.08

佐藤朗々選

出来ちゃった婚も手順と認知され　川名信政
審判もスロービデオに逆らえず　中野弥生
事件事故起きて理屈が追いかける　折原あつじ
臨月になってもパパがしぼれない　近藤秀方
出会いまで時計をもどす妻の愚痴　上田正義
男の料理どのプロセスも省かない　船本庸子
砂を噛み投げられて結う大銀杏　佐藤喜久雄
戦後史を振り返らせる原爆忌　安部離楽数
汗掻いた分人脈と言う宝　成島静枝
銀髪が見事男の歴史見る　野澤修

分解

【ぶんかい】 13.08

安部離楽数選

プロジェクト終り分解する組織　小山一湖
ネジ一つ残ったけれど動いてる　宮原常寿
解剖のカエルのおかげ今外科医　中沢広子
納得をする迄バラす好奇心　月岡サチヨ
バラバラにすれば町工場の技術　堤丁玄坊
ネジ見ると緩めたくなるチャップリン　丸山芳夫
分解は組立てよりは易しそう　川村安宏
褒めるほど組み立て直すレゴの山　根岸洋
入試解説名作を切り刻み　江畑哲男
ロボットをばらすと赤い血が流れ　海東昭江

文化都市シリーズ・小樽 ―【ぶんかとし―】

12.03

江崎紫峰選

まな裏に夜霧の小樽持ち帰る　佐藤喜久雄
小樽運河告白までに二往復　船本庸子
啄木と多喜二を探し坂の街　永井しんじ
トラウマで地震が恐い硝子店　長谷川庄二郎
鰊御殿栄華の夢の佇まい　浅井徳子
ブランデーグラスに溶ける君と僕　片野晃一
蟹工船プロレタリアの旗をあげ　北山蕗子
屋台村女将の情のからむ味　松岡満三
君を待つ小樽の駅は雪しきり　北山蕗子
北一で妻に内緒のペアグラス　小川定一

文化都市シリーズ・金沢 ―【ぶんかとし―】

11.07

増田幸一選

重いけど土産は九谷焼にする　中島久光
兼六園加賀友禅がデートする　石井太喜男
大藩を支えたマツという巨木　近藤秀方
母の友禅着こなし祝う七五三　後藤華泉
歴女とて先ずはこちらと加賀料理　本間千代子
金箔の薄さを見せぬ貼りの技　飯野文明
一見が覗き見したい茶屋の奥　関根庄五郎
忍者寺さすがは江戸のセキリュティ　宮内みの里
名にし負う兼六園の雪月花　宮内みの里
格子戸の灯りが誘う主計町　吉田格

文化都市シリーズ・鎌倉【ぶんかとし】

11.02

松澤龍一選

鳩サブレ買って木彫りは触れるだけ　高塚英雄
大仏も立ちたい気分いい天気　中島久光
いざ鎌倉妻が政子の貌になる　高塚英雄
大仏は腹の中までさぐられる　内田信次
突然に妻が駆け出す東慶寺　上田正義
江ノ電に乗って歴史の風を聴く　村田倫也
居着かぬとわかっているが銭洗う　永井しんじ
釈迦牟尼と仏違いをされた弥陀　植竹団扇
洗ったがビタ一文も銭増えず　河野海童
弟を許せぬ兄の猜疑心　小川定一

文化都市シリーズ・京都【ぶんかとし】

11.09

笹島一江選

お寺さまばかりで破産しませんか　加藤友三郎
ひっそりと日本各地の小京都　大戸和興
賽銭の梯子が止まぬ京の寺　岡さくら
上ル下ル都大路は碁盤の目　成島静枝
薩長と幕府が京で鬼ごっこ　長谷川庄二郎
京料理腹にたまらぬものばかり　川崎信彰
清水の舞台で決めたプロポーズ　三浦芳子
箒目に大海をみる龍安寺　吉田格
京都生まれの俺より妻の京都通　船本庸子
鴨川の水人間を知り尽くし　堤丁玄坊

文化都市シリーズ・仙台 ―【ぶんかとし―】

船本庸子選

11.04

耳底にさんさしぐれを持ち帰る　佐藤喜久雄
政宗の眼帯外す大津波　老沼正一
嫁が来る仙台平を借りてくる　根岸洋
持てぬほど仙台土産買い支援　中沢広子
雨仕切り青葉通りが泣いている　野澤修
出張の目当ては夜の国分町　野澤修
初恋を生んで育てた広瀬川　大戸和興
広瀬川恋を捨てたり拾ったり　松本八重子
七夕の開催決める心意気　角田創
杜に来て迷うな去年の渡り鳥　根岸洋

文化都市シリーズ・博多 ―【ぶんかとし―】

岩田康子選

11.12

断捨離の決意が鈍る博多帯　伏尾圭子
秀吉と博多商人コラボする　老沼正一
博多行き証拠にならぬ明太子　川崎信彰
単身の孤独中州に捨てに行く　宮内みの里
黒田節大酒飲みの免罪符　東條勉
うまいもの何でもあってなぜ屋台　末吉哲郎
ラーメンで博多の夜は更けていく　日下部敦世
関取もクエが食べたい博多場所　宮本次雄
献上帯バックに化けて二度生きる　浅井徳子
アラ嬉し歳暮に届く明太子　川瀬幸子

文化都市シリーズ・松山【ぶんかとしー】

12.07

大竹　洋選

行列はぼっちゃん号の前ばかり　藤沢今日民
巡礼のついでに子規の句碑洗う　老沼正一
あゝ明治真之がいた子規がいた　江畑哲男
お遍路さん道後のお湯がお接待　白石昌夫
文芸の街を誇りに子規の句碑　鈴木広路
文豪や軍師も育つ伊予気質　角田　創
熱戦のこちらも俳句甲子園　月岡サチヨ
砥部焼の青と白とに恋をする　立花雍一
放浪の足を洗った山頭火　宮本次雄
坂の上雲まで見ずに子規は逝く　山田とし子

ページ【ぺーじ】

10.10

雫石隆子選

カレンダーめくり余命の縮む音　舟橋　豊
人生の幸も不幸も一ページ　高山睦子
栄光の社史雑兵の汗がない　加藤権悟
へそくりはツルゲーネフの十ページ　中原政人
ページ繰るたんび龍馬の貌になる　原　光生
真相が息を潜めているページ　伏尾圭子
斜め読みされて古典が泣いている　福土繁蔵
古代史の暗部を紙魚に食べられる　佐竹明吟
犯人は次のページで待っている　島田陽子
来し方のページで光る大家族　渡辺　梢

ペース――【ぺーす】09.08

佐藤美文選

せっかちにつける薬を探してる　栗林むつみ

アラフォーの歩調に合わぬ母の愚痴　三宅葉子

生きてますメトロノームになれません　角田創

慌てるなメトロノームが世を嘆く　川崎信彰

休み明け元のペースに戻らない　浅井徳子

カルテがうるさい週1の休肝日　江畑哲男

マイペース退職金は当てにせず　今川乱魚

目標を米寿へ向けて微調整　中澤巌

早食いの上司にあわす宮仕え　六斉堂茂雄

スイスイとごみの分別するカラス　上田正義

北京五輪一切――【ぺきんおりんぴー】08.08

江畑哲男選

金二つ蛙泳ぎは悠々と　熊谷冨貴子

参加国数を数えて眠くなる　増田幸一

燃え尽きた顔でメダルが帰国する　伏尾圭子

選手団鼻毛が伸びて帰国する　宮本次雄

五輪旗の北京に遠くいる反旗　遠藤砂都市

中国の自由束の間かも知れぬ　野良くろう

解説をグシャグシャにした女子ソフト　篠塚健

人権は欲しがりません終るまで　車田巴

動物に進化していくアスリート　長谷川庄二郎

兵馬俑見ているようなマスゲーム　村田倫也

別

【べつ】 15.08

江畑哲男選

わけ聞けばいつもベツにと背で返事　窪田和子
家庭内別居たたみに線を引き　宮本次雄
僕でない僕が良からぬ街を行く　丸山芳夫
何人かいる別れても好きな人　吉田恵子
別人の貌で踊れるペンネーム　岡さくら
悲しいニュースそれはそれでとコマーシャル　船本庸子
泣きそうで別辞袂に忍ばせる　酒井千恵子
髪形を変えたわけなど別にない　塚本康子
百歳の母が生きてる別世界　篠田和子
青空が見たいセカンドオピニオン　月岡サチヨ

ヘッド

【へっど】 13.05

近藤秀方選

本社ばかり気にして暮らす駐在員　中野弥生
春風にかるい頭を持ってかれ　本間千代子
ボクだけの世界へ逃げるヘッドフォン　伏尾圭子
一輌目鉄道ファンに占拠され　安川正子
ヘッドハンティングされて家族に見直され　角田真智子
脳天気とも言われ明るいとも言われ　北山蕗子
のほほんと暮らしていても頭痛薬　関　玉枝
犬の目が家族の順位査定する　浅井徳子
気がつくとスキンヘッドの婿ばかり　伊師由紀子
安倍さんのヘッドライトはカーキ色　渡辺　梢

弁護

【べんご】 14.01

原　光生選

市民派の弁護士チャリに乗って来る　川崎信彰
孤立無援故郷の風が肩を持つ　松本晴美
殺人鬼それでも母は子をかばう　遊　人
自己弁護挙句の果てに蟻地獄　三浦芳子
弁護され余計みじめになっていく　船本庸子
弁護士の費用提訴をためらわせ　佐藤孔亮
深酒の友を道連れ帰宅する　鈴木広路
ミヨちゃんじゃないですボクが壊したの　山本由宇呆
生き方に間違いはないポリグラフ　新谷みのり
鼻ペチャも美人に見せる角かくし　窪田　達

変更

【へんこう】 15.08

川名信政選

めざしからシャケに変更年金日　谷内拓庵
口紅を変えてさよなら夏の恋　塚本康子
変更はききませんよとボタン穴　米山明日歌
化粧品替えても何も変わらない　島田陽子
メルアドを変えてあなたとさようなら　日下部敦世
献立は今日の特価ですぐ変わる　船本庸子
書き換えがきかぬポストに落ちた誤字　塚本康子
合併でカーナビも泣く地名替え　梅村　仁
補聴器もカツラも替えてクラス会　上田正義
入社式大人の顔に塗り替える　窪田　達

返事

【へんじ】13.05

渡辺　梢選

拝復と書いて敬語が続かない　小川定一
子宮から返事が届く足の蹴り　岡さくら
オレオレに交番前と指定する　佐竹　明吟
主役なら二つ返事で引き受ける　大戸和興
お返事が遅れた訳を書く返事　高山睦子
金釘流だけどお返事すぐに来る　窪田和子
手土産の分聞くだけは聞いておく　山本由宇呆
不摂生すぐ返事来る皮下脂肪　志田則保
曖昧な返事で生きる北の知恵　古川聰美
山のこだまのようには行かぬ倦怠期　吉田恵子

弁当

【べんとう】08.10

米島曉子選

松花堂盛り合わせてる多国籍　平野さちを
リストラと言えず弁当持って出る　藤ノ木辰三郎
コンビニの折を広げている花見　長野建八郎
駅弁をスーパーで買う七不思議　島田陽子
ドカ弁もペロリ食べ盛りの野球　及川竜太郎
弁当屋妻の弁当食べ始め　老沼正一
弁当付きならば出席してみるか　船本庸子
天気予報とても詳しい弁当屋　大戸和興
弁当の軽さで愛が捨てられる　斉藤克美
弁当の中で童話を膨らます　相良博鳳

棒【ぼう】

14.09

笹島一江選

草食の男子どうする棒倒し　中島久光
まず上げたバーが下がっていく受験　東條勉
花柄の杖が巣鴨へ行きたがり　成島静枝
現代は犬棒カルタよりスマホ　長谷川庄二郎
ご縁という見えない棒に繋がれる　上西義郎
定年後も夢に出てくる棒グラフ　六斉堂茂雄
片棒を友に担がせ朝帰り　伏尾圭子
キャンディーの棒は金魚の墓になる　川瀬幸子
棒降りと名付けてみたい酷い雨　野澤修
棒二本作法極めた箸文化　加藤品子

法事一切【ほうじいっさい】

14.09

中澤巌選

初七日に嫁が乗り出す遺産分け　鈴木広路
長い経終わりすぐには立てぬ足　三宅葉子
悲しみも涙もとばす遺産分け　梅村仁
久しぶり会うオバさんの若づくり　長尾美和
見栄を張る父の法事は並がよい　熊谷勇
法事の時だけ坊さん来るお寺　新井季代子
居ないのねもう居ないのね君は石　杉野ふみ子
パイプ椅子が本堂占める法要日　古川聰美
あの人もいい人になる百か日　吉田格
三回忌妻は夫を忘れかけ　江崎紫峰

忙中閑あり【ぼうちゅうかんあり】

09.06

中澤　巌選

カレンダーぽつんと抜けたスケジュール　小山一湖
ストレスを捨てて飛び立つ一人旅　根岸　洋
きみまろもかつらを外す楽屋裏　木田比呂朗
肩書きを取って名刺を休ませる　伊藤三十六
アクビする暇もないからちょい昼寝　有馬靖子
ケータイを切って充電するわたし　穴澤良子
忙しい中で五人の子が生まれ　安田夏子
忙中の閑をあじさい寺が待ち　窪田和子
定休日診察券が欠伸する　大竹　洋
忙中閑仮面つけたり外したり　佐藤権兵衛

包丁【ほうちょう】

08.03

植竹団扇選

包丁が切れて松茸薄くなる　坂牧春妙
まな板の鯉も気になりうす目あけ　車田　巴
不揃いのそばに男の味が出る　志田規保
おんなじに切れと孫等の目が囲む　千田尾信義
白桃の肌にそぉっと刃を当てる　井手ゆう子
包丁を研げば切りたくなって来る　宮本次雄
身なり正して包丁を買いに行く　根岸　洋
男の子も包丁を持つおままごと　船本庸子
左手を添えたら出刃が恐くなり　中沢広子
包丁研ぐ役者の所作に鬼をみる　野澤　修

ホーム【ほーむ】11.03

中澤 巌 選

ホームステイ異国の風を連れてくる　水井玲子
ベランダに灰皿があるマイホーム　老沼正一
似た家が並び酔眼あわてさせ　近藤秀方
ウサギ小屋売ってホームの入居金　宮本次雄
ただ今と猫に言ってる独り者　大竹 洋
ちゃぶ台を家族が囲むサザエさん　六斉堂茂雄
ハウスは有るがホームの無い私　古川聰美
本籍地移したくない郷土愛　六斉堂茂雄
急げ急げ仮設住宅仮説風呂　川瀬幸子
黙祷のホームルームにさえ余震　中沢広子

誇る【ほこる】13.10

名雪凛々 選

空港とディズニー千葉にある誇り　菅井京子
過疎地だがこんこんと湧く水がある　岩田康子
世界一誇るニホンのOMOTENASI　原 光生
世界から讃辞を浴びる日本食　古川茂枝
ルーヴルが誇る写楽の大目玉　五十嵐淳隆
ただ今の声が大きい二重丸　大竹 洋
真ん丸の歯で百才の大笑い　加藤品子
誉められた笑顔母似の母自慢　海東昭江
荒海へ誇りを繋ぐ大漁旗　久安五劫
千年の大樹天寿にこだわらぬ　増田幸一

ポジション【ぽじしょん】

09.03

渡辺　梢選

私のハート真ん中に君がいる　島田陽子
引き継いだ椅子が時々軋み出す　北山蕗子
真ん中に笑わぬ父のフォトグラフ　中川洋子
容赦なく月日がボクを端に寄せ　水井玲子
アレは秘書おれは代表続けたい　小川定一
一つだけ肩書残す世帯主　長谷川庄二郎
第三者では済まされぬ地位に居る　江畑哲男
器ではなかった椅子を持て余す　北山蕗子
肩書がとれた名刺のスリム感　吉田恵子
リリーフの居ないシングルマザーです　穴澤良子

干す【ほす】

12.05

近藤秀方選

窓際に新聞と居る日の長さ　永井しんじ
ロボットにされて感性干からびる　竹田光柳
家系図を干して先祖に陽を当てる　宮本次雄
倦怠期微妙な距離に布団干す　鈴木広路
虫干しの着物が母を語り出す　小林かりん
窓際とは書かぬ名刺の良い仕事　根岸　洋
シラス乾し個性出せずにまとめられ　内田信次
ふとん叩く良い一日を締めくくる　藤沢今日民
怪獣の着ぐるみを干す休園日　布佐和子
よく見えるようにブランド干している　折原あつじ

ボス

【ぼす】14.01

渡辺貞勇選

初孫は大人六人振り廻す　小林洋子
天下りのボスはいません猿社会　落合正子
出る杭の若さを汲んでくれるボス　石川雅子
官兵衛の生き方に見るボスの補佐　関根庄五郎
本当のボスは優しい顔で来る　加藤品子
訂正とお詫び上手で社長の座　尾河ふみ子
母さんはしゃもじとサイフ放さない　中野弥生
くまモンが今や殿様より上座　船本庸子
親方が意地を見せてる町工場　安川正子
気持ち良くボスを酔わせるイエスマン　伏尾圭子

ホット

【ほっと】16.08

田辺サヨ子選

被爆者を抱き寄せオバマ氏が熱い　飯野文明
日本人だ夏も譲らぬ熱いお茶　宮内みの里
テロップに湯気が立ってる金メダル　六斉堂茂雄
万歩計ホットな噂持ち帰り　笹島一江
一億が修造になるリオ五輪　江畑哲男
カフェラテのハートマークが良くしゃべる　島根写太
暑い日は熱血漢と距離を置く　伏尾圭子
ホットパンツたまに女を張ってみる　五月女曉星
暑くって蝉も熱中症になり　加藤周策
逢うて来た余熱 枕を裏返す　江畑哲男

ほめる

【ほめる】10.10

渡辺　梢選

将来の保険に部下を褒めておく　中島久光
称賛を浴びて白鵬独り旅　あきたじゅん
長生きも元気なうちは誉められる　永井天晴
身構えて聞いている妻のほめ言葉　落合正子
誉めちぎり夫が家事に腰を上げ　小林かりん
賞讃の弔辞に苦笑する遺影　宮内みの里
平凡という勲章を妻と分け　佐藤美文
評論家金の額だけほめちぎる　大野征子
天才が生まれる誉めるタイミング　伊師由紀子
ほめられて駄馬が駿馬の貌になる　原　光生

掘る

【ほる】15.05

植竹団扇選

しょうも無い過去掘り返す痴話げんか　塚本康子
渋滞の先旗振りがいる工事　成島静枝
根掘り葉掘りマイクとっくに飽きている　船本庸子
掘りごたつ恋の手管を伝受され　川瀬幸子
炭坑節掘って掘ってと踊りの手　成島静枝
旨い焼酎育むように芋を掘る　上西義郎
ノミの市掘り出し物の妻と会う　小泉正夫
近代史掘れば出てくるしゃれこうべ　江畑哲男
折らぬよう掘ったゴボウを買って折り　川崎信彰
樹木葬それも有りかな花になる　小松崎倶江

惚れ る 【ほれる】 11.05

江畑哲男選

札付きのワル私には優しくて　日下部敦世
男が惚れる男になれと子を諭し　松澤龍一
大正のロマンどうにもじれったい　難波ひさし
老いてなお伸び代がある鼻の下　関根庄五郎
邂逅のときから熱が下がらない　折原あつじ
惚れているだからそっぽを向いている　松田重信
乗ろうとは言えず遠くの観覧車　中川洋子
カマキリの覚悟も無くて取る間合い　野口良
ホの字から親の意見が聞こえない　願法みつる
五七五に惚れていちばん長い恋　田辺サヨ子

本命 【ほんめい】 11.09

千葉絹子選

回転寿司最後はトロと決めている　安川正子
本命を紙屑にする万馬券　宮本次雄
どの痛みにも特効薬のワンカップ　上田正義
本命の座から原発滑り落ち　加藤周策
この命差し出すほどの人は居ず　中沢広子
本命にされず気楽に狙うV　六斉堂茂雄
なでしこの気迫予想を裏切らず　藤沢今日民
ダシにされる私の方がいいお味　中川洋子
人脈の根にたっぷりと水を撒く　折原あつじ
講義聞く彼の隣が指定席　森智恵子

本物

【ほんもの】 11.02

上村 脩 選

身の危険忘れ救ってくれた愛　水井玲子
ブルペンの汗が知ってるエースの座　櫛部公徳
舌先がしびれ確かにふぐと知る　河野海童
本物を越える詐欺師の演技力　伊藤春恵
コロッケが真似て本物が売れる　大戸和興
ガラス玉つけてダイヤは貸金庫　関 玉枝
民主化を塀の中でもまだ叫び　宮内みの里
ビー玉の恋金婚に手が届き　布佐和子
春の恋化学反応したらしい　田辺サヨ子
虚飾みな脱いで男の貌になる　江畑哲男

川柳の楽譜によるリズム論

淡路獏眠
（広島平和番傘川柳会会長）

川柳の披講の音符化

川柳はと聞かれると誰もが575と答えられると思います。しかし、川柳の最初は575だったかも知れませんが、それ以外の川柳も誹風柳多留の初編から見うけられます。ここでは、川柳の披講を音楽の楽譜という手段で解析してみたいと思います。

私は川柳のリズム論として、文学部の研究生時に和歌の授業で習った和歌のリズムである「四音一拍説」を理論的に川柳に展開することをやって来ました。これは、あくまでも理論的な考察であり、実際の川柳の披講との対比という所までは、行っていませんでした。

さて、耳で聴くだけ、もしくは録音されるだけの川柳の披講を、どのような手法で可視化するかという問題を考えている時に、たまたま、当会の会員さんで、絶対音感を持った方がおられ、披講の録音を渡して、採譜して貰ったのが最初です。まず、驚いたのは、一つの川柳の披講が、一つのリズム、例えば2拍子で575が表現できることです。難しい音楽のように、小節毎にリズムが変わることも想定していたので、意外な展開でした。こうして、川柳の披講を楽譜化することで、可視化できて、その楽譜を元に川柳の披講を議論することができるようになりました。

最近は、川柳の誌上大会が盛んに行われるようになりましたが、川柳の大会や句会に参加するということは、単に自分の投句が抜けた没だ、というだけの話ではありません。それならば、誌上大会・句会で十分なのです。大会・句会に参加する醍醐味は、選者の披講を耳で聴くことだと思います。研究生時の授業で、北原白秋の詩の自作自演を聞いたことがありますが、今の詩の朗読とは趣を異として、棒読みのような朗読でした。今の詩の朗読は、例えば、吉永小百合が原爆の詩を朗読するように、朗読者が詩の中に感情移入して、人の心に訴えるような朗読に変わっています。川柳の披講も、棒読みをされる選者の方がおられますが、それでは投句者の方が、披講と披講される句を感じ取ることは無理だと思います。選者は、句を選ぶだけではなく、句の披講にも、細心の注意を払って、川柳のリズムを大切にして披講することが、大切だと思っています。

もう一つ、披講で気づいたことがあります。当会会員には小一の児童もいます。句会には都合で参加できないのですが、当会のＨＰに当会の句会の披講の録音を公開しており、それを毎月、母親と兄弟で何度も聞いていているそうです。その子が3歳の頃から続けられているそうですが、最初は、録音を聞いていても、家族の邪魔をしていただけだったのが、5歳になって、急に体でリズムをとって、自分の川柳を詠み始めました。もちろん、大人のように575を指折って数えるのではなく、自分でリズムを取っただけですが、ちゃんと575となっているのです。ビックリすると共に本来の川柳の詠み方ではないかと思います。また、披講をする側として、川柳のリズムをキッチリしていないと駄目だと実感しました。披講する側にも句を選んで読み上げるだけではなく、句と句のリズムを伝える大きな責任があると思っています。

それでは、川柳で575とはどのようなことを表しているのでしょう。それは、日本語として考えると句読点を入れて、例えば

人生の、終着駅は、始発駅。　獏眠

というように、川柳として書き表す際には、句読点を使いませんが、実際は、575の間に2つの読点と最後に1つの句点が入ると考えると575に分かれるという意味が理解できると思います。

また、どこで分かれるかという点は、倒置をして倒置をしたものが日本語として理解できるかどうかで分かります。先ほどの句を倒置してみますと、上五を下五の後に持ってくると

終着駅は始発駅、人生の

となります。また、逆に、下五を上五の前に持ってくると

始発駅、人生の終着駅は

となり、どちらも、日本語として意味が通じますから、575で分かれていると言えます。

それでは、番傘川柳本社創立105年記念大会の課題「森」森中惠美子選の披講を録音した上で採譜して五線譜に表記をしたものを順に説明していきます。一部、江畑哲男代表の披講も出してみましょう。採譜については、当会の会員日山陽子さんにご協力を頂いています。

楽譜の解釈ですが、音程、リズムについては、選者によって違ってきますので、五線譜の最上段にある息継ぎの位置を示すブレス記号（V）に着目して見て下さい。

図1に

ライバルに本と薬の数で負け　野田　和美

図1　五七五

ライバル　に　ほんと　くすりの　かずでまけ

の楽譜を示します。特に、五線譜の最上段のブレス記号（V）に着目してみますと、5・7・5の間にあることが分かり、この句は通常の五七五で読まれていることが分かります。リズムとしては2/4拍子で披講されています。2小節目のアウフタクト（小節の最初の休符）は、披講者の森中先生の特徴・癖ではないかと考えられます。また、この句を倒置しますと、「本と薬の数で負け、ライバルに」もしくは「数で負け、ライバルに本と薬の」とどちらも、日本語としての意味が通ります。

図2は、

涙あり笑いもあった恋の数　萩原　典呼

の句の楽譜です。ブレス記号を見ると、575の間にあることが分かる。この披講の特徴は、下五の読み方で、3＋2音に分けて読まれています。

このように、下五をさらに分割して読むこ

図2　五七五

なみだあり　わらいも　あった　こいの　かず

とで、課題である「数」を強調されていると考えられます。また、この句の披講は、2/4拍子で行われていることが分かります。

自分は音痴だからオタマジャクシは良く分からないという方もおられるのではないかと思いますが、最低限、オタマジャクシは無視をして、ブレス記号（V）と言葉の位置に着目して頂ければ、川柳のリズムを形作っている息継ぎの位置は、理解できると思います。実は、当会にも音痴の会員がおられて、音符を見ただけで、拒絶反応を起こすと自嘲されていましたが、音符ではなくブレス記号に着目して下さい、と話して分かって貰いました。音符の読める方は、鼻歌で楽譜を読んでおられた方もいました。

ここまでで、川柳の披講は2/4拍子だと思われる方もあるかも知れませんが、3/4拍子や4/4拍子の例は次回ご紹介したいと思います

句跨がりと変格二段切れと中八

江畑代表の仰る「五七五絶対主義者（私流では「五七五論者」）」は、575以外のリズム（字余り等）を認めない、さらには句跨がりまでも許さない、と主張されているようですが、それはそれらの会の中の話で、川柳には575以外のリズム句もあれば、句跨がりも存在しています。これから、順を追って説明していきたいと思います。

○句跨がり

図3は

一人では何もできないから群れる　向井　沃

の楽譜です。この句の中七から下五にかけての措辞が、「何もできないから群れる」と句跨がりになっており、リズムとしては593となっていることが楽譜のブレス記号からも分かります。また、「な〜ん」の音符の上にフェルマータが付いているが、これは、「な〜ん」を読むのに時間を取って、その後の「にもできないから」の部分をさっと早

図3　五七五（句跨がり）

ひとりでは　な〜ん　にも　できないから　むれる

めに読まれていることが分かります。さらに、「むれる」で一小節使われていることから、下五の大切さの分かる披講だと思います。
この句を倒置すると分かりますが、「から群れる、一人では何にもできない」と倒置するよりも、「群れる、一人では何にもできないから」と倒置した方が、日本語としての意味が通じます。このことと披講とで分かる通り、句跨がりの場合には、中七の後で息継ぎしない（意味として分かれない）ことが分かります。また、この句の披講は、3/4拍子で行われていることが分かります。
図4は、

本棚に田辺聖子が並ぶ秋　森中恵美子

の句の楽譜で、森中先生の軸吟の自作自演の句です。ここにも、2小節目のアウフタクトが出てきます。最後の5音で2小節使っているのも、この5音を強調したいためだと思います。また、「あき」の部分にテヌート（音符の下に下線の記号）が入っているように、「あき」を十分長く発声されています。いわゆる、下五を座五とも呼び、下五が悪いと座りが悪いということが言われますが、どっしりと座った下五を作る（推敲する）必要があると、この楽譜は物語っているとともに、披講する際にも、どっしりと座りの良い披講を心がける必要があることを示しています。この句も倒置すれば分かるのですが、「並ぶ秋、本棚に田辺聖子が」とするよりも、「秋、本棚に田辺聖子が並ぶ」と倒置した方が、日本語として意味がハッキリします。私は、五七五絶対主義者は川柳を日本語として捉えていないから、「本棚に、田辺聖子が、並ぶ秋」と区切って、五七五だと自己満足に浸られているのではないかとさえ感じます。句跨がりは、句跨がりとして認めるべきでだと思います。
また、この句の披講は、4/4拍子で行われていることが分かります。
楽譜になった恵美子節を見ると、4拍子、3拍子（ワルツ）、2拍子（マーチ）と多彩なリズムで披講されていることが分かります。

図4　五七五（自作自演）

ほんだなに　たなべ せいこが　ならぶ　あき

○変格二段切れと中八

変格二段切れは、意味的な切れが中七に移動して、89、98になるが、575の音調でも読めるという句の形ですが、五七五絶対主義者の根拠ともなっている形でもあります。

図5に

我が輩の一票指図など受けぬ　江畑　哲男

の楽譜を示します。句の意味を無視して「我が輩の・一票指図・など受けぬ」と区切れば575になるとされている句ですが、楽譜のブレス記号の位置を見れば分かるように、森中先生は、意味の98で区切って披講されていることが分かります。

図6に

反対派の渦中で賛成する勇気　倉　周三

の楽譜を示します。この句だけ、江畑哲男代表披講の課題「センター」の句です。江畑代表は、この句を披講される前に、「この句は関東では中八と言われて没にされる句です」と前置きされたことが印象に残っています。無理やり「反対派の・渦中で賛成・する勇気」と区切れば、中八になる句ですが、楽譜を見て頂ければ分かる通り「反対派の渦中で・賛成する・勇気」と江畑代表は区切って披講されており、109の二格調で披講されています。

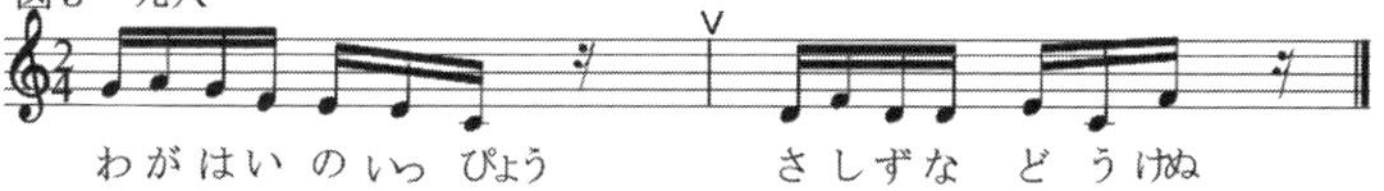

図5　九八

図6　十九

575に慣れていると、どうしてもそのように披講することになりがちですが、選者として、選んだ句の意味の区切りがどこになるかを考えて披講する義務があると思います。披講前に、投句箋に息継ぎをする位置に印を付けておくことが、披講時に句のリズムを間違わないための方策だと思います。私は、特に、98、89の句では、息継ぎの印を付けることを実行しています。

図6のような句も、「中八」とされて佳句でも没にされているという実態があるのならば、非常に残念なことだと思います。

七五調、五七調と755

「川柳は575と指を折って数える」と川柳の入門者にベテランが教える言葉ですが、その理由は、575のリズムを会得するとともに、川柳のリズムである七五調のリズムを会得することだと思います。「字余りは上の句へ」というのも、中七・下五で七五調が保たれるからという理由です。

○七五調

身近な七五調と言えば、全てではありませんが演歌があります。

例えば、古賀政男作詞の「影を慕いて」では、

まぼろしの　　　　　　　　　　五
影を慕いて　雨に日に　　　　七・五
月にやるせぬ　我が思い　　　七・五
つつめば燃ゆる　胸の火に　　七・五
身は焦（こが）れつつ　忍び泣く　七・五

と七五調で作詞されていることが分かります。

それでは、川柳に戻って七五調の披講の例を図7で紹介します。

星の数男一人にまだ逢えず　吉岡　静生

の楽譜です。575の句ですが、意味として、「星の数・男一人にまだ逢えず」と5・75と読む七五調と呼ばれる句の披講です。七五調の例として、演歌の他にも百人一首の読み札の読み方が挙げられます。七五調は川柳の基本のリズムと言っても過言ではないものです。そのルーツは、鎌倉時代初期の藤原定家から連綿と続いてきた和歌のリズムであり、和歌→連歌（句）→前句附→川柳と引き継がれてきたリズムです。七五調のリズムは、文学論で「上重下軽（上の音が多く下の音が少ない）」のリズムとして、「軽快・流麗」を表現するものです。ブレス記号の位置を見れば分かるように、中七と下五の間にブレス記号がない（息継ぎをしない）ことが特徴です。また、この句の披講は、2/4拍子で行われていることが分かり

図7　五七五（七五調）

ほしのかず　おとこひとりに　まだあえず

ます。

○五七調

図8は

七草の封印を解く月あかり　阪本　高士

の楽譜です。575の句ですが、意味としては、図7の句の七五調とは逆の、五七調の句で、「七草の封印を解く・月あかり」と57・5と読む句です。五七調は、万葉集や君が代など奈良時代から平安時代にかけて使われてきた、いわゆる日本人のリズムの基（ソウルリズム）と呼んでも良いリズムです。五七調は、文学論で「上軽下重（上の音が少なく下の音が多い）」と称され、「重厚・荘重」を表現するものです。楽譜のブレス記号の位置を見ると、上五と中七を一気に息継ぎ無しに読まれていることが分かります。また、これまでにも述べたように、下五を読むのに、二小節分の時間を使われている、五音を二十三音に分けて読まれていることからもそれが分かります。それだけ、下五を大切に読まれていることの証しです。また、この句の披講は、3/4拍子で行われていることが分かります。

図8　五七五（五七調）

ななくさの　ふういん　を　とく　つ　き　あかり

○755

755の定型は、

いひなづけだがいちがいに風を引　『誹風柳多留初編』

の句のように、川柳として独立した当時から見られるリズムです。

図9は

残塁の数人生というものは　木本　朱夏

の楽譜です。この句は755の定型の句ですが、五七五絶対主義者ならば「残塁の・数人生と・いうものは」と575で区切られるかも知れませんが、ブレス記号で分かるように、意味の755のリズム、さらに言えば、55の間にブレス記号がありませんので、7・10で披講されていることが分かります。

図9　七五五

また、この句の披講は、2/4拍子で行われていることが分かります。

図10は

お蔭様です数々のいい出合い　　若山　宗彦

の楽譜です。この句は、755の定型の句です。この句の上七では、三連符が使われているのが、披講の一つの特徴です。楽譜のブレス記号から見ると、「お蔭様・です数々の・いい出合い」と575で切れるのではなく、意味のリズムの755だということが分かります。また、この句の披講は、4/4拍子で行われていることが分かります。

音楽をやられている方は、4/4拍子と2/4拍子は、4/4拍子では四分音符、2/4拍子ならば八分音符とすれば、同じではないかと考えられる方がおられると思いますが、採譜者の日山さんから、4/4拍子では、ゆったりしたリズムで披講されているのを表現するのに対して、2/4拍子で採譜された句は、丁度、マーチのようにアップテンポのリズムで披講されていると聞いています。

図10　七五五

おかげさまです　かず　かずの　いいであい

二格調（89・98）と上重下軽論——

恥ずかしさ知つて女の苦のはじめ

この句は、『誹風柳多留初編』掲載の句ですが、五七五絶対主義者ならば、「恥ずかしさ・知つて女の・苦のはじめ」と区切ると言われると思いますが、倒置をしてみると「知つて女の・苦のはじめ・恥ずかしさ」としても、「苦のはじめ・恥ずかしさ・知つて女の」としても、日本語として意味が通じませんが、「女の苦のはじめ・恥ずかしさ知つて」と倒置すると意味が通じますからこの句は、89の句だということが分かります。89の二格調の句は、川柳の初期から既に存在していた形です。

それでは、図11に

図11　八九（変格二段切れ）

ふたつあるものの　ひとつで　いきている

ふたつあるもののひとつで生きている　徳永　政二

の楽譜を示します。この句は、「ふたつある・もののひとつで・生きている」と575(三格調)のリズムに取れなくはないが(五七五絶対主義者の主張)、句の意味としては、「ふたつあるものの・ひとつで生きている」と89(二格調)に区切られる変格二段切れの句です。さらに細かく見ると、ブレス記号の位置から、845で区切られていることが分かります。また、この句の披講は、4/4拍子で行われていることが分かります。

図12は

茶飲み友達の数には入れておく　吉崎　柳歩

の楽譜です。この句も、89の二格調の句です。ブレス記号の位置から、845のリズムで読まれていることが分かります。決して「茶飲み友・達の数には・入れておく」とは区切って披講されていません。「友達」という単語を「友・達」と区切って575と主張すること自体、無理があると思います。また、この句の披講は、4/4拍子で行われていることが分かります。

図12　八九

図13は

引き算の果てはのっぺらぼうになる　藤本　鈴菜

の楽譜です。この句は、89の二格調の句です。ブレス記号の位置から、872のリズムで読まれていることが分かります。決して森中惠美子先生は「のっぺら・ぼう」とは区切って披講されてはおりません。また、この句の披講は、4/4拍子で行われていることが分かります。

図5は、二七五ページに掲出した

我が輩の一票指図など受けぬ　江畑　哲男

です。詳細の説明は同ページに記載したの

図13　八九

で省略しますが、この句は98の二格調の句です。

○上重下軽論

三回目に川柳の基本のリズムは七五調だということ、また、七五調は文学論で「上重下軽（上の音が多く下の音が少ない）」のリズムとして、「軽快・流麗」を表現すると書きましたが、二格調では、既に七五調から外れたリズムになっています。上重下軽論とは、私が勝手に命名した論ですが、七五調も含む、上の音が多く下の音が少ないリズムの総称として使っています。

図11の句はブレス記号の位置から「ふたつあるものの・ひとつで・生きている」と区切ることができますから、845で、8と4で上重下軽のリズムになっています。図12の句も同様に845です。また、図13の句は、872と区切れて、8と7、7と2で上重下軽のリズムが構成されています。このように、七五調ではなくとも、上重下軽のリズムを川柳のリズムと拡大解釈するのが上重下軽論です。このように、二格調のリズムを解釈すれば、二格調も川柳だと言えると思いますし、二格調の句が存在している以上、それを破調だとして捉えるのではなく、川柳のリズムとして捉えるべきだと考えています。

森中惠美子先生の披講（一部、江畑哲男代表の披講）を楽譜化することで、川柳の披講のリズムを明確にすることができました。これは、「川柳と音楽のコラボレーション」とも言えることです。さらに、音楽記号のフェルマータやテヌートなどを使うことで、メトロノームのように一定のリズムではない披講のリズムを楽譜上へ忠実に表現できるというメリットもあります。こうして、川柳の披講を楽譜化することで可視化でき、その披講の区切りを明らかにすることができました。その結果として、無理やり575に区切れるとされる句も、言葉の意味の切れ目で区切られて披講されていることが明らかになりました。

図5　九八

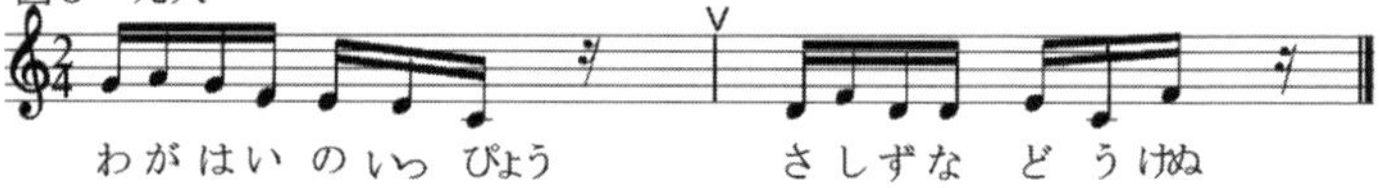

わ が はい の いっ ぴょう　さ し ず な ど う けぬ

こうして、川柳の披講の楽譜化をやってみて、どうなのかという疑問が湧いています。それば、五七五絶対主義者の先生の披講を楽譜化するとどうなるかという点です。しかし、著作権という壁がありますので、勝手に披講を録音して、楽譜化することはできません。本稿も番傘川柳本社と江畑哲男代表の許諾を頂いて作成できたものです。
　本稿の掲載の機会を与えて下さった江畑哲男代表に深謝します。

（『ぬかる道』平成二八年六月号〜九月号掲載）

ユニークとうかつ
類題別秀句集Ⅱ

ま〜わ

交わる【まじわる】07.11

大戸和興選

交差点必死にさがす片想い　加藤友三郎
車には無いスクランブル交差点　坂牧春妙
戌年と申年ですが無二の友　菅井京子
交友のアンテナ高くたかくする　田辺サヨ子
社交家で鉄砲玉の妻を持ち　月岡サチヨ
故郷の童話持ちよる芋煮会　石井太喜男
お隣とお久し振りという暮し　水井玲子
天高く妻には妻の交際費　江畑哲男
ミシュランに日本料理も仲間入り　角田創
ホームステイ妻も身振りで会話する　野良くろう

マスク【ますく】12.02

水井玲子選

マスク捨て脱兎のごとく球を追う　宍戸一吉
マスクせぬ医師が元気でいる不思議　城内繁
アラッなんて振り返られているマスク　本間千代子
おしゃべりはマスクをしても良く喋る　古田水仙
マスクした顔しか知らぬ歯医者さん　立花雍一
アメ横はマスクしてては物売れず　六斉堂茂雄
マスクしてしまおう杉のお山ごと　丸山芳夫
百態のマスク揃える楽屋裏　増田幸一
聖女悪女今日のマスクをチョイスする　船本庸子
鬼の面外してみたらもっと泣き　野口良

マスコミ【ますこみ】

15.03

渡辺貞勇選

おばさんにマスコミ超えの舌がある　加藤友三郎
マスコミの訂正記事は隅の隅　飯野文明
マスコミに出てラーメンの味が落ち　中島久光
白黒のテレビ囲んだ昭和の日　折原あつじ
定年後朝から同じニュース見る　中川洋子
マスコミの正義が人を傷つける　江崎紫峰
新聞もテレビもやめて空が澄み　丸山芳夫
公約よりもテレビ映りの選挙戦　古田水仙
話のネタたんと集める美容院　月岡サチヨ
間延びした朝を迎える休刊日　角田真智子

待っ【まつ】

15.10

金子美知子選

結局は見逃しの三振だった　辻　直子
待つことに慣れた寿命の大欠伸　伊藤三十六
待たされたあげくにぬるい中華ソバ　関　玉枝
丸くなるまで転がしてるいびつ　駒木香苑
待つ人が出来て食卓花が咲き　川瀬幸子
待っているだけのおんなを辞めた眉　伏尾圭子
秒針へ待ってくれよと答案紙　河野桃葉
飲み過ぎの理由は君が来ないから　加藤　鰹
午前様健気にポチは起きていた　木田比呂朗
形勢を見極めているカメレオン　加藤　鰹

まとめる

【まとめる】15.04

安藤紀楽選

まとめたが哀しい程の髪の量　佐野しっぽ
除染してまとめたゴミにない置き場　佐野しっぽ
遊ばせておけぬ一円プールする　成島静枝
髪まとめ挑戦状を書き上げる　田辺サヨ子
一括りしないで女多種多様　杉野ふみ子
朝市の輪ゴム弾ける生きの良さ　成島静枝
二時間で帳尻合わすサスペンス　中川洋子
母という括り私を見失う　日下部敦世
くせ者も憎まれ役も居てチーム　丸山芳夫
束ね髪きりりと現場女子の意気　宮内みの里

マナー

【まなー】08.07

堀井勉選

拝啓も敬具も無しで来るメール　小山一湖
割り込んで子に叱られる遊園地　水野絵扇
挨拶は出来る子でした少女A　船本庸子
品格もマナーも備え未だ独り　月岡サチヨ
ルールさえ守れば良いと言う無礼　植竹団扇
ダンスパーティー髭と鼻毛を染めてゆく　秋山精治
正直なマナーが過ぎて疎まれる　河野桃葉
宇宙での正座お尻が浮き上がる　大戸和興
ゴミ出しのマナーカラスに突つかれる　布佐和子
少しだけ引いて下さい長い脚　宮本次雄

守る【まもる】 13.09

笹島一江選

外人が守る国技の大相撲　大戸和興
達人がレシピに書かぬ隠し味　永井しんじ
馳せ参じ棚田を守るボランティア　古川茂枝
制限時速守れば日本まだ広い　近藤秀方
伝統を絶やさぬ被災地の祭　吉田格
諦めよう息子は嫁の守備範囲　吉田恵子
歯科健診二度と生えない歯を守る　月岡サチヨ
保守点検北の大地の大雑把　月岡サチヨ
子供部屋親も拒否するテリトリー　宮内みの里
宅配の序で独居へ声をかけ　関玉枝

回る【まわる】 08.02

長谷川酔月選

ある程度回ると下戸の輪ができる　松本清展
イケメンの医師の回診微熱出る　田実良子
はげましをひとつ回診おいていき　濱川ひでこ
嫁ですと連れ回される隣組　池谷聰美
故郷の訛りと酒で回る舌　落合正子
大器晩成やっと女神と巡り合う　佐藤孔亮
はしゃぐ子に遠回りする肩車　東條勉
ローテーション組んで介護の家族愛　六斉堂茂雄
反抗期オレの昔をみせつける　櫛部公徳
回れ右ばかりで日本平和です　田制圀彦

見送り【みおくり】12.11

笹島一江選

満員車見送り次も満員車　中島久光
昇進の人事が消えたスキャンダル　江崎紫峰
うにトロは見送り並の皿を積む　大竹洋
見送って損した株は忘れない　末吉哲郎
最敬礼観光バスへ宿女将　川崎信彰
掃除機を掛けてる音に見送られ　長谷川庄二郎
コーナーへ決まるサーブに立ち尽す　山本由宇呆
靴音が他人の音で遠くなる　海東昭江
母が逝くやさしい骨になって逝く　松本晴美
三度見た場所で見付かる探し物　折原あつじ

蜜【みつ】15.04

宮内みの里選

我が家にも女王蜂が待って居る　鈴木広路
癖になる激安という甘い蜜　折原あつじ
蜜柑箱昔話が詰め込まれ　大竹洋
東京のド真中にも養蜂家　塚本康子
マイハニーなんて呼んでた恥ずかしさ　加藤周策
蜜の味知り女へと熟れてゆく　後藤華泉
壇蜜の蜜に男が群れたがる　宮本次雄
ぎこちない蜜語飛び交うフルムーン　古川聰美
蜜の香がしてかドローン舞い降りる　本間千代子
蜜壺を抱く母がいる床柱　布佐和子

ミックス　【みっくす】　09.07

増田幸一選

次期政権火ダネ抱える寄せ集め　中野弥生
パパとママのいいとこ取りをした娘　吉田格
青い目の嫁が家系を掻き混ぜる　宮内みの里
妻美人娘夫に似ていいます　角田創
爺ちゃんがミックスと呼ぶニューハーフ　上田正義
農村が国際化する嫁不足　川崎信彰
伝説の中に光と影がある　伏尾圭子
赤米を混ぜて気分は弥生人　篠田和子
バラマキばかりブレンドしてるマニフェスト　東條勉
成功と挫折を綴る立志伝　吉田恵子

耳　【みみ】　11.01

佐藤美文選

美味しいよ僕を食べてよパンの耳　志田則保
耳そうじよりも大好き母の膝　古田水仙
貝殻を押しあて海の秘密聞く　日下部敦世
すぐそこに耳を澄ませば春の音　中川洋子
名曲に酔って全身耳になる　北山蕗子
賽銭の音へ仏の耳が肥え　今村幸守
遠くなる耳のお陰でいい老後　上西義郎
パンの耳から愛が芽を吹く　宮本次雄
シーサーを難聴にする米軍機　安部離楽数
銭の音貧しい耳が先ず拾う　椎野茂

ミルク【みるく】07.12

宮内みの里選

牛乳で育ったせいか親不孝　山本桂馬
搾乳機をうらめしそうに見る仔牛　近藤秀方
下戸な男で牛乳に小うるさい　窪田和子
ミルクのみ人形置いて嫁ぎ行く　二宮啓市
牛乳をあんなに飲んで背が低い　笹島一江
ミルク色の海でアダムとイブになる　海東昭江
殺伐なニュース横目にミルクティー　川瀬幸子
弾まない会話に焦れるミルクティー　斉藤克美
棄てられて次は値上げというミルク　伊藤三十六
育児休暇パパの不馴れな哺乳瓶　増田幸一

民謡【みんよう】15.05

及川竜太郎選

定番の大漁節でお開きに　笹島一江
風の盆踊り手化粧厚くなり　酒井トミオ
先頭の稚児がやんちゃな阿波踊り　松田重信
ソーランの血潮は今や全国区　塚本康子
避難所に相馬盆歌四年振り　佐藤権兵衛
よさこいが踊る阿呆にしてくれる　吉田恵子
八木節が出たな父さん上機嫌　谷藤美智子
とびきりの民謡五歳児への鐘　川瀬幸子
三線が島の無念を弾き語る　江崎紫峰
じょんがらへ津軽の雪が熱くなる　伏尾圭子

ムカムカ【むかむか】15.05

松本晴美選

アイディアを出した私は蚊帳の外　島田陽子
燃えかすの処理も出来ずに再稼働　佐藤権兵衛
一言を飲み込めばすむ皿洗い　熊谷勇
若者の集団心理人を舐め　小林洋子
上質なドラマＣＭ格を下げ　船本庸子
少年の苛立ち街に刃向け　北島澪
スマホ族視線上げずに受け答え　岩澤節子
新築の隣家太陽かっさらう　笹島一江
同じ汗流してベアが無い派遣　宮内みの里
生意気な上に理屈に合っている　丸山芳夫

無視【むし】11.05

日下部敦世選

民の声無視した付けはきっとくる　加藤友三郎
無視できる値に遠いシーベルト　飯野文明
キリンの子パンダの脇でふてくされ　難波ひさし
おはようが返ってこないわだかまり　六斉堂茂雄
夫とは話さなくても陽は昇る　伊藤春恵
ライバルのシカトに揺らぐ自尊心　江畑哲男
メガネ外して見えない話聞いている　田辺サヨ子
にこにこと聞いて考え曲げぬ母　折原あつじ
何も持たぬ黙殺という飛び道具　上西義郎
無視されたお陰生き残れた戦地　堤丁玄坊

結ぶ【むすぶ】07.12

今川乱魚選

ブキッチョは何度やってもタテ結び　有馬靖子
紐なしの靴で手先が退化する　篠田和子
赤い糸結ぶ出雲のいい加減　眞田幸村
補助金と結ばれている天下り　大戸和興
ケータイで結ばれケータイで別れ　水井玲子
縁結びその後は神の無責任　増田幸一
ひとりでは結べぬ帯のにくらしさ　山田とし子
赤い糸色あせてから強くなる　松澤龍一
まあまあに緩む男の片結び　岡田雪男
おみくじを絵馬の近くに結ぶ母　笹島一江

群れる【むれる】15.05

関根庄五郎選

炎天の働き蟻の背に美学　加藤権悟
昼めしは群れてる所うまいはず　貝田誠作
群れにいる心強さとジレンマと　伏尾圭子
爆買いのニイハオがゆく秋葉原　増田幸一
とりあえず群れの最後についてみる　島田陽子
犬の輪に妻も群れてる散歩道　森智恵子
ハイエナがたんと群がる店仕舞　折原あつじ
書き込みの群れにさ迷う独りぽち　北島澪
青い目も群れるアキバという聖地　松本晴美
並ぶ列国民性が長くする　川崎信彰

名人

【めいじん】 15.06

山本由宇呆選

大根が名脇役に喰われてる　島根写太
手の指がどじょうに変わる安来節　大戸和興
最期までうそつき女優やり通し　髙山月ヱ
名人は仕事しながら放屁する　佐野しっぽ
ロボットが名人らしく指図する　松本八重子
篦先でNASAを支える町工場　遊人
虫捕りの名人を生む夏休み　川名信政
枕から客を掴んで離さない　伏尾圭子
迫真の演技に見える謝罪劇　大竹洋
前座から名人作る大あくび　志田則保

名簿

【めいぼ】 13.04

川崎信彰選

乗客に日本人の名ないニュース　宮原常寿
広告がデカイ顔する電話帳　老沼正一
名門の名簿へ詐欺の目が光る　伏尾圭子
なんだろうボクの名前に※印　島田陽子
町会の名簿で知った向かいの名　小川定一
門外不出わたしだけの紳士録　中川洋子
子の名前漢検並みの難しさ　成島静枝
弁当が足りず名簿の再チェック　伊藤春恵
オースと言う声も聞こえて来る名簿　長谷川庄二郎
紳士録へ載らぬが国を下支え　後藤華泉

目ざめる

【めざめる】 16.01

内田博柳選

目ざめましたハードル下げて嫁ぎます　五月女曉星
老いらくの恋に目ざめてホーホケキョ　上原稔
平和呆け不穏な風に背を正す　北島澪
目覚ましは赤提灯がつくと鳴り　佐藤俊亮
白湯一杯グーンと伸びをする胃腸　古川聰美
目ざましが鳴ると眠りに吸いこまれ　梅村仁
妻にない体温だから触れてみた　てじま晩秋
病室の目覚めに足らぬ妻の声　岩澤節子
人情に触れるところ開く鬼　折原あつじ
人間に目覚め哀しい嘘をつく　海東昭江

もじもじ

【もじもじ】 09.06

笹島一江選

歓待をされ借金が言い出せず　山本桂馬
目立ちたい時はもじもじ手を上げる　坂牧春妙
譲り合い誰も行かない前の席　成島静枝
券売機私の後ろ列が出来　角田真智子
買っちゃったのと妻もじもじとダイヤ見せ　船本庸子
ママを見て手を上げようか参観日　吉田恵子
先生、社会の窓があいてます　河野海童
メールなら強気になれる草食系　日下部敦世
リストラを言えず弁当持って行く　車田巴
問診に後ろで妻が機関銃　折原あつじ

元（もと）

【もと】14.10

渡辺梢選

おいコラと元警官の癖が出る　鈴木広路
元カレになぜか似てくる次の彼　柴垣一
OB会昔のアゴに使われる　大竹洋
元モデル今は三児の母で肥え　米島暁子
ビフォーなど知られたくない化粧室　北島澪
公園デビュー名刺を配る元社長　原光生
旧姓の欄に酸っぱいレモン味　長谷川庄二郎
離婚して元の自分に初期化する　大戸和興
肩書きに元が付かない自由業　酒井トミオ
スッピンに戻り私を立ち上げる　北山蕗子

求める

【もとめる】09.08

丸山芳夫選

今が旬誰か求めに来て欲しい　加藤友三郎
歩く人皆一票に見えてくる　浅井徳子
略奪婚男は誰も憧れる　増田幸一
不揃いの野菜不作に呼び出され　布佐和子
古里はセミも結婚しろと鳴き　成島静枝
票集め磁石が欲しい選挙戦　六斉堂茂雄
求められたら最高のアカンベイ　今川乱魚
求人も指名手配もWanted　植竹団扇
就職へ時代の波の運不運　穴澤良子
逆転打テレビを消して祈ってる　野澤修

木綿【もめん】

11.07

古川茂枝選

戌の日の晒布に願う岩田帯　岡さくら
綿入れをそばにおいとく山の夏　老沼正一
平成のオムツ昭和を遠くする　田辺サヨ子
田楽の豆腐絹では勤まらぬ　植竹団扇
黒人の哀歌が染みる綿の花　上田正義
クールビズわたしゃ木綿のあっぱっぱ　窪田和子
木綿糸しっかり者の母のよう　二宮千恵子
ご先祖の木綿着贅を戒める　近藤秀方
僕の肌木綿以外はアレルギー　志田則保
フンドシ一丁 究極のクールビズ　江畑哲男

八百長【やおちょう】

11.04

長谷川庄二郎選

これは愛悟られぬよう孫に負け　水井玲子
夫婦道八百長相撲二つ三つ　片野晃一
つい知らず妻と娘に食わされる　吉田格
字体見て入選決める依怙贔屓　江崎紫峰
四十年よいしょしたふり妻の勝ち　古田水仙
参観日質問する子決めてあり　難波ひさし
勝たぬ様接待ゴルフ気を遣い　水井玲子
根回しの済んだ会議に腹の虫　布佐和子
妻と子等俺の病気にひと芝居　川崎信彰
アデランスとシリコン並ぶ金屏風　上田正義

役員【やくいん】

08.04

福田岩男選

創業者退陣させるクーデター　成島静枝
町工場社長専務の夫婦仲　増田幸一
ボスたちの器用に生きる孤独感　上田良一
口を出す顧問が病気一つせず　山本桂馬
印籠になった名刺の役どころ　岡さくら
名ばかりの役へ名刺も疲れ果て　伏尾圭子
ゴシックで嘱託役とある名刺　木田比呂朗
役員のゴルフ羨むヒラの汗　六斉堂茂雄
肩書を名刺に書かぬ趣味の会　川村安宏
ワンマンへ役員会が振る叛旗　宮本次雄

野党【やとう】

08.02

江畑哲男選

大声で吠える野党は恐くない　山本由宇呆
美味しい話もレシピのない野党　六斉堂茂雄
審議会吠えない時はよく眠り　吉田恵子
闇鍋を与党と囲む奥座敷　布佐和子
野党には黙って旨いものを食う　今川乱魚
政権という逃げ水を追う野党　伏尾圭子
よく切れる男で同志からはずれ　松岡満三
甘党に取り囲まれて僕野党　植竹団扇
家庭内野党活動資金枯渇する　中澤巌
挙げた手が淋しくなっていく野党　山口幸

山

【やま】 12.03

金澤たかし選

山場きて扇子の止まる棋聖戦　飯野文明
年齢に上限がない山ガール　中島久光
無精髭山じゃ素敵に見えたのに　角田真智子
山の名がついた四股名が減っている　大戸和興
山下りた熊に不当な逮捕状　上田正義
風評が瓦礫の山を越えて来る　宮本次雄
高原の花に恋した山女　河野桃葉
頂上じゃないが見晴らし確保する　島田陽子
諦めた山を女は振り向かず　伏尾圭子
引き返す勇気無念の空模様　月岡サチヨ

やましい

【やましい】 15.11

大戸和興選

大臣になるとほこりをたたかれる　飯野文明
妻子ある人しか私愛せない　丸山芳夫
何かある今日は晩酌二本出る　梅村仁
論文のコピペにヘソがむず痒い　大竹洋
武器輸出儲かりますと言い難い　宮内みの里
やましさもモザイク掛けて白く見せ　駒木香苑
自社製のマンション買わぬ社員達　中川洋子
灰色は白純白じゃないけれど　堤丁玄坊
やましさは不意のしぐさで露見する　酒井トミオ
白鵬に寝覚めが悪い猫だまし　笹島一江

やんわり

【やんわり】15.02

水井玲子選

断りの手紙にかなが多すぎる　中島久光
嫌いではないがと語尾を濁される　伏尾圭子
電話するなあんて信じ待ちぼうけ　伊藤春恵
ロボットですがやんわりと愛撫する　日下部敦世
カツ丼が出ると白状したくなり　江畑哲男
考えておくとやんわり断わられ　窪田和子
通じない人に皮肉がへこたれる　丸山芳夫
やんわりと言ったぐらいじゃ気付かない　成島静枝
友達でいましょうなんて巧く逃げ　笹島一江
漢方が効くころ別の病出る　本間千代子

湯

【ゆ】16.06

野澤　修選

名優は白湯を飲んでも酔っ払う　中島久光
足湯から抜け出せないでいる息子　上原　稔
ぬるま湯に浸かり刃が錆びてくる　松田重信
愚痴っぽい話に湯豆腐もだれる　丸山芳夫
湯浴みしてシャキシャキ感を取り戻す　五月女曉星
湯の中で傲りも見栄も丸裸　北島　澪
ヤカンが呼ぶハイハイと立ちティータイム　森智恵子
妻介護やっと寝ついて仕舞風呂　江崎紫峰
ヒーフーミー肩までつかれ孫と風呂　小川定一
茶の湯とや三度まわした手間の味　本間千代子

優等生【ゆうとうせい】 08.10

江畑哲男選

来客が来て束の間の模範生　野口　良
優等生ばかりでクラス会がない　中島久光
きゅうりには曲った訳は判らない　中川洋子
真っ直ぐな道をまっすぐ歩く亀　片野晃一
刃傷沙汰優等生に闇がある　三宅葉子
国連の優等生で非常任　河野海童
完璧な人だ周りを疲れさせ　海東昭江
寝たきりで優等生と誉められる　野口　良
利酒の優等生は下戸らしい　石井太喜男
エリートが食えぬ時代になりました　佐藤俊亮

ゆるむ【ゆるむ】 11.02

長尾美和選

パッキンを交換したい物忘れ　伏尾圭子
年金日ちょっとリッチな出前寿司　船本庸子
山緩み大地をえぐる土石流　吉田恵子
検査日が済めば父さん食い始め　古川茂枝
大仕事終えた途端に風邪をひく　安川正子
三姉妹あとになるほど手抜きされ　六斉堂茂雄
女心財布のゆるむ特売日　森智恵子
父の紐母さん少し緩めたら　上西義郎
コーヒーの香りが脳をゆるませる　日下部敦世
ジャムの瓶夫婦がかりでやっと開く　関　玉枝

夜明け【よあけ】

13.04

坂牧春妙選

いのちほろほろＩＣＵの夜が明ける　海東昭江
コーヒーだけの約束でしたあの夜明け　上田正義
一夜漬早くも夜が明けてきた　水井玲子
坊さんは寝坊をしない明けの鐘　本間千代子
夜が明けるすべてのことを過去にして　日下部敦世
夜明けまで飲んで供養の通夜の席　志田則保
病院の夜明け命を確かめる　伏尾圭子
日記にも書けぬマル秘の夜が明け　六斉堂茂雄
朝刊の轍一本雪の道　小川定一
親不孝詫びて旅立つ始発駅　上田正義

酔う【よう】

07.10

大木俊秀選

脱ぎ捨てた服まで酔いがまわってる　篠田和子
真実が酔うと呂律になって出る　五十嵐修
棟梁の腕にみとれる鉋屑　菊地可津
あなたしか見えない恋のど真ん中　伏尾圭子
酔ってない君がきれいに見えるから　永井しんじ
酔眼を迎える妻が二人いる　伏尾圭子
おちょぼ口こんなに飲むと露知らず　坂倉敏夫
三次会はもう止せ止せと影法師　窪田和子
Ｃ席の奥まで酔わすコンサート　村田昭
へべれけの幹事会費をとりに来る　坂牧春妙

ライバル【らいばる】11.12

山本由宇呆選

安さより高さで競ってみたい店　坂牧春妙
手術数並べて競うランク付け　宍戸一吉
大阪都構想東京視野に入れ　大戸和興
張り合った仲だが塩は送っとく　野澤修
わたくしを私より知る好敵手　本間千代子
も一人の自分が妥協許さない　岩田康子
防衛費仮想の敵にされる国　川崎信彰
ライバルの靴下の穴見てしまい　船本庸子
ライバルの検尿の色見てしまい　中澤巌
ライバルに勝った長寿を持て余す　高塚英雄

ラジオ【らじお】12.11

松橋帆波選

口ずさむのはみんなラジオで聞いた歌　古田水仙
夢と現を行きつ戻りつ深夜便　植竹団扇
草むしる腰のラジオに励まされ　永井しんじ
容姿にはふれずあなたはラジオ向き　近藤秀方
災害用ラジオ時々聞いてみる　永峰宣子
おやすみと言わないラジオ深夜便　川崎信彰
美女たちのラジオ体操気がゆるむ　白石昌夫
ラジオからお昼をもらう町工場　六斉堂茂雄
帰国子女ラジオと言えずレイディオウ　高塚英雄
公園のラジオ体操にも加齢　永井しんじ

ラブ【らぶ】11.01

大木俊秀選

愛してる一度も聞かず子が5人　川崎信彰
ラブレター一行書いてマッサージ　藤原光子
偶然の恋は一球見送ろう　中澤巌
お慕い申す昭和おんなの筆のあと　窪田和子
ラブラブの時は見えない鬼の面　篠田和子
土下座してもう女とは会いません　安部離楽数
キューピッドがいてもアラフォー気づかない　いしがみ鉄
万葉の今をも凌ぐラブソング　津田暹
わがままな愛に指輪をはずされる　永井静佳
文学の恋なら破滅まで走れ　小倉利江

乱世【らんせ】13.01

阿部巻彌選

苦労して慣れた社名がまた変わる　倉一芳
乱世でも春には春の花が咲く　堤丁玄坊
父と子がハローワークで四つに組む　岩田康子
ドングリが微差を誇張の虫めがね　川名信政
乱世だと砂漠の地より教えられ　福留隆治
動乱の時代に掴むワンチャンス　香取さくら
地球儀の押せば滲み出る血と涙　小島一風
世直しの気迫も酒が醒めるまで　馬場長利
姑元気いつになるやら天下取り　中川洋子
ジジババを食って生きてる電話口　大竹洋

リーグ【りーぐ】14.03

小林かりん選

アラフォーが婚活してる総当り　佐竹　明吟
うちの子がベンチを守るリーグ戦　青山あおり
日本野球メジャーを得意先に持つ　岩田康子
大リーグ賞味期限が短かすぎ　高山睦子
野球音痴セもパも知らぬリーグ戦　川瀬幸子
モンゴルに髷を預けて四股を踏む　森智恵子
甲子園で足固めする大リーグ　長谷川庄二郎
札束で横面叩く大リーグ　川瀬幸子
パパの夢リトルリーグの子が背負い　伏尾圭子
日本の星をメジャーが買いに来る　伏尾圭子

陸【りく】08.07

大野征子選

夢じゃない陸が割れてる怒ってる　島田陽子
迎え火のけむり浄土は陸つづき　大西豊子
世界地図陸の所有で揉めた色　堀井　勉
大陸はCO²のどてら着る　藤沢今日民
夏野菜大地が呉れる通信簿　秋山精治
陸が好き回転寿司が食べられる　今川乱魚
埋められた地雷に陸の不整脈　川瀬幸子
大陸の砂が挨拶なしで来る　伏尾圭子
美化しても消えぬ大陸爪の跡　廣島英一
陸四分地球は河童達の巣か　太田紀伊子

理系【りけい】

14.07

津田暹選

キッカケは虫かごだった理科の門　大竹洋

人並みに奢れと√3を解き　長谷川庄二郎

宇宙博みんな理系の顔になる　吉田恵子

情緒より理系データで物を言い　伏尾圭子

アバウトな恋はできない理系女子　増田幸一

理工学女だてらが死語になる　小川定一

寝ごとまでサインコサインやめてくれ　永見忠士

食えるまで理系は長いスネが要る　江畑哲男

愛の神秘をオシベメシベと言う理系女　上田正義

青春を実験室に置いてくる　志田則保

リスト【りすと】

12.08

吉田格選

一小節聞きリストだねなどと言い　坂牧春妙

リストアップしたがリーダーは見つからぬ　日下部敦世

5種6種やたら増えてく飲み薬　高山睦子

リスト利かせウインブルドン制覇する　大戸和興

櫓を漕いで強い手首の舟下り　六斉堂茂雄

呑み会の方へ欠かせぬヒトにされ　及川竜太郎

天国のリストに載らぬ無信仰　加藤周策

活断層のマップ見せられても困る　篠田和子

絶滅種病んだ地球を見せる表　水井玲子

情報はすべて数字になるリスト　増田幸一

リフォーム【りふぉーむ】11.09

小林かりん選

増築の和室が母を待っている　岡さくら

リフォームをしても女房は取り換えず　大戸和興

改修の利かぬ体を持て余す　加藤周策

食用も兼ねてゴーヤの塀を立て　丸山芳夫

髪型を変えてルージュを引き直し　大竹洋

リフォームは家より脳とからかわれ　石戸秀人

家改装柱の傷はもとのまま　有馬靖子

洋風に替え表札が横になる　岡さくら

天変地異地球のリフォームかもしれぬ　千葉絹子

リフォームの前に断捨離強いられる　船本庸子

リラックス【りらっくす】07.09

片野晃一選

くつろぎへ淑女も時にかく胡座　本間千代子

骨のない魚箸までリラックス　成島静枝

雲と波だけを見たくて旅に出る　安川正子

金曜の夜はパジャマで白ワイン　日下部敦世

接待を済ませ屋台で独り飲む　石井太喜男

ゆっくりがいいと後からくる夫　伊師由紀子

欠伸して老いの命を膨らます　櫛部公徳

大役を終えて静かに茶を啜る　河野桃葉

心ではスーダラ節を歌ってる　大戸和興

山の湯に軽い脳ほどよく浮かぶ　松澤龍一

ルール

【るーる】12.05

河野桃葉選

校則の海をさまよう青リンゴ　佐藤喜久雄
無軌道へモラルの注射したくなり　眞田幸村
にべもなく杓子定規なお役人　関根庄五郎
法律を守れば起きぬ車事故　石戸秀人
ネット社会ルールが後を追い駆ける　鈴木広路
例外が出来てルールの骨を抜く　大戸和興
夫婦喧嘩投げていいのは茶碗まで　中川洋子
ルール決める境界線で揉めている　伊藤春恵
最低限のルールは決めておく葬儀　江畑哲男
審判がアウトと言ったからアウト　永井しんじ

ルンルン

【るんるん】16.10

荻原美和子選

君が代の声裏返る金メダル　橋本由紀子
孫と嫁ごきげんで来る年金日　梅村仁
肩を抱く言葉はいらぬ遠花火　吉田格
イケメンに囲まれ婆の誕生日　吉田恵子
定年のボクをハワイが待っている　川瀬幸子
退院へ何度も覗くコンパクト　松本晴美
モーニングサラダまで付きこの値段　山本万作
旅の宿昔ばなしが眠らない　古田水仙
母を脱ぎ妻を脱ぐ日のピンヒール　白子しげる
丹念な仕上げに自負が塗ってある　北山蕗子

レディー【れでぃー】 13.06

石川雅子選

どうしようレディーの隣空いている　白石昌夫
レディー東葛わたしの次は誰かしら　窪田和子
ピカピカのレディーになれるエスコート　日下部敦世
高そうな犬がレディーを連れている　伏尾圭子
単数では婦人複数ではオバン　近藤秀方
あの娘なら踏まれてみたいハイヒール　丸山芳夫
ファッションも決めるロイヤルマタニティー　成島静枝
ひめゆりの塔に溢れて来る涙　長谷川庄二郎
職業病押して皇后微笑まれ　中川洋子
皇后様妻の見本を示される　宮内みの里

老化【ろうか】 14.05

加藤周策選

年老いて心の棘が少し減り　酒井トミオ
おばさんに老化を知らぬ舌がある　加藤友三郎
都合よく忘れてしまう老いの知恵　末吉哲郎
叩いたら動くテレビに似たわたし　山辺順湖
階段を三歩上がって物忘れ　鈴木広路
木のように紙のようにと老いる祖母　日下部敦世
すんなりと優先席に座ってる　塚本康子
妻の座が神の座に見え老いを知り　永井しんじ
老人もシニアと呼ばれ腰も伸び　中川洋子
基準値に振り回される老いの日々　根岸洋

ロマン【ろまん】12.04

名雪凛々選

ロマン抱く男でいつも金が無い　本間千代子
十七字追ってるドンキホーテです　小倉利江
昔から子供のロマン秘密基地　笹島一江
SLのロマンに過疎が甦る　大戸和興
デスクより故郷で待つコンバイン　上田正義
終りなき女のロマン紅をひく　中沢広子
青空にトキの親子を描きたい　須賀東和子
宇宙へのロマンを繋ぐ町工場　小倉利江
君さえいればライトアップは要らぬ景　江畑哲男
見たいなあ水平線の向こう側　伊藤春恵

ロング【ろんぐ】08.01

佐藤美文選

温暖化議論ばかりに泣く地球　松本晴美
妻の愚痴聞き飽きている象の鼻　米島暁子
長電話しながら妻が指図する　角田真智子
年金で百まで生きてしまいそう　藤沢今日民
キリンだけ動物園の外が見え　大戸和興
立ち話声を落してから長い　櫛部公徳
湯タンポの歴史を延ばす原油高　安川正子
ライバルと長さを競う鼻の下　立花雍一
子のビデオわたくしだけのロングラン　島田陽子
伸びきったゴムが群れてる長寿国　小金沢綏子

ワーク

【わーく】15.09

本間千代子選

汗かかぬデスクワークに仕切られる　中島久光
お喋りを日々の仕事として女　北山蕗子
働くことは好き遊ぶことなおも好き　窪田和子
育じいの仕事待ってる停年後　角田真智子
昇進も定年もない台所　伏尾圭子
手のしわがオーバーワークと言っている　窪田　達
佳子さまのご公務手話と華の笑み　川瀬幸子
不名誉な過労死という国際語　安川正子
仕事があって重たい朝も起きられる　日下部敦世
難民が溢れ仕事を奪い合い　宮本次雄

ワイルド

【わいるど】12.12

安藤波瑠選

ワイルドな男に不利な職探し　笹島一江
ワイルドな女草食つまみ食い　篠田和子
入試迄しばし野性に封をする　近藤秀方
ゲームより外で遊べと尻たたき　中野弥生
ナビよりも野生の勘で左折する　遊　人
大阪のおばちゃん豹を飼い慣らす　伏尾圭子
ネコ缶に飽き遺伝子の爪を研ぐ　布佐和子
我が妻よ草食系でいておくれ　中澤　巌
スイーツへワイルドに開くおちょぼ口　成島静枝
糸切れて凧本当の風に乗る　山口　幸

若ぶる【わかぶる】15.09

折原あつじ選

若ぶっても思わず漏れるどっこいしょ　谷内拓庵
若ぶれどシニア割引逃さない　五月女暁星
受話器持つと妻はソプラノ響かせる　小島一風
カラオケのナツメロだけは歌わない　志田則保
若ぶると脳も一緒に若くなり　中澤巌
若ぶれどついてゆけない流行語　中山由利子
若づくりしても丸い背隠せない　森智恵子
頷いたあとで調べる省略語　菊地良雄
句読点ない音楽に乗る若さ　笹島一江
打ち込める趣味が余生を若くする　大戸和興

別れる【わかれる】16.04

川崎信彰選

涙さえ出せぬ万歳万歳と　北島澪
慰謝料は狙いどおりよウフフフフ　本間千代子
介護から解かれほっとする別れ　河野桃葉
またネと言ったから私待ってます　鎌田ちどり
見送りの母へ尾灯でありがとう　宮内みの里
嫁ぐ娘に渡す帰りの切符代　長谷川庄二郎
別れると決めた女は揺るがない　角田真智子
巣立つ子を母の目が追う始発駅　篠崎紀子
男は昨日女は明日を向く別れ　上田正義
研ぎ澄ます五感ラストのダンス終え　後藤華泉

わくわく【わくわく】16.04

成島静枝選

初孫の一歩地球にご挨拶　鎌田ちどり
会える日は朝から弾むマリになる　伏尾圭子
子が巣立ち遊び始めた母の靴　二宮千恵子
わくわくで結婚落ち着いて離婚　酒井トミオ
金一封何はともあれ中を見る　吉田恵子
届くまでの夢老人給付金　布佐和子
定年バンザイカジュアルな風を受け　江畑哲男
宇宙から授業を受ける子供達　老沼正一
お金さえあればわくわくする老後　志田則保
嫁支度まるで女房が嫁ぐよう　大竹洋

話芸全般【わげいぜんぱん】14.04

丸山芳夫選

朗読が心に沁みる花供養　新井季代子
ＤＪポリス総監賞を舌で獲り　高塚英雄
講談を聞くため江戸の地図を買う　中島久光
今やもう芸術の域北のアナ　中川洋子
ボケ役が裏できっちりネタ作り　角田真智子
名優の訛が耳を離れない　河野桃葉
張り扇が折れるばかりに修羅場読む　山本由宇呆
薬より笑いが効くと寄席通い　稲垣優子
前列の欠伸が前座うまくする　志田則保
落語にもスタッカートやピアニシモ　川名信政

'07年のニュースから【'07ねんのにゅーすから】

07.12

江畑哲男選

勤務先社保庁なんて言えません　加藤友三郎
参院選雪崩れる様に山動く　飯野文明
住職も感じ入ってる千の風　新井季代子
偽りの文字を正しく書けました　島田陽子
マドンナも熟女も並ぶ産む機械　成島静枝
赤ちゃんをポストに入れる国となり　日下部敦世
かぐやから見えた地球はまだ青い　角田創
品格を落し偽装の年が暮れ　熊谷冨貴子
年金の端た金などくれてやる　茂田美代子
赤福のあんこに罪も擦りつけ　北山蕗子

'08年のニュースから【'08ねんのにゅーすから】

08.12

二宮茂男選

ゲリラ豪雨大事な命流される　河野桃葉
石の上もう座ってる消費税　成島静枝
天皇に欲しい週休二日制　古川茂枝
振り込めの詐欺には遭わぬ無一文　椎野茂
Qちゃんの肩から日本はずされる　大西豊子
クラス委員でも一年はやりますよ　川村安宏
ルビを振る仕事が増えた総理秘書　千田尾信義
崖っぷちの世にやって来たポーニョポニョ　日下部敦世
キャンパスへ深く根を張る大麻草　宮本次雄
大不況尻目に地球温暖化　今村幸守

'09年のニュースから【'09年のにゅーすから】

江畑哲男選

南極と交信うれしがる生徒　中沢広子
アンカーはだれになるのかオクリビト　老沼正一
デパートに駅弁だけを買いに行く　折原あつじ
宰相はマリオネットのように舞い　菅谷はなこ
栄誉賞森繁さんは千の風　松岡満三
沖縄の地図に白紙の場所が出来　大竹洋
核ボタン持つ手で受ける平和賞　櫛部公徳
裁判員外れるように手を合わす　岡さくら
ユニクロの首からデフレ加速する　長尾美和
音もなく来るエコカーとストーカー　成島静枝

09.12

'10年のニュースから【'10ねんのにゅーすから】

江畑哲男選

ハヤブサのポッケ宇宙を持ち帰り　飯野文明
空席に孔子が座る授賞式　大竹洋
時効廃止妻に一生いびられる　坂牧春妙
ハブ空港目指し眠りを断つ羽田　古川聴美
熱中症へ一億人が解説者　後藤華泉
牛舎からアウシュビッツへ牛がゆき　宮内みの里
ウィキリークス内緒話の封を切る　海東昭江
人それぞれに老僧の書く筆を見る　山口幸
平成のミイラも耐えた暑い夏　北山蕗子
百千のニュースを凌ぐ偲ぶ会　宮本次雄

10.12

'11年前半のニュースから【'11ねんぜんは―】 1108

渡辺貞勇選

視察だけして汚れない作業服　中島久光
なでしこの強さは妻で知っており　中島久光
流行語大賞ねらうシーベルト　日下部敦世
節電にゴーヤすだれがもてている　長尾美和
仕分けにはめげずスパコン世界一　根岸洋
線量計を恐々のぞく村すずめ　上田正義
スーちゃんは春一番と共に去り　難波ひさし
夕焼けにスカイツリーが仁王立ち　藤沢今日民
足技も歳も女性は世界一　長谷川庄二郎
百代の過客に残す大津波　佐藤喜久雄

'11年のニュースから【'11ねんのにゅーすから】 11.12

川崎信彰選

震度七地軸がずれる音がする　田辺サヨ子
原発がパンドラの箱こじ開ける　長谷川庄二郎
三方の島占められて黙る国　上西義郎
エリエールで涙を拭う御曹子　篠田和子
心根は故郷に飛ぶ仮設の夜　古川茂枝
帰れない家をテレビで見る悲劇　水井玲子
何もできずゴメンを添えた義援金　古田水仙
号泣も意のままにして独裁者　江畑哲男
お歳暮は線量計か鍋物か　松本八重子
なでしこの年だと妻の頭が高い　伏尾圭子

'12年のニュースから－【'12ねんのにゅーすから】

川崎信彰選

12.12

スカイツリーギネスが載せる世界一　塔ケ崎咲智子
ソラマチを雲に見立てた電波塔　川名信政
キンであるカネではないと注を付け　加藤周策
ヘリコプターオスプレイかと二度見する　角田　創
復興は望み汚染は受け入れず　新井季代子
ロンドン発閉会式のヘイ・ジュード　日下部敦世
ノーベル賞孝行息子母連れて　田辺サヨ子
森光子死んでつくばに骨を埋め　江崎紫峰
星出さんにっこり宇宙から着地　伊師由紀子
花は咲く復興信じ花は咲く　中沢広子

'13年のニュースから－【'13ねんのにゅーすから】

川崎信彰選

13.12

取り違えだったかうちのドラ息子　難波ひさし
おもてなしじぇじぇじぇ今でしょ倍返し　小山一湖
五輪の輪ひとつ一千万に見え　篠田和子
天と地の暮らし悲しい取り違え　中沢広子
非公認めげぬ人気のふなっしー　成島静枝
食偽装エビは何にも悪くない　田辺サヨ子
糸電話に変えてしまったメルケルさん　折原あつじ
やっぱりねそうだったのね飛ぶボール　伏尾圭子
マンデラに半旗掲げた万国旗　阿部闘句朗
寄り添うて武蔵の丘の土になる　中澤　巌

'14年のニュースから【'14ねんのにゅーすから】

14.12

川崎信彰 選

九条に穴を開けたい虫が湧く　飯野文明
恋文は文化遺産の和紙に書く　小山一湖
不器用と言って男を演じ切り　大戸和興
トンネルで天井を見る癖がつき　折原あつじ
騒がしい海で珊瑚の不眠症　笹島一江
天が吼え地が哭き人がいがみ合う　上田正義
家康なら出すかも知れぬ鎖国令　長谷川庄二郎
にが虫を噛んで筆取る「税」一字　野澤修
オレオレよりもっと怖いぞ後妻業　堤丁玄坊
クールジャパン異国に価値を見出され　根岸洋

'15年のニュースから【'15ねんのにゅーすから】

15.12

長谷川庄二郎 選

箒からドローンに替え魔女が飛ぶ　中澤巌
偽装工事続き気になるマイ入れ歯　佐野しっぽ
柏にもノーベル賞の微風吹く　二宮千恵子
九条を右に捻じった馬鹿力　飯野文明
マイナンバーお国のための首輪でしょ　塚本康子
トリプルスリー私のスリーサイズです　中川洋子
投票してから行きますか甲子園　江畑哲男
少子化の海に溺れている介護　折原あつじ
北斎があの世で笑うエンブレム　加藤品子
両陛下慰霊の旅がなお続く　川瀬幸子

'16年のニュースから 【'16ねんのにゅーすから】

長谷川庄二郎 選

16.12

日本全国嘘八百の政活費　加藤友三郎
高齢の車時々駄々こねる　貝田誠作
少子化の海で溺れている福祉　折原あつじ
選挙権より欲しかったのは酒、タバコ　本間千代子
トランプ爺さん種蒔く花は狂い咲き　増田幸一
インフルにもノロにも負けずお正月　北島澪
遠い人になってしまったボブ・ディラン　江畑哲男
女性知事パンドラの箱かきまぜる　山田とまと
大和魂を宇宙へ送る町工場　山本由宇呆
象徴のねぎらい皆が考える　後藤華泉

東葛川柳会 月例句会・大会日誌

平成24年10月～29年9月

昭和62年6月から平成9年9月までの日誌は『川柳贈る言葉』（平成9年10月18日葉文館出版刊）に、平成9年10月から14年9月までの日誌は『川柳ほほ笑み返し』（平成14年11月2日新葉館出版刊）に、平成14年11月から平成24年10月までの日誌は『ユーモア党宣言！』（平成12年11月1日新葉館出版）に収録されている。

●開催場所の表記

（一）第一生命保険　（パ）パリ総合美容専門学校
（ア）アミュゼ柏　（P）パレット柏
（文）柏市民文化会館　（A）アビイホール
（中）柏市中央公民館　（ク）クレストホテル
☆印はゲスト選者（敬称略）

吟行句会参加者全員集合（H26年3月）

2012

平成24年

10月27日　25周年記念大会（ク）
記念講演「南極の魅力（越冬体験から）」武田康男
〔第50次南極観測隊員　気象予報士〕
今川乱魚さんを顕彰する
「第20回とうかつユーモア賞」表彰
（選者）津田　暹、竹本瓢太郎、森中恵美子、
江畑哲男
「トーク&トーク」登壇者
濱田逸郎〔江戸川大学サテライトセンター所長〕
福島　毅〔県立東葛高校教諭〕
25周年記念出版『ユーモア党宣言！』刊行。

11月24日　11月句会（パ）　☆松橋帆波

12月22日　12月句会（パ）　☆安藤波瑠

秋山柏市長

星野我孫子市長

森中恵美子先生の
味わい深い披講

講演が終わって（右から武田康男、やすみりえ、菱木誠の各先生と）

2013

平成25年

1月26日　新春句会（一）
講演「『平家物語』の語る絆」大津雄一
〔早稲田大学教育・総合科学学術院教授〕
2月23日　2月句会（パ）　☆伊藤三十六
（選者）齊藤由紀子、阿部巻彌、中島和子、中澤　巌
3月23日　3月句会（パ）　☆杉山太郎
4月19日㈮　吟行句会（東京都写真美術館　恵比寿ガーデンプレイス）
☆てじま晩秋
4月27日　4月句会（中）　☆松田重信
5月25日　5月句会（中）　☆渡辺　梢
6月22日　6月句会（中）　☆石川雅子
7月27日　7月句会（パ）　☆遠藤砂都市
8月24日　8月句会（パ）　☆安部離楽数
9月28日　9月句会（パ）　☆平田耕一
10月19日　26周年記念大会（中）
講演「クールジャパン世界に誇れる日本型食生活」内野美恵
〔東京家政大学講師、日本パラリンピック委員会栄養サポート代表〕

絆を語る早稲田大学・大津雄一先生

パワーポイントを駆使して、内野美恵先生

11月23日　（選者）加藤孤太郎、名雪凛々、佐藤孔亮、江畑哲男
11月23日　11月句会（パ）　☆平野さちを
12月23日　12月句会（パ）　☆二宮茂男

2014

平成26年

1月25日　新春句会（一）
講演「役人一首（野平匡邦の百人一首）創作秘話」野平匡邦
〔前千葉県銚子市長、弁護士〕
（選者）原　光生、渡辺貞勇、米島暁子、笹島一江
2月22日　2月句会（パ）　☆阿部　勲
3月22日　3月句会（パ）　☆駒木一枝（香苑）
3月29日　吟行句会（ぶらーり浅草）☆内田博柳
4月26日　4月句会（中）　☆丸山芳夫
5月24日　5月句会（中）　☆高塚英雄
6月28日　6月句会（中）　☆平蔵　柊
7月26日　7月句会（パ）　☆津田　暹
8月23日　8月句会（パ）　☆五十嵐　修
9月27日　9月句会（中）　☆いしがみ鉄

資料をたんと持ち込んで（野平匡邦先生）

2014

10月18日　27周年記念大会（中）
マジックショー「笑いと驚き！常識をくすぐるパフォーマンス」
渋谷剛一〔（公社）日本奇術協会認定師範、柏マジッククラブ顧問・講師ほか〕
（選者）願法みつる、上村　脩、渡辺　梢、江畑哲男

11月22日　11月句会（パ）　☆福井　勲

12月23日　12月句会（パ）　☆やまぐち珠美

2015

平成27年

1月24日　新春句会（一）
講演「旅で出合ったうた・ひと・言葉」中尾隆之〔日本旅のペンクラブ代表委員〕
（選者）髙鶴礼子、尾藤一泉、島田駱舟、成島静枝

2月28日　2月句会（パ）　☆加藤ゆみ子

3月28日　3月句会（パ）　☆渡辺貞勇

4月11日(土)　吟行句会（歴史の街・石岡そぞろ歩き）☆植木利衛

4月25日　4月句会（中）　☆安藤紀楽

5月23日　5月句会（パ）　☆及川竜太郎

6月27日　6月句会（中）　☆齊藤由紀子

マジックショーでは参加者も壇に上げて

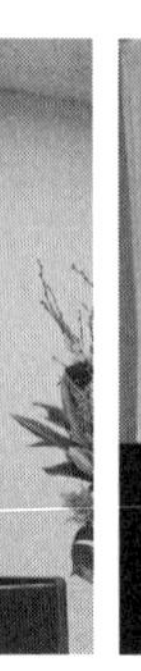

親父ギャグ炸裂の中尾隆之先生

2016

7月25日　7月句会（パ）☆竹田光柳

8月29日　8月句会（パ）☆米山明日歌

9月26日　9月句会（文）☆菊地良雄

10月31日　28周年記念大会（中）

講演「韻文史の中の俳諧」佐藤勝明〔和洋女子大学教授、俳文学会常任委員〕

（選者）加藤　鰹、金子美知子、津田　暹、川崎信彰

11月28日　11月句会（パ）☆酒井　青二

12月23日　12月句会（パ）☆白子しげる

平成28年

1月23日　新春句会（一）

講演「誰でも詩人になれる国 日本：俳句と川柳」藤井厳喜〔国際政治学者〕

（選者）片野晃一、てじま晩秋、内田博柳、日下部敦世

2月27日　2月句会（中）☆渡辺　梢

3月26日　3月句会　今川乱魚七回忌追善供養句会（中）☆佐藤美文

4月23日　4月句会（中）☆篠崎紀子

生前最期の大会？（加藤鰹氏）

日川協銚子大会受付応援部隊

2016

5月28日　5月句会（中）☆上村　脩
6月15日(水)　吟行句会（我孫子市内文学散歩）☆江崎紫峰
6月25日　6月句会（中）☆潮田春雄
7月23日　7月句会（ア）☆佐藤孔亮
8月27日　8月句会（ア）☆加藤ゆみ子
9月24日　9月句会（ア）☆中島宏孝
10月29日　29周年記念大会（中）
講演「短歌のいまと川柳」米川千嘉子〔歌人、歌誌『かりん』編集委員、毎日歌壇選者〕
（選者）いしがみ鉄、荻原美和子、佐藤美文、江畑哲男
11月26日　11月句会（ア）☆永井天晴
12月23日　12月句会（ア）☆高塚英雄

2017

平成29年

1月28日　新春句会（一）
講演「いまなぜ『日本語力』なのか?」江畑哲男〔東葛川柳会代表〕
（選者）齊藤由紀子、米島暁子、真弓明子、中澤　巌
2月25日　2月句会（P）☆杜　青春

遺影と仏花と（今川乱魚７回忌）

3月25日　3月句会（文）　☆安藤紀楽
4月22日　4月句会（P）　☆駒木香苑
5月27日　5月句会（P）　☆片野晃一
6月15日(木)　吟行句会（明治大学博物館、阿久悠記念館）
☆「嘱目吟」に特化した新スタイルの吟行句会を試行
6月24日　6月句会（P）　☆高鶴礼子
7月22日　7月句会（ア）　☆名雪凛々
8月26日　8月句会（ア）　☆島田駱舟
9月30日　30周年記念大会（A）
講演「まだまだ若くなれちゃう、あなたの脳ミソと身体」
佐藤智子〔フィットネスインストラクター・読売カルチャー教室講師ほか〕
（選者）津田　暹、やすみりえ、田中新一、江畑哲男
30周年記念出版
『ユニークとうかつ類題別秀句集Ⅱ』発刊

ユーモアたっぷりの杜青春さん

代表の独壇場？（日本語力の講演）

あとがき

予想以上の大部になった。
本著の分厚さは当会の活動の分厚さ。それだけ多彩な活動が活発に展開されている証拠。そう考えていただければ嬉しい。

さて、その本著。
一〇年前に刊行した『ユニークとうかつ類題別秀句集』(二〇〇七年刊、江畑哲男編、新葉館出版)の続編になる。
改めて、編纂の意図を記しておこう。
① 「類題別秀句集」と名づけたように、まずは句会の入選句を選りすぐって採録した。句会入選句をすべて掲載する訳にはいかない。過去の入選句の中から、各題秀句一〇句にしぼり込んで採録したのが本著である。第一集たる『ユニークとうかつ類題別秀句集』出版後(二〇〇七年九月〜一七年七月)の宿題を、ほぼ網羅してある。計四三九題になった。
② 本著では、第一集と同様に選者も作者もフルネームで記載させていただい

ている。関東では名前（雅号）だけ記載する慣習が長く続いたが、そうした時代はとっくに終わっているものと思う。

③　東葛川柳会はユニークな出題が多いと言われる。たしかにそうかも知れない。

例えば、カタカナ題。それも単なるカタカナ語ではない。「プライバシー」「ポジション」「イマジネーション」「ノスタルジー」といった、ある意味で時代を象徴するカタカナ語を多く取り上げてきた。右の単語は、和語や漢語では表しにくい要素や概念を含んでいる。

一風変わった、他吟社とは切り口の違う題にも果敢に挑戦してきた。「一人称に関することすべて」「革命」「ゴースト」「文化都市シリーズ」など。

川柳会（界）では、マイナスイメージを伴う出題を避ける傾向にある。当会では多少工夫して、「賊」「不規則」「副作用」「少子化」「老化」といった出題にもチャレンジしてきた。とは申せ、打ち消し形（例：「動かない」「走らない」）の出題は、さすがにまだない。

④　日本語はじつに豊かな言語である。その幅広さ・奥深さ・微妙なニュアンスの描き分けはモチロン、その造語力にもほとほと感心させられる。川柳はそんな流行りの日本語をいとも簡単に取り込んで、しかもその魅力を十二分に発

信することが出来てしまうのだ。このあたりは、『ユニークとうかつ類題別秀句集』（第一集）に詳しい。

今次秀句集でも、「Gパン」（和製英語）、「PR」（本来の英語の意味を離れて、和製英語化している）、「ブレる」（「ぶれる」の「ブレ」を近年カタカナで表記する傾向にある）等の出題を試みている。

⑤ 本著のもう一つの特長にも触れておきたい。

過去の講演を中心とした「学び」教材の採録である。当会の記念講演を基本に収めた。しかしながら、諸般の事情で止むを得ず割愛した講演が幾つもある。「南極の魅力」（武田康男）、『平家物語』の語る絆」（大津雄一）、「クールジャパン　世界に誇れる日本型食生活」（内野美恵）、「旅で出合ったうた・ひと・言葉」（中尾隆之、いずれも敬称略）など。残念。残念だが止むを得なかった。

吉例によりスタッフを紹介する。

第一次選考には、以下の幹事が担当した。中澤巌、山本由宇呆、大戸和興、川崎信彰、角田創、笹島一江、船本庸子、成島静枝、長谷川庄二郎、日下部敦世、北島澪、上田正義。選句に当たっては、「川柳らしい川柳作品」を旨とし

た。つまり、ユーモア、リアリズム、時代と人間、ペーソス、叙情等の重視である。

校正は、電子媒体と人海戦術の双方を駆使して行った。中澤巖、山本由宇呆、六斉堂茂雄、成島静枝、関根庄五郎、加藤周策、五月女暁星、上村ひろし、根岸洋。とりわけ、根岸洋幹事にはすべての作業段階で実務の中心として奮闘していただいた。記して、感謝の意を伝えたい。

折しも八月十五日。「残す」ことの意義をかみしめている。

川柳界では、尾藤三柳、脇屋川柳、大木俊秀らの先達が、ここ一年で次々と黄泉の国へ旅立った。

「残す」のはシンドイ作業だが、意義あることだと信じている。

平成二九年八月十五日（終戦忌にて）

江畑　哲男

●編者略歴

江 畑 哲 男 (えばた・てつお)

昭和27年(1952) 12月6日生まれ。
昭和50年(1975) 3月、早稲田大学教育学部国語国文科卒。
昭和50年(1975) 4月、千葉県の県立高校教諭(国語)
昭和62年(1987) 10月、東葛川柳会創立
平成14年(2002) 4月、東葛川柳会代表に就任
平成25年(2013) 3月、定年退職
平成29年(2017) 現在、千葉県内私立高校非常勤講師

〈現在〉

東葛川柳会代表、(一社) 全日本川柳協会理事、番傘川柳本社関東東北総局長、獨協大学オープンカレッジ講師、よみうりカルチャーセンター柏教室講師、ほか。

〈主な著書〉

川柳句文集『ぐりんてぃー』(教育出版社、2000年刊)
『ユニークとうかつ類題別秀句集』(編著、新葉館出版、2007年)
『川柳作家全集　江畑哲男』(新葉館出版、2010年)
『アイらぶ日本語』(学事出版、2011年)
『ユーモア党宣言！』(監修、新葉館出版、2012年)
『我思う故に言あり—江畑哲男の川柳美学』(新葉館出版、2014年)
『近くて近い台湾と日本』(編著、新葉館出版、2014年)
『よい句をつくるための川柳文法力』(新葉館出版、2017年)
『はじめての五七五 俳句・川柳 上達のポイント』(共著、メイツ出版、2017年)

〈現住所〉

〒270-1108　千葉県我孫子市布佐平和台5-11-3

ユニークとうかつ類題別秀句集Ⅱ

○
2017（平成29）年10月 1 日　初　版
編　者
江　畑　哲　男
編集協力
東葛川柳会
〒270-0121　千葉県流山市西初石3-461-2 中澤巌方
郵便振替00100-1-364125　東葛川柳会
発行人
松　岡　恭　子
発行所
新葉館出版
大阪市東成区玉津1丁目9-16 4F　〒537-0023
TEL06-4259-3777㈹　FAX06-4259-3888
http://shinyokan.jp/
印刷所
株式会社シナノパブリッシングプレス
○
定価はカバーに表示してあります。

ISBN978-4-86044-638-3